THESE UNSPOKEN WORDS

These-Words-Reihe

Buch 2

NADJA RAISER

Buchbeschreibung

Linda und Jonas haben beide mit der Liebe abgeschlossen. Jonas, weil seine dramatische Kindheit ihn gelehrt hat, dass man im Leben am besten allein zurechtkommt. Linda, weil ihr Herz gebrochen ist, nachdem ihr Ex sie schwanger sitzengelassen hat.

Als Jonas' Band nach einer langen Tour für neue Studioaufnahmen nach San Francisco zurückkehrt, trifft der Drummer auf die junge Mom und beiden ist schnell klar - sie harmonieren super zusammen. Ausschließlich im Bett. Ohne Hintergedanken und ohne Gefühle.

Wären da nicht die Vergangenheit, die Jonas einholt und das Herz, das plötzlich viel mehr will, als ausgemacht war ...

Welche Opfer bist du bereit, für die Liebe zu bringen?

Die gefühlvolle Rockstar-Reihe geht endlich weiter. THESE UNSPOKEN WORDS ist Teil zwei der These-Words-Reihe, jeder Band ist unabhängig voneinander lesbar und die Geschichte in sich geschlossen.

Über die Autorin

Nadja Raiser lebt mit ihrer Familie in einem Mehrgenerationenhaus am Rande der Allgäuer Alpen. Bereits in ihrer Kindheit liebte sie es, in selbstgeschriebene Geschichten einzutauchen. 2020 wagte sie den Schritt in die Öffentlichkeit und schreibt und veröffentlicht seitdem Bücher in unterschiedlichen Genres. Neben dem Schreiben gehört ihr Herz der Musik, was sich auch in der Romanreihe THESE WORDS deutlich niederschlägt.

Besuche mich im Internet:
www.nadja-raiser-autorin.de
info@nadja-raiser-autorin.de

1. Auflage 2025

Copyright: Nadja Raiser, Alle Rechte vorbehalten
Lektorat: Maria Schmidt
Coverbild: shutterstuck.com/ © VerisStudio (1590062689)
Covergestaltung: Bianca Wagner / Cover Up Buchcoverdesign
Kapitelzierden: Adobe Stock Nr. 1002038236, Adobe Stock Nr.
877933257
Buchsatz: Katherina Kisner

Verlag: BoD · Books on Demand GmbH, Überseering 33,
22297 Hamburg, bod@bod.de
Druck: Libri Plureos GmbH, Friedensallee 273, 22763 Hamburg
ISBN. 978-3-7693-8991-3

*Bibliografische Information der Deutschen Nationalbibliothek: Die Deutsche
Nationalbibliothek verzeichnet diese Publikation in der Deutschen
Nationalbibliografie; detaillierte bibliografische Daten sind im Internet über
dnb.dnb.de abrufbar.*

*Die automatisierte Analyse des Werkes, um daraus Informationen insbesondere über
Muster, Trends und Korrelationen gemäß §44b UrhG („Text und Data Mining")
zu gewinnen, ist untersagt.*

Inhaltswarnung

Diese Geschichte enthält sensible Themen, die für manche Personen negative Gefühle auslösen oder verletzend wirken können.

Um das zu vermeiden und gleichzeitig mögliche Spoiler zu verhindern, findest du am Ende des Buches auf Seite 353 eine Inhaltswarnung.

Kapitel Eins

JONAS

»Endlich wieder in meinem eigenen Bett zu schlafen!«

So lautet die Antwort auf die Frage meines Bandkollegen Alec, worauf ich mich am meisten freue. Vier Monate hat die Tournee gedauert und in etwa einer Stunde erreichen wir San Francisco, unsere Heimat.

Zusammen mit Ray, unserem Leadsänger, haben wir vor einem Jahr und fünf Monaten, nach einer gescheiterten Karriere der Castingband *Ray and the Kings*, mit einem anderen Namen einen Neuanfang gewagt. Nur diesmal ohne Management und ohne den Bassgitarristen Scott. Außerdem mit deutlich weniger Kohle.

Aus diesem Grund sitzen wir auch nicht in einem todschicken, ellenlangen Tourbus mit verdunkelten Scheiben, einem Fahrer, einer privaten Bar und jeweils einem eigenen Bett, sondern in einem alten ramponierten VW Bulli, der vor einem gefühlten

Jahrhundert Alecs Großvater gehörte. Die Instrumente folgen uns in einem ebenso ramponierten Anhänger, auf dem der Bandname *Nameless* in fetten Lettern als Graffitizug zu lesen ist. Die Hintersitze des Bullis haben wir herausgerissen und stattdessen Matratzen eingebaut, die ursprünglich als Notfallschlafplätze gedacht waren. Doch wenn ich ehrlich bin, haben wir in letzter Zeit viel zu häufig darauf geschlafen. Mehr schlecht als recht. Daher freue ich mich wirklich am meisten auf mein eigenes Bett. Eine Matratze, die mich nicht nach oben katapultiert, sobald sich einer der Jungs umdreht. Eine Matratze, bei der man nicht jede einzelne Feder im Rücken spürt. Ein Bett, in dem ich die langen Beine ausstrecken kann, ohne dass ich dabei gegen die Karosserie des Autos stoße.

»Ja, Mann! Endlich muss ich dein Schnarchen nicht mehr ertragen!«, antwortet Alec und jubelt.

»Ich schnarche nicht.« Anstatt mir zu antworten, grinst Alec nur. Dieser Arsch!

Da ich im Moment unsere Luxuskarre steuere, werfe ich einen Blick in den Rückspiegel, um nach Ray zu sehen, der normalerweise sofort einen weiteren dummen Spruch bezüglich meines angeblichen Schnarchens loslassen würde. Doch als ich ihn, wie so oft, mit einem breiten Lächeln am Handy vorfinde, verdrehe ich die Augen.

Auch wenn wir uns alle drei extrem auf unser Zuhause freuen, weiß ich doch, wer es kaum noch aushalten kann, endlich in San Fran anzukommen. Mein bester Freund ist seit bald eineinhalb Jahren so krass verliebt, dass es fast schon wehtut, zuzusehen. Im Ernst, dieses ewige Dauerlächeln, die stundenlangen

Telefonate, das Glitzern in den Augen … Ich habe ihn nie zuvor so glücklich gesehen und ich kenne keine Person, der ich es mehr gegönnt hätte. Das sage ich nicht, weil Ray seit seiner Beziehung zu seinem damaligen Ghostwriter Ellie Waye einen geilen Song nach dem anderen komponiert. Zumindest nicht nur.

»Sag mal, wie viele Nachrichten schreibt ihr euch denn noch? Du siehst ihn doch in einer Stunde!«, ruft Alec, der offenbar meinem Blick gefolgt ist, nach hinten. Alec schüttelt den Kopf und seufzt. »Ich werde ihn nie verstehen.«

»Ach, haltet die Klappe da vorne! Ihr habt keine Ahnung von Liebe.«

Ich beiße mir auf die Lippe, um mir einen bösen Kommentar zu verkneifen, allerdings spricht Alec haargenau meine Gedanken aus:

»Jesus!! Jetzt klingst du schon wie Alberta!«

Ich gröle vor Lachen und selbst Ray fällt mit ins Gelächter ein, nachdem er endlich das Handy zur Seite gelegt hat.

Alberta ist unsere ehemalige Songtexterin – eine alte, schrullige Frau, die schrecklich kitschige Liebeslieder gedichtet hat – wir haben sie allesamt gehasst. Alberta und ihre Songs! Genau wie den Rest von *Sunset Music*, des ehemaligen Labels von *Ray and the Kings*. Das ist auch der Grund, wieso ich, trotz des alten Bullis und den damit einhergehenden schlaflosen Nächten, einfach glücklich bin. Unsere Tour war der gelungene Auftakt einer neuen Karriere. Sie war nicht perfekt, vor allem, was die Planung und Organisation der Konzerte und die finanziellen Verhandlungen betrifft. Und ich will gar nicht wissen, wie viele

Veranstalter uns über den Tisch gezogen haben, weil wir zu wenig Geld verlangt oder gewisse Punkte bedingungslos akzeptiert haben. Dennoch bin ich stolz darauf, dass wir diesen Schritt zu dritt gewagt haben.

»Und worauf freust du dich, Alec? Außer auf ruhige, schnarchfreie Nächte?«, fragt Ray, der offenbar gleichzeitig Nachrichten schreiben und zuhören kann.

Alec lehnt sich in den hellgrauen Autositz und verschränkt die Arme hinter dem Kopf – seine typische Denkerhaltung.

»Ich freue mich auf die Burger vom *Greens*! Die besten veganen Patties, süß-saure Currysoße und dazu eine fette Schicht gerösteter Zwiebelringe! Was habe ich diese Burger vermisst!«

»Dazu ein T-Bone-Steak mit Knoblauchdip, und ich wäre auch glücklich«, kommentiert Ray und ich strecke kurz eine Ghettofaust nach hinten. Ich schätze, weder Ray noch ich können nachvollziehen, wie man ausschließlich vegan leben kann – und das offensichtlich glücklich. Allerdings ist es mein Ziel für die kommenden Jahre, meinen Fleischkonsum zumindest etwas einzuschränken, wieso also nicht jetzt damit beginnen? Ich nicke Alec zu.

»Bin dabei! Sollen wir gleich das *Greens* ansteuern?«, frage ich, denn das Wort »Burger« reichte aus, um meinen Magen unaufhaltsam grummeln zu lassen. Außer einem Frühstück heute Morgen um kurz nach zehn habe ich nichts mehr gegessen. Ich habe Hunger!

Während Alec sofort bejaht, zieht Ray schon wieder das Handy aus der Hosentasche.

»Jetzt sag nicht, dass du Ellie um Erlaubnis fragen

musst, ob wir noch etwas essen dürfen! Ihr seid kein altes Ehepaar!«

Statt zu antworten, hält er sein Smartphone nach vorn, damit wir alle drei die geöffnete Nachricht lesen können.

> »Ihr habt heute Abend übrigens ein Date.
> 8 Uhr, Temple – VIP-Raum im Keller.
> Kann es kaum erwarten, dich endlich zu
> sehen! :*«

Ich hebe kurz die Schultern an. Das *Temple* ist einer von vielen Clubs in San Francisco. Doch auch wenn ich nicht mehr zählen kann, wie oft ich dort schon bis in die frühen Morgenstunden hinein gefeiert habe, weiß ich nicht, ob im *Temple* auch Speisen angeboten werden. »Gibt es dort Burger?«, frage ich und bekomme prompt ein zustimmendes Brummen von hinten als Antwort. Perfekt!

»Okay, bin dabei!«

Ohne auf Alecs Reaktion zu warten, befehle ich dem Navi meines Handys via Sprachsteuerung, die neue Adresse anzusteuern.

Ich kann es kaum erwarten, nach Hause zu kommen! San Francisco, bald hast du uns wieder!

Kapitel Zwei

LINDA

»Linda! Habe ich mich eigentlich schon bei dir bedankt? Diese Party ist einfach grandios! Und ich bin mir ziemlich sicher, dass wir das hauptsächlich dir zu verdanken haben!«

Ray nimmt mich stürmisch in den Arm, während er den letzten Satz in mein Ohr spricht, vermutlich, damit ihn Ellie nicht hören kann. Allerdings ist Rays Stimme nicht gerade leise, zudem steht mein Bruderherz direkt neben ihm.

»Das habe ich gehört! Traust du mir wirklich nicht zu, dass ich eine Party organisieren kann?«

Ich beiße mir auf die Unterlippe, um nicht laut loszulachen. Zum einen, weil Ray ertappt aussieht, und zum anderen, weil Ellie ohne mich rein gar nichts geschafft hätte.

Als mein herzallerliebster Zwillingsbruder vor ein paar Wochen erklärte, er wolle Ray und seiner Band eine »Welcome-Back-Party« schmeißen, hatte er überhaupt keinen Schimmer, woran man dabei alles denken muss. Ohne mich hätten wir vermutlich nicht einmal die passenden Räumlichkeiten, geschweige denn einen DJ oder das verdammt leckere Buffet, das Rob, unser Mitbewohner, gezaubert hat. Gäste wären wahrscheinlich auch keine anwesend, weil Ellie einfach Ellie ist – seine Ideen sind immer absolut genial, doch was deren Umsetzung betrifft, hapert es oft. Wie er es dennoch schafft, ganze Bücher zu schreiben, ist und bleibt für mich unerklärlich.

»Na ja, nicht jeder kann alles können«, beginnt Ray vorsichtig, während er mir einen hilfesuchenden Blick zuwirft. Ellie, dem Rays Mimik nicht entgangen ist, grinst breit und legt einen Arm um meine Schulter.

»Dafür habe ich schließlich die beste Schwester der Welt!« Er drückt mir einen Kuss auf die Wange und haucht mir im Anschluss ein »Hab dich lieb« ins Ohr.

Gott, mein Bruder ist so gefühlsduselig! Dass Ray nach so langer Zeit endlich wieder zu Hause ist, macht die Sache nicht besser. Denn kaum hat er mich losgelassen, liegt er wieder in Rays Armen, der ihn sofort mit weiteren Küssen bombardiert.

Ich rolle mit den Augen und stoße beide Jungs von mir. Das ist echt nicht auszuhalten!

»Ich hole mir noch ein paar von Robs Pizzahappen. Wollt ihr auch was?«

Natürlich bekomme ich keine Antwort, denn die zwei sind damit beschäftigt, sich gegenseitig zu essen. Allmählich frage ich mich, wieso ich diese Party überhaupt organisiert habe. Jonas ist mit Rays beiden

Cousinen abgehauen – wohin auch immer - und Ray hat sowieso nur Augen für meinen Bruder. Der Einzige aus der Band, der sich tatsächlich auf der Tanzfläche befindet, ist Alec. Nur wirkt er sturzbetrunken. Im Moment tanzt er nämlich mit Rob, unserem älteren Mitbewohner, der wiederum mit einer Flasche Cola in den Händen völlig regungslos vor Alec steht und ihn mit erhobenen Augenbrauen mustert. Rob schüttelt hilflos den Kopf und läuft anschließend ein paar Schritte rückwärts, um aus Alecs Fängen zu entkommen. Einfach herrlich!

Vielleicht sollte ich mich erbarmen und eine Runde mit Alec tanzen. Doch ein Blick auf das Buffet genügt und mein Magen knurrt laut. Zuerst Pizza, dann das Vergnügen.

O ja, ich werde heute Nacht Spaß haben und bis in die frühen Morgenstunden feiern. Das ist ein guter Plan! Immerhin habe ich die Babysitterin für meinen Sohn Dylan bis morgen Vormittag engagiert und ich bin zum ersten Mal seit vielen Wochen einfach nur Linda.

Keine Mommy, keine alleinerziehende Mutter, die den Haushalt schmeißt, die Wäsche macht und zusätzlich drei Manuskripte des Verlages korrigieren muss, um über die Runden zu kommen. Ich bin nur Linda, eine Frau, die, wie alle anderen jungen Leute, feiern und Spaß haben will!

Ich schnappe mir das letzte Schinken-Pilz-Stück, lehne mich gegen einen der Stehtische und beiße genüsslich in die Pizza, als es neben mir klirrt und ich erschrocken das Pizzastück fallen lasse. Jonas Mom, eine große, stämmige Frau mit schwarzen Haaren, langen bunten Ohrringen und einem weiten dunklen Kleid, versucht, mit zittrigen Händen die Glasscherben zusammenzukehren und den Saft aufzuwischen, der sich über den gesamten Tisch ausbreitet. Ich schnappe mir sofort ein paar Servietten und helfe ihr, doch als ich ihre Finger berühre, zuckt sie zusammen, als hätte ich sie verletzt.

»Alles in Ordnung, Misses Miller? Haben Sie sich geschnitten?«, frage ich und betrachte besorgt ihre immer stärker zitternden Hände.

»Ich … ich möchte nach Hause. Ich muss hier raus … diese Scherben! Entschuldigung. Ich ersetze euch das Glas. Was kostet es? Ich … warte, ich habe hier ein paar Dollar … wo ist nur …?«

Bevor ich in irgendeiner Art reagieren kann, lässt sie die Scherben fallen und öffnet ihre schwarze, kleine Handtasche, die über ihrer Schulter hängt. Das Zittern ihrer Finger führt dazu, dass sämtliche Taschentücher, Tablettenblister, Lippenstifte und andere Produkte zu Boden fallen.

»Misses Miller«, sage ich und lege eine Hand auf ihre. »Es ist alles in Ordnung. Sie müssen gar nichts zahlen. Ich informiere gleich das Personal, die kümmern sich um die Scherben. Das war nur ein Glas.«

Jonas Mom schüttelt den Kopf. Als sie sich zu mir dreht, wirkt ihr Blick abwesend, als würde sie mich gar nicht wahrnehmen.

»Ich will nach Hause. Bitte! Jonas soll mich nach Hause bringen.« Als hätten sie diese Worte sämtliche Kraft gekostet, lehnt sie sich seufzend gegen die Tischplatte.

Ich atme tief durch und beiße mir anschließend auf die Unterlippe.

Jonas … Verdammt! Ich schätze, er wird nicht allzu begeistert sein, wenn ich ihn jetzt aufsuche. Von Ellie weiß ich nämlich, dass Jonas recht gern Zeit mit Rays Cousinen verbringt, vorzüglich nackt – wie mit so ziemlich allen Frauen eigentlich. Daher kann ich mir denken, womit er gerade beschäftigt ist und dass er nicht gestört werden will.

Andererseits ist sie seine Mom. Sie krallt die Fingernägel in die Haut ihres Unterarms, sodass deutliche Striemen sichtbar werden. Sie sollte wirklich nach Hause gebracht werden, ihr geht es offensichtlich nicht gut.

Ich atme tief durch und ergreife anschließend ihre Hände, um weitere Kratzer zu verhindern, und drücke fest zu.

»Ich suche Jonas, in Ordnung? Soll ich Sie in der Zwischenzeit nach draußen bringen?«, frage ich, werde jedoch von Ray unterbrochen, der im selben Moment auftaucht und eine Hand auf ihre Schulter legt.

»Barbara? Was ist los?«, fragt er und wirft mir einen kurzen, fragenden Blick zu, den ich mit einem Schulterzucken beantworte. Schließlich habe ich nicht die geringste Ahnung, was ihr fehlt.

Misses Miller blinzelt ein paarmal und schüttelt anschließend den Kopf. »Ray! Wo … ist … Jonas?«, keucht sie atemlos. »Ich will nach Hause. Die … die Luft ist so dünn hier … bitte!«

Rays Blick wirkt alarmiert, dennoch versucht er sich an einem zuversichtlichen Lächeln.

»Wir sagen ihm Bescheid, keine Sorge«, sagt er, um

sie zu beruhigen, und wendet sich anschließend an mich. »Weißt du, wo er ist?«

»Er ist mit deinen Cousinen abgehauen«, antworte ich flüsternd.

Ray flucht leise und wirft einen besorgten Blick auf Misses Miller, die immer noch wie Espenlaub zittert. Dann verzieht er das Gesicht und kneift die Augen zusammen.

»Denkst du, du könntest ihn trotzdem suchen? Dann würde ich mit ihr raus an die frische Luft gehen und dort auf euch warten.«

Da das sowieso mein Plan war, nicke ich und ignoriere den unangenehmen Kloß im Hals, weil ich mir aktuell tausend schönere Dinge vorstellen kann, als Jonas und die beiden Frauen zu unterbrechen. Aber gut, ich werde das schon schaffen.

Ich beobachte, wie Ray Misses Miller langsam aus dem Raum führt, dann atme ich tief durch, folge ihnen hinaus in den Gang und halte einen Moment inne. Wo würde Jonas hingehen, um sich zu vergnügen? Wo würde ich hingehen? Sicherlich nicht auf die öffentlichen Toiletten, das ist verdammt eklig! Und ganz gewiss nicht nach draußen, immerhin hat es vorhin geregnet. Ob es unverschlossene Räume hier im Keller gibt? Eine Besenkammer wäre Jonas' Stil, oder? Allerdings könnte eine Kammer etwas eng für einen Dreier sein.

Ich laufe den Gang entlang und drücke eine Klinke nach der anderen hinunter – allesamt verschlossen.

Dann fällt es mir ein. Der Bus!

Ellie hat mir erzählt, dass sie die hintere Fläche mit Matratzen ausgelegt haben, um dort während ihrer

Tour zu übernachten. Natürlich. Ich würde an Jonas' Stelle den Bus wählen.

Eilig laufe ich zu den Aufzügen und drücke auf den Knopf für das Parkhaus. Bevor der Bus überhaupt in meine Sichtweite kommt, höre ich das gedehnte Stöhnen der Frauen. Volltreffer!

Je näher ich dem besagten Gefährt komme, desto langsamer werde ich. Diese Geräusche sind kaum auszuhalten. Gott! Entweder ist Jonas ein Sexgott oder die beiden können extrem gut schauspielern. Ich tippe eher auf Zweiteres, denn Grund Nummer eins wäre einfach unfair gegenüber uns Normalsterblichen – ein beliebter Musikstar und Drummer, verflucht sexy und gut im Bett – nein, das geht nicht. So etwas darf nur in Filmen existieren!

Noch bevor ich den Bus erreiche, zwinkere ich und vertreibe die unpassenden Gedanken. Ich bin wegen Jonas' Mom hier, alles andere ist unwichtig. Daher halte ich den Atem an und trommle, ohne weiter zu überlegen, gegen die Scheiben.

Ich höre ein Aufkreischen, ein Rascheln und ein genervtes Raunen.

»Wer stört?«, ertönt Jonas' Stimme.

»Beweg deinen Arsch aus dem Bus, Jonas! Du wirst gebraucht!«

Es dauert nur wenige Augenblicke, bis sich die Seitentür des Busses öffnet, und ein halbnackter Jonas mit einem breiten Lächeln dahinter erscheint.

Holy Hell! Ich weiß, meine Gedanken sind gerade alles andere als passend, aber … Er sieht zum Anbeißen aus! Die Dreadlocks fallen ihm offen über die Schultern und ich erkenne Piercings in beiden

Brustwarzen. In einer verdammt durchtrainierten Brust.

»Linda! Welch angenehme Überraschung! Willst du dich uns etwa anschließen?« Er breitet die Arme aus und deutet auf die Matratzen hinter sich, auf denen sich Rays nackte Cousinen räkeln, die mir zuwinken und ein herzliches Lächeln schenken. »Für dich rücken wir gern ein Stück zusammen, nicht wahr?«, meint Jonas und ich höre die Zustimmung der beiden Frauen.

Ich räuspere mich, verschränke die Arme und ziehe die Augenbrauen hoch.

»Ich muss dich leider enttäuschen – ich teile nicht gern«, antworte ich und mustere Jonas völlig ungeniert. Er wäre absolut mein Typ – gar keine Frage! Ein dünner Schweißfilm bedeckt seine dunkle Haut und lässt sie verführerisch glänzen. Ich unterdrücke den Impuls, eine Hand auszustrecken und über die ausgeprägten Bauchmuskeln und die Spur schwarzer Härchen zu wandern, die weiter nach unten führt und lediglich von einem dünnen, grob verknoteten Tuch verdeckt wird. Ich müsste nur einmal kurz ziehen, dann stünde er nackt vor mir … Ich beiße mir auf die Unterlippe. Ja, die Beule unter diesem Leintuch lässt großen Spaß vermuten.

Ich blinzle ein paar Mal und schüttle den Kopf. Woher, zur Hölle, kommen diese Gedanken? Jonas' Mom braucht Hilfe und sein Körper sollte aktuell das Letzte sein, woran ich denke.

»Du solltest dich anziehen. Deine Mom … will nach Hause«, füge ich nach einer Pause hinzu, weil ich nicht weiß, ob es Jonas recht wäre, wenn ich mehr Details vor den beiden Frauen ausführen würde. Denn wenn er es ähnlich handhabt wie ich, dann gibt er seinen Sexpartner*innen keine privaten Informationen preis.

»Fuck!«

Jonas' Stimmungswechsel kommt unerwartet. Sein Blick ist voller Sorge. Er wirft den Mädchen den Autoschlüssel zu, schlüpft gleichzeitig in Hose und Shirt und springt anschließend mit einem Satz aus dem Bus.

»Ihr müsst leider alleine weitermachen. Lasst den Schlüssel danach einfach stecken, ja?«, sagt er und läuft, ohne eine Reaktion der beiden abzuwarten, los.

Erst nachdem ich die Schiebetür des Busses geschlossen habe, wird er langsamer und wendet sich mir zu.

»Hat sie eine Panikattacke?«, fragt er flüsternd und ich verziehe das Gesicht zu einer Grimasse.

»Keine Ahnung. Sie zittert und wirkt etwas durch den Wind. Sie bat mich, dich zu suchen, weil sie nach Hause möchte. Wieso? Hat sie das öfter?«, antworte ich, als wir vor den Aufzügen stehen und warten.

Jonas zieht ein Gummiband von seinem Handgelenk und bindet die Dreads im Nacken zusammen. Gleichzeitig seufzt er gedehnt.

»Ja, nein, … kommt drauf an. Eigentlich meinte Doktor Brown noch vor meiner Tour, sie wäre endlich richtig eingestellt. Aber wenn sie ansprechbar ist, ist das ein gutes Zeichen. Vielleicht ist sie einfach nur erschöpft.« Jonas' Antwort gleicht einem undeutlichen Murmeln, als würde er gar nicht mit mir, sondern eher mit sich selbst sprechen, und ehrlich gesagt habe ich nicht alles verstanden. Offensichtlich nimmt seine Mutter Medikamente, zumindest wäre das meine Schlussfolgerung. Andererseits ist er mir keine

Erklärung schuldig, seine Mom geht mich schließlich nichts an.

Der Aufzug kommt und wir treten fast gleichzeitig durch die öffnende Tür – was dazu führt, dass wir zusammenstoßen. Er fängt mich mit einem Ausfallschritt auf und schenkt mir ein kurzes Lächeln. Dummerweise betrachte ich nur das glitzernde Lippenpiercing und den geröteten, schmalen Mund, und augenblicklich frage ich mich, wie es sich wohl anfühlt, damit geküsst zu werden … Sofort stellen sich mir sämtliche Härchen auf und ich spüre das Pulsieren meiner eigenen Erregung. Oder ist das etwa Neid? Neid auf Jonas und die beiden Frauen? Auf das, was die drei in den letzten Stunden gemeinsam erlebt haben?

Verflucht! Ich hatte definitiv viel zu lange keinen Sex mehr. In den vergangenen Wochen war ich hauptsächlich damit beschäftigt, Manuskripte zu korrigieren, während sich Dylan seit seinem Start in der Kindertagesstätte von einer Erkältung zur nächsten hangelte und ich keine einzige freie Minute für mich, beziehungsweise für den ein oder anderen One-Night-Stand hatte. Offensichtlich rächt sich das jetzt. Kann bitte irgendjemand meine Gedanken abstellen? Ich sollte dringend mit jemanden schlafen, völlig egal, mit wem. Selbst, wenn es Jonas wäre. Denn obwohl wir uns inzwischen seit über einem Jahr kennen, ist bisher nie mehr als ein kurzer Flirt zwischen uns gewesen. Höchstwahrscheinlich, weil ich bis dato nie Lust hatte, mich in die lange Reihe der Frauen einzugliedern, die Jonas flachgelegt hat. Im Vergleich zu ihm bin ich fast schon eine Heilige – und das soll was heißen, denn ich liebe unverbindlichen

Sex – vorzugsweise mit Männern, die ich anschließend nie wieder sehe.

Außerdem schätze ich, dass Jonas wenig Interesse an einer jungen Mom wie mir hat. Dennoch spüre ich dieses Kribbeln, sobald ich ihn ansehe. Und den Anblick eines nackten Jonas im Bus werde ich definitiv nicht so schnell vergessen.

»Alles okay?«, fragt Jonas und ich schrecke auf, da ich erst jetzt kapiert habe, dass a) der Aufzug längst oben angekommen ist, und b) ich immer noch auf seine Lippen starre. Ganz zu schweigen von meinem erschreckenden Gedankenkarussell. Himmel! Was ist nur los mit mir? Er spricht über seine Mom und Panikattacken und ich denke an Sex? Das ist armselig!

»Was? Ja!« Ich trete einen Schritt zurück und atme tief durch. »Ja, alles gut. Ich war nur … in Gedanken«, füge ich hinzu und erkenne ein amüsiertes Grinsen auf seinem Gesicht. Er beugt sich so nah zu mir herunter, dass ich seinen heißen Atem auf den Lippen spüre.

»Ich brenne darauf, jeden einzelnen dieser Gedanken zu erfahren, hübsche Linda.« Er streicht mir eine Strähne hinters Ohr, richtet sich wieder auf und verlässt den Aufzug mit einem vielsagenden Zwinkern. »Ein anders Mal, ja?«

Kurz darauf ist der Glanz in seinen Augen verschwunden und ich erkenne Sorge darin. »Danke, dass du mich geholt hast.«

»Gern geschehen«, antworte ich nach einem Räuspern und folge ihm nur langsam den Gang entlang, hinaus in den Außenbereich des *Temple*, wo Ray bereits mit Misses Miller auf uns wartet. Doch kurz davor halte ich inne. Ich habe meinen Job erfüllt und Jonas geholt, der Rest ist Familienangelegenheit und geht mich nichts an. Daher drehe ich mich um und gehe langsam zurück in die Richtung der Kellerräume.

Ich habe noch nicht mal die Aufzüge erreicht, als ich erneut stehenbleibe. Irgendwie ist mir die Lust auf Feiern vergangen. Ich sollte heimfahren und nach Dylan sehen. Wer weiß, ob die Babysitterin mit ihm klarkommt? Außerdem könnte ich mir so ein bisschen Geld sparen, weil ich sie früher nach Hause schicke. Ich kann jeden Dollar gebrauchen, wenn ich weiter alleine für unser Leben sorgen möchte. Und das werde ich. Allein der Gedanke, erneut ein Jahr von Moms oder Ellies finanzieller Hilfe abhängig zu sein, ruft Übelkeit in mir hervor. Nein, ich schaffe das. Allein.

Mit einem traurigen Seufzen denke ich an meinen Bruder. Theoretisch sollte ich mich verabschieden. Aber wie ich meinen Zwilling kenne, würde er meine deprimierenden Gefühle und Gedanken mit einem einzigen Blick erraten, und seine eigene ausgelassene Stimmung wäre dahin. Nein. Heute ist sein Tag. Sein Freund ist endlich nach Hause gekommen. Ich versaue den beiden garantiert nicht den Abend. Unbemerkt verlasse ich den Club, um zur nächsten U-Bahn-Station zu laufen.

Tja, das war wohl nichts mit einer ausgelassenen Party, literweise Cocktails und tanzen bis zum Morgengrauen. Vielleicht ist es an der Zeit, mich von diesen albernen Jugendträumen zu verabschieden. Immerhin bin ich dreiundzwanzig Jahre alt. Und Mutter eines bald zweieinhalbjährigen Sohnes.

Verdammt! Ich bin eine alleinerziehende Mutter

und sollte stolz darauf sein. Alles andere sollte unwichtig sein.

Party, Alkohol, Flirten, Sex – andere Mommys brauchen das doch auch nicht! Ich habe einen wunderbaren, kleinen Sohn. Das reicht doch!

Ich bin mir sicher, wenn ich diese Sätze nur oft genug wiederhole, glaube ich irgendwann auch daran.

Ganz bestimmt.

Kapitel Drei

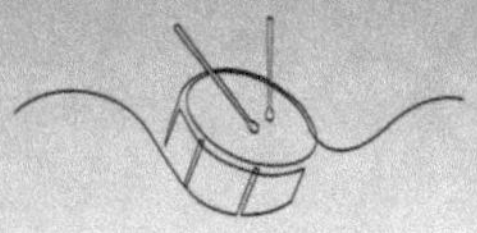

JONAS

»Wie können Sie sich sicher sein, dass das die richtige Dosis ist? Immerhin war es nicht die erste Panikattacke in den letzten Monaten.«

Am liebsten würde ich durch das Telefon hindurchgreifen und Doktor Brown, den Arzt meiner Mom, gründlich durchschütteln – vorsichtig formuliert. Nein, ich würde ihn gern am Kragen packen, denn ich höre sein professionelles Lächeln durch die Leitung hindurch – es klingt zum Kotzen!

»Mister Miller, ich versichere Ihnen, dass wir Ihre Mutter lange und ausführlich getestet und korrekt eingestellt haben. Das zeigt sich zum einen daran, dass die Panikattacke gestern Abend relativ harmlos verlief. Dass sie dennoch auftrat, liegt nicht an der Dosis ihrer Antidepressiva, glauben Sie mir. Sprechen Sie mit ihr, irgendetwas muss geschehen sein, das sie getriggert hat – in irgendeiner Art und Weise. Sie wissen, dass es viele

Arten von Triggern gibt, und was sie auslösen können, oder?«

Ich werfe Mom einen kurzen Blick zu und presse die Lippen aufeinander. Sie liegt auf unserem Sofa unter gefühlt hundert Decken versteckt, doch ich meine immer noch das Zittern ihrer Gliedmaßen zu erkennen. Oder bilde ich mir das aus lauter Sorge ein? Keine Ahnung. Natürlich kenne ich mich mit ihrer Krankheit aus. Nach all den Jahren bin ich ein Profi, was die Angstzustände und Depressionen meiner Mutter angeht. Aber was zur Hölle hätte sie auf einer Willkommensparty derartig triggern können? Noch dazu auf einer privaten Party, nur mit unseren engsten Freunden und Familienmitgliedern? Natürlich war es keine ausgeprägte Panikattacke, wie zuletzt vor fünf Jahren, als sie vom Drogentod ihres Bruders erfahren hatte. Damals musste ich sie festhalten, damit sie ihren Kopf nicht gegen die Wand schlägt. Laut Doktor Brown war das eine Art Schutzmechanismus ihres Körpers, da selbstverletzendes Verhalten und Schmerzen die Angst auf eine schräge Art und Weise eindämmen. Allerdings kann ich meine eigene Sorge einfach nicht abstellen, wenn es um Mom geht. Und ich möchte nicht wissen, wie sich der Abend noch entwickelt hätte, wären Linda und Ray nicht gewesen, die ihr rechtzeitig geholfen haben.

»Haben Sie ihr das Notfallzäpfchen verabreicht?«, fragt Doktor Brown weiter und ich murmle eine Bestätigung.

»Sie schläft. Zwar sehr unruhig, aber sie schläft«, antworte ich und höre ein Lob am anderen Ende der

Leitung. Als ob ich mich dadurch besser fühlen würde! Denn das tue ich nicht.

»Dann warten Sie ab, lassen Sie sie schlafen. Und wenn sie aufwacht, sprechen Sie behutsam den gestrigen Abend an. Genauso, wie ich es Ihnen damals erklärt habe, erinnern Sie sich?«

Ich nicke, auch wenn er es nicht sehen kann. Ja, ich habe Mom oft genug zum Arzt begleitet. Und das seit frühester Kindheit. Zumindest dann, wenn genug Geld vorhanden war, um die Arztrechnung zu bezahlen. Ich weiß, was zu tun ist.

»Und Mister Miller, seien Sie unbesorgt. Rückfälle sind normal, doch das bedeutet nicht, dass ihr Zustand wieder dauerhaft so bleibt. Glauben Sie an Ihre Mutter, sie hat schon so viel geschafft!«

Ja, das hat sie. Das hat sie wirklich.

Ich schlucke den unangenehmen Kloß der Erinnerung runter und verabschiede mich von Doktor Brown.

Anschließend setze ich mich auf den Sessel gegenüber vom Sofa und beobachte Mom.

Schweißperlen glänzen auf ihrer hohen Stirn, die schwarzen, ursprünglich geglätteten Haare kräuseln sich feucht an der Kopfhaut und ihre Lider flattern unruhig, als würde sie selbst im Schlaf voller Panik nach Fluchtmöglichkeiten suchen.

Meine Mom leidet unter Angststörungen. Sie alle aufzuzählen würde den Rahmen sprengen, denn es gab eine Zeit, in der fast alles eine Panikattacke bei ihr ausgelöst hat. Zu viele Menschen – Panik. Zu enge Räume – Atemnot und Panik. Zu laute Geräusche – Panik,

Gewitter – schlimmster Angstzustand, … Manchmal hat selbst das Klingeln des Telefons ausgereicht, damit sie zitternd den Kopf an die Wand gehämmert hat. Doktor Brown hatte ihr daraufhin ein Gummiband gegeben, das sie bei einer nahenden Angstattacke gegen ihr Handgelenk schnalzen lassen sollte. Doch das verwendet sie schon lange nicht mehr – in ihren Augen ist das lächerlich.

Ich weiß, dass sie viel durchgemacht hat. Die paar wenigen Einzelheiten, die ich aus ihrer Kindheit kenne, sind allesamt angsteinflößend. Dann geriet sie zu ihrem Unglück ausgerechnet an ein Mängelexemplar von Mann – meinen Erzeuger –, der sie erst recht ins Verderben gestürzt hat … Ich seufze und schließe die Augen. Hoffentlich war das nur ein einmaliger Anfall. Was mache ich bloß, wenn das wieder häufiger vorkommt? Was, wenn meine viermonatige Abwesenheit der Grund ihrer Attacke war? Was wird aus meiner Karriere, wenn ich sie zukünftig doch nicht mehr alleine lassen kann? Was wird aus der Band?

Fuck! Ich kann Ray und Alec nicht im Stich lassen! Nicht jetzt! Nicht, wenn es endlich gut läuft! Wir haben so lange so hart gearbeitet, ohne einen Cent zu verdienen, mit einem riesigen Berg an Schulden, den wir *Sunset Media*, unserem ehemaligen Musiklabel, zu verdanken haben. Denn das war die Konsequenz, um aus den Knebelverträgen der Castingband aussteigen zu können – eine immens hohe Strafsumme, die wir selbst eineinhalb Jahre später verzinst zurückzahlen müssen. Dieser April war der erste Monat, in dem wir als Band schwarze Zahlen geschrieben haben. Ich kann jetzt nicht pausieren. Wir müssen sofort an einem weiteren

Album arbeiten, sonst war's das mit der Musikkarriere von *Nameless*.

Fuck, Mom! Tu mir das nicht an! Bitte!

Mein Handy piept und ich lese eine besorgt klingende Nachricht von Ray. Ich schätze, ihn quälen dieselben Gedanken wie mich. Er ist einer der wenigen Menschen in meinem Leben, denen ich etwas von meiner Kindheit und Moms Vergangenheit erzählt habe.

»Wie geht es ihr? Was sagt der Arzt?
Sollen wir vorbeikommen? Brauchst du
Hilfe? Gruß R«

Ich atme tief durch. Theoretisch würde ich wahnsinnig gerne mit jemanden reden. Und ja, Ray wäre die erste Wahl. Dennoch wimmle ich ihn ab:

»Alles okay, danke, Mann!«

Ich werde sicher nicht der Freund sein, der Rays ersten Tag zu Hause versaut. Sein Platz ist heute an Ellies Seite, in ihrem gemeinsamen Bett. Und ich will verdammt sein, wenn die zwei nicht bis in die frühen Abendstunden ihre lang ersehnte Zweisamkeit genießen. Hoffentlich so laut, dass die Wände des gesamten Hochhauses wackeln, in dem sie wohnen.

Nein, ich muss das heute alleine durchstehen!

Ein Stöhnen aus Moms Mund vertreibt meine Gedanken und sofort knie ich neben ihr und fahre vorsichtig mit den Fingern über ihre Stirn. Die ist glühend heiß. Ob das von dem Zäpfchen kommt, das ich ihr verabreicht habe?

»Mom, hey«, flüstere ich, als sie die Augen öffnet. Ihr Blick wirkt panisch und ich küsse sie sacht auf die Wange. »Ich bin hier. Es ist alles gut. Du bist zu Hause.«

Doch Mom ächzt und rappelt sich auf. Ihre Augen weiten sich voller Sorge.

»Es tut mir leid, Jonas. Ich … ich habe dir den Abend verdorben«, jammert sie, doch ich schüttle den Kopf.

»Das macht doch nichts. Ich kann noch oft genug feiern«, antworte ich, aber Mom schluchzt weiter, als hätte sie meine Worte gar nicht gehört.

»Ich bin eine grauenvolle Mom! Dabei wollte ich einfach nur ein Glas Saft trinken und deine Nähe genießen. Vielleicht ein bisschen tanzen … Aber dann habe ich ihn wiedergesehen. Zum zweiten Mal. Es war keine Einbildung! Er stand direkt vor mir! Und … ich war einfach nicht darauf vorbereitet! Es tut mir so unglaublich leid!«

Ich ergreife ihre zittrige Hand. Ihre Worte ergeben keinen Sinn und ich hoffe, dass sie sich bald beruhigt. »Mom, du hattest eine Panikattacke. Es ist alles gut, ich habe dich nach Hause gebracht«, erkläre ich mit beruhigender Stimme. Allerdings schüttelt sie noch energischer den Kopf und deutet auf mich.

»Nein, Jonas! Jonas, hör mir zu! Er war da! Er war in diesem Club! Und er war damals im Gericht! Erinnerst du dich an eure Verhandlung gegen Peter?«

Irgendwie klingt ihre Erklärung seltsam. Und anders als sonst, wenn sie eine Panikattacke hatte. Natürlich erinnere ich mich an die Gerichtsverhandlung im November vorletzten Jahres, denn sie bedeutete das Aus von *Ray and the kings*, unserer Castingband. Wenn ich so darüber nachdenke, hatte sich Mom damals ebenfalls auffällig verhalten, allerdings hatte ich gedacht, es läge am Ende meiner jungen Karriere und nicht an irgendeiner ominösen Person oder Halluzination. »Von wem sprichst du, Mom?«, frage ich daher.

»Dein Vater, Jonas. Er war dort«, antwortet sie und ich lasse ihre Hand los.

Auf einmal ist mir kotzübel.

Mein Vater.

Fuck!

Mom hat meinen Vater gesehen! Nach so vielen Jahren. Jetzt, wo sie ihr Leben endlich einigermaßen in den Griff bekommen hat.

Das Universum will mich doch verarschen! Was soll das, verdammt noch mal?

Warum?

Warum jetzt?

Und warum ausgerechnet er?

Nachdem mir Mom ausführlich erklärt hat, wo genau sie ihn gesehen hat und wie er aussieht, fällt mir nur eine einzige Person ein, auf die die Beschreibung zutrifft, beziehungsweise zutraf. Immerhin waren auf der Party nur unsere Freunde und Familienmitglieder anwesend. Und dieser Mann war auch damals bei der Gerichtsverhandlung mit dabei.

Fuck!

Mir ist immer noch schlecht. Ich hätte nie gedacht, dass man aufgrund schlimmer Nachrichten kotzen muss – im wahrsten Sinne des Wortes. Die Tatsache, dass ich die Hälfte des Vormittags über der Kloschüssel hing, hat mich eines Besseren belehrt. Es ist möglich.

Robert Hyde, den Mom von früher nur unter dem Namen »Robby« kannte, ist mein Dad.

Der ehemalige Obdachlose, der seit ein paar Jahren in der Wohngemeinschaft von Ellie, Ray und Linda lebt. Der stille, alte Mann mit den buschigen Augenbrauen, der die weltbeste Lasagne kocht. Ich habe sie selbst erst kurz vor Beginn unserer Tournee gegessen und weiß, wovon ich spreche.

Robert Hyde ist mein Dad. Mein Vater. Mein verdammter Erzeuger! Der verfluchte Wichser, der Mom und mich wegen seiner Drogensucht sitzengelassen hat. Dazu gezwungen, allein und hilflos irgendwie zu überleben.

Ich kapiere es nicht. Wirklich nicht. Es ergibt keinen Sinn.

Seit Jahren bin ich auf der Suche nach ihm. Heimlich, damit Mom keinen Rückfall erleidet, nur weil sie sich an die schlimmste Zeit ihres Lebens erinnern könnte. Ich habe sämtliche Drogenberatungsstellen in San Francisco und Umgebung aufgesucht, mit Beratern und Streetworkern gesprochen, um mögliche Hinweise auf meinen Vater zu erhalten. Ich habe sogar im Knast nachgefragt. Weil ich ihm ein einziges Mal ins Gesicht blicken wollte. Weil ich trotz des Leids, das er uns angetan hat, wissen wollte, wer er ist. Doch ich habe nie etwas gefunden. Ich habe ihn nicht gefunden.

Jahrelang – nichts.

Und dann soll sich herausstellen, dass ich ihn längst kenne? Und bis vor wenigen Augenblicken sogar gemocht habe?

Das ist ein Witz.

Ein beschissener Witz!

Mein Handy klingelt zum wiederholten Mal, doch ich ignoriere es. Ich habe keinen Bock, mit Ray zu sprechen.

»Jonas, Liebling! Sagtest du nicht, dass du heute Abend noch eine Bandprobe hast?«

Moms Stimme klingt belegt und zittrig, was mir schon wieder die Eingeweide verknotet. Ausgerechnet sie hat ihn gefunden! Weil er in der Wohngemeinschaft meines Bandkollegen wohnt. Ich trage in gewisser Weise die Schuld an ihrem Zustand. Was, wenn das gestern nur ein Anfang war? Was, wenn die richtige Panikattacke noch kommt? Was, wenn sie sich in den unmöglichsten Augenblicken an ihn erinnert und wieder tagelang nicht das Bett verlassen kann?

Nein, die Band kann mich mal! Als ob ich jetzt in der Lage wäre, Musik zu machen.

»Bitte, Liebling. Es geht mir gut. Du musst nicht auf mich aufpassen«, sagt Mom, die mein Schweigen vollkommen richtig interpretiert. Sie erhebt sich stöhnend vom Sofa und wirft mir ein halbherziges Lächeln zu. Ich fühle ihre rauen und feingliedrigen Finger an meiner Wange, während sie lang und gedehnt seufzt.

»Ich werde nichts einwerfen. Und auch nichts trinken. Es geht mir wieder gut, ich habe mich nur … erschreckt«, erklärt sie. Ich schließe die Augen und verdränge das Gefühl der Angst, das ich einfach nicht abstellen kann, wenn es um sie geht. Viel zu oft hat sie behauptet, dass es ihr gut ginge. Viel zu oft waren diese

Worte gelogen. Und ich bezweifle, dass sie diesmal der Wahrheit entsprechen.

»Du solltest proben, Jonas. Das ist dein Job, vergiss das nicht.«

Das Handy klingelt erneut und ich werfe einen skeptischen Blick darauf. Zehn verpasste Anrufe von Ray, drei Sprachnachrichten und vier Nachrichten von Alec. Ja, sie warten auf mich. Plötzlich reißt mir Mom das Handy aus der Hand und hält es an ihr Ohr.

»Hallo? Ray, es tut mir von Herzen leid, ich habe Jonas viel zu lange beansprucht. Aber er ist auf dem Weg zu euch! Nicht wahr?« Die letzten beiden Worte gelten mir und Mom deutet zur Tür - es ist die Aufforderung, abzuhauen.

Sie meint es ernst.

Ich atme tief durch und mustere sie einen Augenblick. Im Moment wirkt sie tatsächlich gefasst. Als könnte ich sie alleine lassen. Und ja, es war im Grunde nur eine schwache Panikattacke. Vielleicht sollte ich sowohl dem Arzt als auch ihren Worten glauben und vertrauen.

Aber schaffe ich das?

Mom beendet das Telefonat mit meinem besten Freund und wirft mir dann das Handy zu. Allerdings stehe ich immer noch wie angewurzelt zwischen Flur und Wohnzimmer und weiß nicht, was ich tun soll.

»Sollte ich den kleinsten Anflug von Angst oder Atemnot spüren, rufe ich sofort Doktor Brown an. Und jetzt hau schon ab und hab Spaß!«

Okay, ich schaffe das.

Ich binde meine Locks zusammen und werfe einen

letzten Blick auf sie. Dann drehe ich mich um und verlasse die Wohnung.

Der Knoten in meinem Magen wird sich schon lösen. Hoffe ich.

~

Die Sticks in meinen Händen sind eine Erweiterung meiner Arme, ich fühle ihre Schwingungen in der Luft, bis sie zum exakten Zeitpunkt auf ihren Widerstand treffen.

Die Snaredrum – Bämm! Im Geiste sehe ich beim Knall meine Faust vor mir, die auf die rechte Wange von Robert Hyde trifft! Drei Mal geht die Bassdrum, und ich stelle mir vor, wie ich ihn in den Magen boxe. Schnelle Triolen über alle Toms – ich schreie ihn an. Der Rhythmus steigert sich, meine Bewegungen werden zu einer Einheit – eine Einheit, die nur eines widerspiegelt: Wut.

Am Drumset zu sitzen und zu spielen bedeutet alles für mich. Es ist Mathematik in ihrer komplexesten Art und gleichzeitig die reinste und klarste Form von Musik. Und es ist Gefühl. Jegliche Art von Gefühl.

Ich halte den Atem an, während ich das rhythmische Schema immer komplizierter gestalte, dennoch sehe ich Robert Hyde klar vor mir. Meinen Erzeuger. Meinen Vater. Diesen stillen und unscheinbaren Mann, der aussieht, als könne er keiner Fliege etwas antun. Wie sehr man sich doch in einem Menschen täuschen kann.

Das ist für dich, Dad!, schreie ich in Gedanken und

verpasse ihm erneut einen Tritt in den Magen, worauf die Bassdrum laut dröhnt.

Ich habe keine Ahnung, wie lange ich schon spiele, doch ich fühle den Schweiß auf meiner Stirn und die feuchten Hände. Ich spüre den schnellen Herzschlag, der sich an die Musik angepasst hat. Bevor mir die Sticks aus den Fingern gleiten, spiele ich einen donnernden Schluss und atme keuchend durch.

Verflucht! Das hat gutgetan. Genau das habe ich gebraucht.

Erst einige Augenblicke später bemerke ich die völlig sprachlosen Gesichter von Alec und Ray und die gespenstische Stille im Proberaum. Es handelt sich nicht wirklich um ein professionelles, schallisoliertes Musikstudio mit technischem Equipment und Instrumenten, sondern vielmehr um eine ramponierte Einliegerwohnung in einem alten Fabrikgebäude außerhalb San Franciscos. Abgesehen von den unzähligen Lastwagen, die alle paar Minuten draußen vorbei knattern, als gäbe es kein Morgen, ist der Ort perfekt, um ungestört Musik zu machen und aufzunehmen. Alec hat sich mit Hilfe seines Technikerwissens selbst ein kleines Tonstudio gebaut, das sich sehen lassen kann. Es ist natürlich kein Vergleich zum Studio von *Sunset Music*, aber immerhin so gut, dass unser erstes Album inzwischen monatlich über 2 Millionen Mal gestreamt wird. Trotz leiser Motorengeräusche im Hintergrund. Ein Grund, warum ich diesen Ort und dieses kleine Studio liebe. Doch nun starren mich meine Bandkollegen völlig entsetzt an.

»What. The. Fuck?«, flüstert Alec gedehnt, als würden ihm die Worte fehlen.

Sogar Ray schüttelt schweigend den Kopf.

»Mann, das war … krass«, meint er schließlich und lässt die Gitarre in seinen Händen zu Boden sinken. Er mustert mich aufmerksam und fährt sich anschließend durch die Haare. »Willst du darüber reden?«

Ich schätze, meine beiden Bandkollegen haben die Wut auf Robert Hyde deutlich herausgehört. Dennoch deute ich auf das Schlagzeug vor mir und schüttle den Kopf.

»Ich habe gerade darüber gesprochen«, antworte ich und atme tief durch. »Jetzt geht's wieder. Sollen wir die letzten beiden Songs noch einmal anspielen? Ich war nicht ganz anwesend.«

»Nicht ganz anwesend?« Alec lacht laut auf und verzieht das Gesicht. »Alter, du hast gerade das Höllenfeuer auf Erden entfacht! Ich konnte es sogar knistern hören. Ganz zu schweigen von deiner Mimik vorhin.« Er wirft mir einen besorgten Blick zu und wiederholt anschließend leise meine Worte. »Nicht ganz anwesend …«

Ray betrachtet mich mit demselben Gesichtsausdruck wie Alec, doch auch er schweigt weiter. Das ist einer der Gründe, wieso ich die beiden so liebe. Sie verstehen mich ohne Worte und wissen, wann es besser ist, nichts zu sagen. Das war anders, als Scott noch dabei war. Er wusste nie, wann er einfach die Klappe halten sollte. Dabei hat er viel zu oft eine unserer Grenzen überschritten. Mal abgesehen von seiner Homophobie, mit der er sich letztlich selbst aus der Band geschossen hat.

»Okay, dann fangen wir nochmal bei ›Live your break‹ an! Alec, achte auf den Tonartwechsel im dritten

Teil. Es wechselt auf C-Moll!«, meint Ray schließlich und nickt mir kurz zu. »Bereit?«

Und das bin ich, denn ich will keinen einzigen weiteren Gedanken an meinen leiblichen Vater oder an Scott oder sonst jemanden verschwenden. Es ist Zeit, abzuschalten. Sofort schlage ich die Sticks aneinander und genieße den Sound des neuen Songs aus Rays Feder. Wieder ein Song, der mit nichts zu vergleichen ist. Ray hat es geschafft, das aktuelle Zeitgeschehen in die Form eines Liedes umzuwandeln, und es hört sich absolut geil an. Der Song trifft mitten ins Herz, wie so oft in letzter Zeit. Ray klingt verdammt gut. Genau wie Alec, dessen klare und feine Stimme perfekt mit Rays Bassstimme harmoniert. Trotzdem finde ich, dass etwas fehlt … Nur was? Mehr Fülle, mehr Klang, mehr Tiefe? Kaum habe ich das gedacht, seufzt Alec auf und haut mit den Fäusten auf die Tasten des Keyboards.

»Das hört sich beschissen an!« Er deutet auf Ray und mich und schüttelt den Kopf. »Ich weiß, ich wiederhole mich, aber wir benötigen einen Bassisten!«

Bevor Ray aufstöhnen kann, lache ich lauthals los. Diese Diskussion führen wir seit fast einem Jahr – ohne Ergebnis. Ray will niemand Neues aufnehmen, mir ist es im Grunde egal, und Alec pocht darauf, einen Bassisten einzustellen. Immer wieder dasselbe Thema.

»Ich weiß, dass Scott ein Vollidiot war, aber er konnte nun mal verflucht gut Bass spielen! Ich bin doch nicht der Einzige, der findet, dass das leer klingt? Der Keyboard-Bass-Sound klingt einfach beschissen. Jonas? Jetzt sag du auch mal etwas dazu!«

Ich grinse und ziehe das Lippenpiercing in meinen

Mund. O nein, ich werde mich garantiert nicht in dieses Streitthema mit hineinziehen lassen. Sicher nicht. Auch wenn es stimmt, denn uns fehlt definitiv Tiefe – ein Bassist wäre ideal.

»Wir sollten Feierabend machen«, antwortet Ray, der mein Schweigen genau richtig interpretiert. »Ich will nach Hause. Und Jonas sieht so aus, als könnte er einen Drink vertragen. Daher schlage ich vor, wir vertagen die Probe - und die Diskussion – auf morgen. Okay?«

Alec grummelt irgendetwas Unverständliches vor sich hin, doch ich klatsche laut und zustimmend. Denn ja, ich könnte tatsächlich einen Drink vertragen. Mindestens einen.

Sobald ich mich vergewissert habe, dass es meiner Mom gut geht, werde ich ins *DNA* abhauen. Und den Club mit einem Mädchen wieder verlassen, oder zwei – da bin ich flexibel. Genau das brauche ich jetzt. Guten Sex, der mich vergessen lässt, wer ich bin und wer mein Vater ist.

Verdammt schade, dass Rays Cousinen wieder zurück nach Saint Luis Obispo geflogen sind. Obwohl … Kaum denke ich an die gestrige Party und die kurze Auszeit mit Mary und Kathleen in unserem Tourbus, sehe ich eine andere Frau vor mir. Lange Beine und einen perfekten, runden Hintern. Zarte, helle Haut, eine Stupsnase und einen hellblonden Bob. Wie sie auf ihrer roten Unterlippe herumkaut und dabei mein Piercing mustert. Gierig und mit loderndem Blick. Denn genau das hat sie getan, als wir gestern im Aufzug gestanden sind. Ich brenne immer noch darauf, ihre

Gedanken zu erfahren. Vor allem wüsste ich zu gern, wie sie auf mein Zungenpiercing reagieren würde. Wenn ich die Wahl hätte, weiß ich, mit wem ich am liebsten den restlichen Abend verbringen wollte.

»An wen denkst du gerade?«

Was? Ich zwinkere ein paarmal und betrachte Ray, der bereits die Gitarre eingepackt und die Jacke angezogen hat und mir nun ein amüsiertes Grinsen schenkt.

»Das willst du nicht wissen«, antworte ich und vertreibe Linda, Ellies Zwillingsschwester, aus meinen Gedanken. Doch dann halte ich inne. Eigentlich gibt es keinen Grund dafür. Denn so, wie ich sie einschätze, zählt sie zu der Sorte Frau, die nichts Ernstes sucht. Perfekt für mich. Wieso ist mir das nicht schon früher aufgefallen?

Außerdem bekäme ich so die Gelegenheit, meinen leiblichen Vater etwas näher kennenzulernen. Vielleicht erinnert er sich an mich oder an Mom. Möglicherweise entschuldigt er sich sogar bei uns.

Das wären zwei Fliegen mit einer Klappe … Jetzt muss ich mir nur noch überlegen, wie ich Linda verführen könnte, damit sie mich zu sich nach Hause einlädt.

»Dein Lächeln sieht irgendwie gefährlich aus«, reißt mich Ray erneut aus den Gedanken, doch ich kann nicht aufhören zu grinsen.

Ist mein Plan gefährlich? Definitiv.

Ist er gemein? Nicht unbedingt, da ich dafür sorgen werde, dass Linda die schönste Zeit ihres Lebens hat.

Zudem werde ich Robert Hyde vor Augen führen,

was für ein Vollpfosten er ist. Denn genau das ist längst überfällig.

Dad, du wirst dir noch wünschen, mich niemals gezeugt zu haben!

Ich klopfe Ray auf die Schulter. »Soll ich dich nach Hause fahren?«

Kapitel Vier

LINDA

Ich will nicht mehr!

Aaahhh! Im Ernst, am liebsten würde ich mich neben Dylan auf den Boden werfen und genauso laut brüllen wie er. Denn genau das macht er seit einer geschlagenen halben Stunde. Ich kann es nicht mehr hören, meine Ohren surren, mein Geduldsfaden ist dünner als ein Haar und ein Nervenkostüm besitze ich schon gar nicht mehr.

Die Tür unseres Zimmers öffnet sich einen Spalt und ich erkenne den besorgten Blick meines Bruders, der eine Augenbraue anhebt und mich und Dylan betrachtet. Dylan, der immer noch tobt, und mich, die vor ihm kniet und die frische Windel in den Händen hält.

»Brauchst du Hilfe?«, fragt er und ich werfe seufzend die Windel nach ihm.

»Wenn du meinst, du schaffst es, sie ihm anzuziehen – bitte!« Mein Sohn hat vor wenigen Wochen beschlossen, sein Leben selbst in die Hand zu nehmen. Anziehen? Kann ich selbst. Windel? Brauche ich nicht mehr. Essen? Kann ich alleine.

Ich habe keine Ahnung, ob das normal ist, doch eines weiß ich mit vollkommener Gewissheit: Ich bin eine grauenvolle Mutter. Und ich explodiere gleich, wenn er nicht endlich aufhört, zu brüllen.

Ellie kniet sich zu uns auf den Boden und nimmt Dylan in die Arme. Sofort verstummt das ohrenbetäubende Kreischen und ich beobachte, wie mein Bruder mit seinem Neffen scherzt, ihm auf den Bauch pustet und ihn durchkitzelt. Innerhalb kürzester Zeit ist Dylan frisch gewickelt und angezogen und ich fühle mich noch schrecklicher als zuvor.

Plötzlich spüre ich Ellies Arm auf meinen Schultern und ich lege den Kopf an seine Brust.

»Ich bin eine grauenvolle Mutter«, wiederhole ich die Gedanken von eben in das weiche Shirt meines Bruders.

Ellie zieht mich nur fester in seine Umarmung, während Dylan wieder quietschvergnügt und engelsgleich mit einem seiner Autos spielt und dabei dicke Spuckebläschen mitsamt Motorengeräuschen produziert, als wäre nichts gewesen. »Du brauchst nur eine Pause, das ist alles.«

»Ja klar, das ist alles«, wiederhole ich mit sarkastischem Ton, weil ich ihm kein Wort glaube.

»Was ist los?«, fragt Ellie, dem mein Unterton offenbar nicht entgangen ist.

Ich seufze.

Ich habe das Gefühl, festzusitzen. Gefangen in einer

Endlosschleife aus einer Arbeit, die mich nicht erfüllt und dem Mamadasein, ohne selbst zu leben.

Das bunte Leben meiner Freunde rauscht an mir vorbei. Ich verfolge Statusbilder von Reisen in ferne Länder, betrachte die ausgefallensten Party-Outfits meiner Freundinnen, sehe lachende und strahlende Gesichter, während ich hier auf dem Boden kauere und es nicht einmal schaffe, Dylan eine Windel anzuziehen. Ich vermisse mein altes Leben. Ich vermisse die Freiheit. Und weil ich dieses Gefühl habe, fühle ich mich gleichzeitig schuldig. Weil er doch das Beste sein sollte, was in meinem Leben passiert ist. Weil ich mir doch sowieso schon mehr Freiraum gönne, als andere Mütter ihr gesamtes Leben lang, und ich seit Beginn der Schwangerschaft darum kämpfe, Linda zu bleiben – eine selbstständige Frau und eine Mutter.

All diese Gedanken fluten meinen Geist, doch ich spreche keinen davon aus. Stattdessen zucke ich schwach mit den Schultern und antworte: »Nichts.«

Aber Ellie wäre nicht Ellie, wenn er nicht dennoch wüsste, wie es wirklich in mir aussieht. Ich fühle die Sorge in seinem Blick und spüre seine warmen Lippen an meiner Stirn.

Die Wohnungstür kracht und kurz darauf ertönt das tiefe »Bin zu Hause!«, von Ray. Ich seufze erneut und streiche Dylan über das feine Haar, der mit seinem Spielzeugauto auf meinen Schoß gekrabbelt ist.

»Geh zu ihm«, fordere ich Ellie auf und schenke ihm ein Lächeln, das fast ehrlich ist. »Ihr habt schließlich ein paar Monate Sex nachzuholen.«

Ellie kichert leise, allerdings macht er keine

Anstalten, aufzustehen. Stattdessen mustert er mich weiter mit kritischer Miene.

»Du solltest heute ausgehen. Richtig feiern. Nicht so wie gestern. Ich habe sehr wohl gemerkt, dass du eigentlich nur mit der Organisation beschäftigt warst und um zehn wieder verschwunden bist. Du solltest Tessa anrufen, oder Mayla, und mit ihnen bis in die Morgenstunden feiern. Und tanzen. Wie klingt das?«

Ich unterdrücke gerade noch rechtzeitig ein sehnsüchtiges »Jaaa!«, und verziehe das Gesicht zu einer Grimasse. Tessa und Mayla waren vor Dylans Geburt meine besten Freundinnen, doch unsere Interessen entwickelten sich im Anschluss weit auseinander, sodass wir kaum noch Kontakt haben. Dennoch vermisse ich sie. Sie, und die Leichtigkeit, die ich verspürt habe, als ich mit ihnen unterwegs war. Auch, wenn Ellie mir nach Dylans Geburt regelmäßig Möglichkeiten verschafft hat, auszugehen, war die Beziehung zu meinen damaligen Freundinnen nicht mehr dieselbe. Als würden sie mir insgeheim vorwerfen, zu feiern, obwohl ich eine Mom bin. Dabei gönne ich mir diese Art von Me-Time maximal einmal im Monat. Und das auch nur, wenn Dylan gesund ist und ich ausreichend Geld auf dem Konto habe, nachdem alle Nebenkosten, Windeln und sonstige Ausgaben bezahlt wurden. Weil ich eine Mom bin. Und das vorrangig. Genau deshalb kann ich mich an meine letzte Me-Time gar nicht mehr erinnern.

»Na klar, und Dylan nehme ich mit. Du denkst doch nicht, ich finde auf die Schnelle ein zweites Mal eine Babysitterin?«

Ellie hebt die linke Augenbraue an, allerdings kommt er nicht dazu, etwas zu sagen, da sich die

Zimmertür nach einem leisen Klopfen öffnet. Ray lächelt breit und ich schwöre, dass seine Augen eine Herzform angenommen haben, sobald sie Ellie erblickten. Gott, wie verliebt kann man nur sein?

»Hier steckt ihr alle. Hi«, sagt er und ein Seitenblick auf Ellie genügt, dass ich mit den Augen rolle, da er genauso verliebt lächelt – inklusive Herzchenaugen. Schrecklich.

Ellie hat meine Reaktion offensichtlich gesehen, denn er räuspert sich ausgiebig und nimmt Dylan in die Arme, bevor er sich erhebt, um Ray zu küssen. Dylan kreischt vergnügt zwischen Ray und Ellie eingeklemmt. »Auch küssen! Auch küssen!«, fordert er und ich beobachte, wie Ray meinen Sohn durchkitzelt, während Ellie ihm einen dicken Schmatzer auf die Wange drückt.

»Was hältst du davon, wenn wir heute Nacht einen kleinen Gast bei uns aufnehmen?«, fragt er Ray und ich halte augenblicklich den Atem an.

Das meint er doch nicht ernst. Gott, Ellie! Ich liebe dich, Bruderherz!

Ray blickt von Ellie zu mir und zurück zu Ellie.

»Äh … Was? Wer? Wen? Ach so, du meinst … Dylan? Wir sollen heute Nacht auf Dylan aufpassen?«

Ellie deutet auf mich und atmet tief durch. »Das sind wir Linda irgendwie schuldig. Immerhin hat sie uns gestern eine grandiose Party organisiert, die sie selbst gar nicht richtig genießen konnte.«

Ich schlucke. Er meint es tatsächlich ernst. Verdammt! Ich blinzle schnell die aufkommenden Tränen fort, bevor sie jemand merkt. Selbst, wenn diese sicher nur dem Stress geschuldet sind.

Ray sieht mich an und grinst breit. »Stimmt ja, Jonas hat dir den Abend verdorben, richtig? Das solltest du ihm heute heimzahlen. Meines Wissens wollte er noch ins *DNA*«, erklärt er mit einem Zwinkern, bevor er sich zu Dylan beugt und ihm durch die Haare fährt. »Das heißt, du übernachtest heute in unserem Zimmer, kleiner Mann? Dann sollten wir auf jeden Fall deine Lieblingsspielsachen zu uns räumen, nicht wahr?«

Rays Worte dringen nur langsam in meinen Verstand ein. Sie wollen wirklich …? »Jaaa! Spielen! Auto mit, Hase mit. Windel? Nicht mit, Dylan groß«, brabbelt Dylan, der nun durchs Zimmer tappt und gefühlt jeden zweiten Gegenstand aufhebt und zu Ray trägt.

Langsam stehe ich auf und betrachte meinen Bruder und Ray, die beide mit Dylan schäkern und gleichzeitig seine Sachen zur Tür schieben.

»Ist das euer Ernst? Ich darf heute ausgehen?« Mein Herz klopft schneller und auch wenn das schreckliche Schuldgefühl immer noch an mir nagt, kribbelt mein Bauch vor Vorfreude.

Ray zieht mich in eine Umarmung. »Hab einen schönen Abend!«, sagt er und beugt sich zu mir herunter. »Und das mit Jonas habe ich ernst gemeint. Ich glaube, ihr beide könntet viel Spaß zusammen haben«, fügt er mit einem weiteren Zwinkern hinzu, bevor er sich die Spielzeugautos schnappt und mit Ellie und Dylan in einem gespielten Autozug unter lautem Hupen den Raum verlässt.

Minuten später stehe ich immer noch völlig regungslos in meinem Zimmer und starre die Tür an.

Ich darf heute Abend ausgehen.

Alleine.

Komplett außerplanmäßig.

Ein Gefühl der Freiheit durchströmt mich und ich atme tief durch.

»Danke Ellie, danke Ray«, flüstere ich in die Richtung ihres Zimmers und wische mir eine einzelne Träne aus dem Gesicht. Mir ist bewusst, worauf die beiden wegen mir verzichten. »O Gott, ich liebe euch Jungs«, sage ich, obwohl sie es nicht hören. Dann öffne ich den Kleiderschrank.

Zeit, mich schick zu machen. Heute werde ich feiern und Spaß haben. Und das, obwohl ich eigentlich diejenige bin, die lange Partynächte wochenlang vorher durchplant und strukturiert, damit alles perfekt läuft und ich mich voll und ganz fallenlassen kann. Andererseits ist mein gestriger Plan, genau das zu tun, auch nicht aufgegangen. Vielleicht sollte ich etwas mehr wie Ellie in den Tag hinein leben. Wenn mein Bruder das schafft, gelingt mir das auch.

Heute Nacht wird meine Nacht.

Garantiert.

Kapitel Fünf

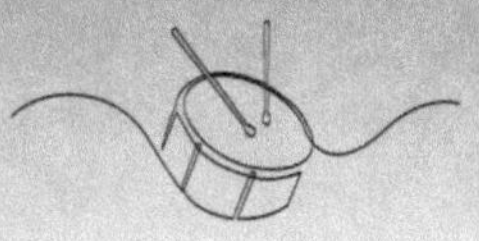

JONAS

Genau das habe ich gebraucht! Lauten, wummernden Bass, der in meinen Ohren dröhnt, das Aroma hunderter verschwitzter Körper, die sich ekstatisch zur Musik bewegen, und ich mittendrin.

Was bin ich froh, dass Ray das erkannt und die Probe vorzeitig beendet hat. Und noch glücklicher bin ich, dass mir Doktor Brown nach einem Hausbesuch vor einer Stunde grünes Licht gegeben hat, Mom allein zu lassen. Aufgrund der Medikation schläft sie wie ein Baby. Und das vermutlich bis morgen Mittag.

Ich darf offiziell abschalten.

Ich trinke den Rest des Bieres leer, drücke das Glas einer Bedienung in die Hand und dränge mich mitten auf die Tanzfläche. Zeit, das eigene Leben auszublenden. Zeit zu tanzen!

»Hey, du bist doch der Drummer von *Ray and the Kings*!«, höre ich plötzlich eine freundliche Stimme direkt an meinem Ohr. Ich drehe mich zur Seite und grinse breit, als ich das hübsche Mädchen neben mir begutachte. Rote, lange Locken fallen offen über ein schulterfreies, hautenges Minikleid - ebenfalls rot. Halleluja! Was für eine Oberweite! Automatisch lege ich die Hand an ihre Taille und ziehe sie etwas näher an mich heran. Ihre Reaktion ist ein umwerfendes Lächeln und kurz darauf spüre ich ihre Hände auf meinen Schultern. O ja, der Abend verspricht, traumhaft schön zu werden.

»Ich war der Schlagzeuger von *Ray and the Kings*, um genau zu sein. Dieser Bandname existiert nicht mehr«, kläre ich sie auf und drehe sie gleichzeitig um die eigene Achse.

Sie kichert schrill, während sie das Haar schwungvoll nach hinten wirft, und ich unterdrücke den Impuls, das Gesicht zu verziehen. Ich hasse hohe Kicherstimmen. Möglicherweise liegt es an meinem absoluten Gehör, aber es gibt Tonlagen, die wahrhafte Schmerzen in meinen Ohren auslösen. Andererseits kenne ich genügend Methoden, hübsche Mädchen zum Schweigen zu bringen, also was soll's? Ich drücke sie noch etwas enger an mich und neige den Kopf zu ihr herunter. Große, braune Augen funkeln mich erwartungsvoll an, während ich behutsam mit der Hand ihren Rücken entланggleite.

»Weißt du, ich liebe eure Musik«, haucht sie einige Nuancen tiefer, als hätte sie meine Gedanken gehört, und ich verkneife mir ein Grinsen. Meine alte Band ist ein Thema, das mich im Moment herzlich wenig interessiert, aber gut. Sie will einen Musiker, dann bekommt sie einen.

»Freut mich sehr. Hast du denn auch einen Lieblingssong?«, frage ich mit gespieltem Interesse und fahre mit dem Zeigefinger ihre Halsbeuge entlang. Wenn es nach mir ginge, könnten wir den Teil des lästigen Smalltalks auch überspringen und uns den wirklich wichtigen Dingen widmen. Sex zum Beispiel.

Schon wieder kichert das Mädchen unerträglich hoch und ich kneife die Augen zusammen. Meine armen Ohren!

»Natürlich habe ich einen Lieblingssong. Ich liebe ›*Wonderlove*‹! Dieser Text spricht mir einfach aus der Seele!«

Autsch.

Mit dieser Antwort hat sie unseren gemeinsamen Abend zerstört. Ich seufze leise. Schade, er hätte so schön werden können.

Aber eine Frau, die auf Albertas Texte und Peters grausame Kompositionen steht, geht gar nicht. Vermutlich würde ich während wir Sex haben an unsere alte und schrullige Texterin denken müssen. Und nein – das ist überhaupt nicht mein Stil. So offen ich auch sein mag. Alberta hat in meinen Gedanken nichts mehr zu suchen! Schon gar nicht, während ich Sex habe.

Aus diesem Grund schenke ich dem Mädchen ein Lächeln und schiebe sie sacht von mir weg.

»Sei mir nicht böse, aber du und ich … das funktioniert leider nicht«, erkläre ich wahrheitsgemäß und küsse sie flüchtig auf die Wange. »Hab noch einen schönen Abend!« Mit diesen Worten entferne ich mich von ihr und bleibe wenige Meter weiter wie angewurzelt stehen.

Holy Shit!

Ist das etwa …?

Verdammt, ja!

Das ist Linda, Ellies Schwester!

Und sie tanzt gerade, als gäbe es kein Morgen. Als würde ihr niemand zusehen! Obwohl das nicht stimmt, denn ich erkenne auf Anhieb mindestens zehn oder zwanzig Leute, die ein Auge auf sie geworfen haben. Kein Wunder, denn diese Frau weiß definitiv ihren Körper in Szene zu setzen. Auch wenn sie momentan nicht einmal so wirkt, als würde sie es darauf anlegen. Nein, ich bin sogar davon überzeugt, dass sie völlig in der Musik versunken ist und niemanden um sich herum wahrnimmt. Sie hält die Augen geschlossen und dreht sich mit einem sanften Lächeln im Gesicht im Takt der Musik. Jede einzelne Bewegung löst einen Schauer in mir aus. Ich wusste ja, dass Linda attraktiv ist, aber das hier hebt sie noch einmal auf eine völlig andere Stufe.

Plötzlich denke ich an Rob, ihren Mitbewohner und meinen leiblichen Vater. Ich spüre, wie sich ein teuflisches Grinsen auf meine Lippen schleicht. Wenn das Schicksal mir nicht gerade in die Hände spielt, weiß ich auch nicht …

Ohne weiter darüber nachzudenken, gehe ich auf Linda zu, ergreife im nächsten Takt ihre Hand und ziehe sie an mich heran. Im ersten Augenblick zuckt sie erschrocken zusammen, als würde sie nur langsam realisieren, wo sie sich überhaupt befindet. Doch dann begegnen sich unsere Blicke und ihre Mundwinkel verziehen sich zu einem verführerischen Lächeln.

»Die Rothaarige war wohl nicht ganz dein Typ, was?«, höre ich ihre herrliche tiefe Stimme nah an meinem Ohr, während sie die Arme automatisch um meinen Körper schlingt. Ich verschlucke mich fast an meiner eigenen Spucke. Bitte, was? Linda hat mich vorhin schon gesehen?

»Hätte ich gewusst, dass meine Traumfrau nur wenige Meter entfernt von mir halb San Francisco den Kopf verdreht, wäre die andere niemals in meinen Armen gelandet.«

Linda lacht verschmitzt und ich spüre, wie ihre Fingerspitzen meinen Rücken entlangwandern. Ich weiß, ich wiederhole mich, aber – Holy Shit!, diese Frau ist der Wahnsinn!

»Obwohl sie ziemlich heiß aussah«, haucht sie mir ins Ohr und löst einen weiteren Schauer aus. Diese Stimme ist so verdammt anziehend! Einerseits ist sie zart und hell, und gleichzeitig höre ich ein dunkles Timbre darin, das verrucht und dreckig klingt. Linda könnte das Telefonbuch vorlesen und ich würde vermutlich einen Ständer davon bekommen.

»Sie war heiß, das lässt sich nicht bestreiten«, gebe ich zu und drehe Linda einmal um ihre eigene Achse, bevor ich sie wieder an mich heranziehe. Nur diesmal noch etwas näher. »Aber im Moment habe ich nicht das Bedürfnis, über das Aussehen einer anderen Frau zu sprechen«, fahre ich fort und schenke ihr einen vielsagenden Blick. Er bedeutet, ich will mehr – ich will alles!

Offensichtlich versteht mich Linda blind, denn schon wieder betrachtet sie meinen Mund, beziehungsweise das Piercing, und saugt dabei die Unterlippe ein. Ich beuge mich zu ihr herunter, sodass ich ihren Atem auf meinen Lippen spüre.

»Ich erinnere mich an denselben Blick im Aufzug«,

raune ich in ihr Ohr und küsse sie sacht dahinter. »Und ich frage mich noch immer, was er bedeutet.«

Linda stöhnt leise und hält die Augen geschlossen. O ja, offensichtlich gefällt ihr, was ich tue. Ein süßlicher Duft steigt mir in die Nase, als ich ihre Halsbeuge erneut küsse.

»Du trägst Dior, richtig? Gefällt mir«, fahre ich fort.

Linda öffnet die Augen und mustert mich interessiert. »Das erkennst du allein nach einem Kuss auf den Hals? Alle Achtung!«

Ich grinse breit. »Ich habe eben sehr ausgeprägte Sinne.«

»Und verdammt viel Erfahrung mit weiblichen Halsbeugen«, fügt Linda hinzu und ich erkenne ein amüsiertes Funkeln in ihren Augen. Es scheint sie nicht sonderlich zu stören. Noch ein Punkt, der mein Herz schneller schlagen lässt und mein Verlangen steigert. Diese Frau ist wie für mich gemacht.

»Gut möglich«, antworte ich daher und küsse sie anschließend auf den Mund. Ich will sie. Ich will sie so sehr! Ohne Smalltalk, ohne tanzen, ohne jeglichen Hintergedanken. Und ich hoffe, dass ich ihre Körpersprache richtig interpretiert habe und sie genau dasselbe will.

Kaum spüre ich ihre zarten Lippen auf meinen, dringt ich ein gedehntes Stöhnen aus ihrem Mund. O ja, ich habe sie richtig verstanden. Plötzlich krallen sich Fingernägel in meinen Hintern, und als ich die Augen öffne, begegne ich Lindas gierigen, lodernden Blick.

»Bilde ich mir das ein, oder habe ich da eben ein Zungenpiercing in deinem Mund blitzen sehen?«

»Willst du es herausfinden?«, frage ich provokant. Inzwischen nehme ich nur noch Linda wahr. Dass wir immer noch mitten auf der Tanzfläche, umzingelt von unzähligen feierwütigen Clubgästen, stehen, interessiert mich gar nicht. Linda zählt. Ihr warmer, zarter Körper direkt vor meinem. Ich fühle ihren schnellen Atem und erkenne die Erregung allein in ihrem Blick.

Ohne mir zu antworten, zieht Linda mich zu sich herunter und intensiviert den vorigen Kuss. Schon spüre ich ihre Zunge, die mit Leichtigkeit meine Lippen teilt.

Linda weiß definitiv, was sie will. Nur zu gern gebe ich ihrem Willen nach und genieße das leidenschaftliche Spiel unserer Zungen. Ich spüre eine Hand an meinem Nacken, während die andere immer noch bewegungslos auf meinem Hintern ruht. Gleichzeitig kämpfe ich gegen den Drang an, Linda sofort von der Tanzfläche zu zerren und ihr im nächstbesten, einigermaßen privaten Bereich die Kleider vom Leib zu reißen. Nein. Ich will zu ihr nach Hause. Und zwar nicht nur wegen ihres Mitbewohners. Ich will Linda genießen. Lang und ausgiebig. Ich will jeden Zentimeter ihres Körpers küssen und ihr eine Nacht schenken, die sie niemals vergisst. Und das definitiv nicht in irgendeiner Besenkammer des *DNA*.

Als hätte Linda meine Gedanken gelesen, löst sie die Lippen von mir und mustert mich atemlos. »Lass uns abhauen«, sagt sie die schönsten Worte, die ein Mann hören kann. Ich lege den Arm um ihre Schultern und dirigiere sie mit gespielter Seelenruhe in Richtung Ausgang.

»Zeig mir dein Reich und ich werde dein Diener

sein«, verspreche ich ihr und erkenne am Glitzern ihrer Augen, dass ich genau das Richtige gesagt habe.

O ja, Linda! Mach dich auf eine unvergessliche Nacht gefasst!

Kapitel Sechs

LINDA

Mein Gott! Noch nie kam mir der Weg nach Hause so unendlich lang vor! War die Luft in einem Uber schon immer so dünn? Und knisternd? So elektrisch aufgeladen?

Jonas berührt mich nicht einmal. Und dennoch spüre ich seinen lodernden Blick auf mir. Als plane er bis ins kleinste Detail, was er in Kürze mit mir anstellen wird. Ich kann es kaum erwarten, nach Hause zu kommen, ihn in mein Zimmer zu zerren und erneut diesen Mund, diese Zunge auf mir und in mir zu spüren. Ich presse die Beine zusammen, um das Kribbeln und die Hitze in mir irgendwie zu unterdrücken. Verflucht! Es fehlt nicht viel und ich stöhne! Und das allein aufgrund meiner Gedanken. Ich hatte definitiv viel zu lange keinen Sex mehr.

Jonas lacht leise und dunkel. »Sag mir, was du denkst.«

Ich erwidere seinen Blick. »Das wirst du hoffentlich bald erfahren«, antworte ich und mustere ihn ungeniert. Als ich die deutliche Beule zwischen seinen Beinen sehe, hole ich zischend Luft und beiße mir auf die Unterlippe. Anschließend schenke ich ihm ein vielsagendes Lächeln.

Jonas beugt sich näher zu mir, streift leicht über meinen Oberschenkel und löst damit einen unglaublichen Schauer der Vorfreude in mir aus. »Ich kann es kaum erwarten«, raunt er mir zu.

Himmel! Schon wieder bin ich kurz davor, zu stöhnen. In einem Uber! Das ist absolut nicht mein Stil, außerdem sehe ich im Rückspiegel den amüsierten Gesichtsausdruck des Fahrers. Nein. Ich werde ihm garantiert keine kostenlose Show liefern.

Daher rücke ich wieder ein Stück von Jonas weg und sehe aus dem Fenster. Die wenigen Minuten werde ich wohl noch schaffen.

Nach einer gefühlten Ewigkeit hält der Fahrer endlich vor meinem Zuhause an. Jonas bezahlt ihn, als wäre das selbstverständlich, und verlässt nach mir das Auto.

Doch kaum sind wir allein, presst Jonas mich gegen die kühle Hausmauer und küsst mich leidenschaftlich. Seine Zunge ist fordernd und − verdammt, ich liebe das Gefühl des Metalls seiner Piercings in meinem Mund! Völlig automatisch hebe ich ein Bein an und schlinge es um Jonas, um ihn noch ein Stückchen enger an mich zu pressen. Nun spüre ich seine deutliche Erregung direkt an meiner Mitte.

»Zehn Minuten können verdammt lange sein,

findest du nicht?«, raunt er und ich grinse. Ich war wohl nicht die Einzige, die die Fahrt im Uber als unerträglich lang empfunden hat.

Ich spüre, wie Jonas' erfahrene Hände von meiner Taille aus auf Wanderschaft gehen, und erzittere unter seinen Berührungen. Ich will mehr! Ich will so verdammt viel mehr davon!

Als hätte Jonas meine Gedanken erraten, hält er inne und blickt zur Tür. »Schlüssel?«

Ach so, ja.

Hektisch suche ich in der Clutch nach dem Haustürschlüssel und ignoriere Jonas' Mund an meinem Nacken. Zumindest versuche ich es. Verflucht! Dieser Mann weiß wirklich, wie er eine Frau berühren muss. Dabei bin ich noch angezogen!

Ehrlich gesagt weiß ich gar nicht, wie wir es die Stockwerke nach oben in die Wohnung, geschweige denn in mein Zimmer geschafft haben.

Doch endlich liege ich auf der weichen Matratze des Bettes und spüre Jonas' durchtrainierten Körper auf mir, ohne dass er mir die Luft abdrückt. Erneut stöhne ich in seinen Mund und genieße das Gefühl des harten Zungenpiercings, während unsere Zungen ihrem ganz eigenen Tanz nachgehen. Wie von selbst wandern meine Hände unter sein Shirt und zerren es über seinen Kopf.

Jonas hält inne und verfolgt aufmerksam und mit angehaltenem Atem, wie ich mit den Fingerspitzen über seine Brustmuskeln fahre. Ich richte mich ebenfalls auf und öffne meine Bluse, die sich längst aus dem knappen Rock, den ich trage, gelöst hat, Knopf für Knopf. Als der rote Spitzen-BH darunter erscheint, saugt Jonas hörbar die Luft ein.

»Fuck, Linda! Dieser Anblick ist nichts für meine Beherrschung.«

Ich grinse. »Das trifft sich gut. Denn mir ist absolut nicht nach Beherrschung.«

Als wäre dies sein Stichwort gewesen, reißt mir Jonas mit einem Ruck die Bluse vom Körper und inhaliert förmlich den Anblick, der sich ihm bietet. Doch als er sich zu mir herunterbeugt, um mich zu küssen, und sich mit der Hand neben mir auf der Matratze abstützt, ertönt ein klägliches »Mäh«.

Jonas fährt erschrocken auf und ich schließe die Augen.

Verflucht! Nein, nein, nein! Das darf doch nicht wahr sein!

Wie in Zeitlupe greift Jonas unter meine Bettdecke und zieht Dylans Schmusetier hervor. Das Tier, das Dylan normalerweise immer und überall mit sich herumträgt. Jonas sieht von mir zurück zum Stofftier und betrachtet erst jetzt die Einrichtung meines Zimmers.

»Das habe ich ja total vergessen!«, meint er erschrocken.

Jupp. Dito.

Und ich weiß im Moment nicht einmal, ob das Gefühl in mir ein schlechtes Gewissen ist, weil ich einfach keinen Augenblick an Dylan gedacht habe, oder Enttäuschung, weil das Knistern zwischen uns mit einem Mal verschwunden ist. Wegen Dylan. Meinen Sohn, den ich von Herzen liebe. Der nicht einmal anwesend ist.

Gott! Ich hätte darauf bestehen müssen, zu Jonas zu fahren. Oder in ein Hotel! Verflucht! Genau das ist der Grund, warum ich meine Partynächte normalerweise bis aufs kleinste Detail durchplane. Damit mir so etwas eben nicht passiert! Ich bin so dämlich. Wer nimmt schon einen One-Night-Stand mit zu sich nach Hause, während in derselben Wohnung das eigene Kind schläft? So etwas macht man nicht! Normalerweise habe ich nur dann Männerbesuch, wenn Dylan bei Mom übernachtet. In dem Fall steht selbst das Kinderbett in Ellies Zimmer. Wieso habe ich heute keine einzige Sekunde an meinen Sohn gedacht? Wieso habe ich Jonas überhaupt mit hergebracht? Und warum bin ich dennoch so enttäuscht, weil ich mich auf unverbindlichen Spaß gefreut hatte? Es hätte mir gleich klar sein müssen, dass der Abend so endet.

Natürlich ist die Stimmung dahin und Jonas betrachtet schweigend das Gitterbettchen, das am anderen Ende des Zimmers steht.

»Ist er bei seinem Dad?«, fragt er.

Ich lache tonlos auf. »Sicher nicht«, antworte ich und deute zur Zimmertür. »Ellie und Ray passen auf ihn auf.«

»Ist nicht dein Ernst! Bei Ray? Du traust Ray zu, auf Kinder aufzupassen?«

Ich betrachte die Matratze mit einem wehmütigen Seufzen und zucke mit den Schultern. Das war's dann wohl mit der versprochenen Nacht, die ich nicht so schnell vergessen würde. »Wieso nicht?«, frage ich stattdessen und Jonas schüttelt den Kopf und lacht.

»Ich kann mir Ray einfach nicht als Kinderonkel

vorstellen.« Plötzlich schenkt er mir ein spitzbübisches Grinsen. »Sollen wir mal nach ihnen sehen?«

»Warum nicht?«, murmle ich, obwohl mir die Richtung überhaupt nicht gefällt, in die der Abend sich entwickelt, und schlüpfe resigniert in einen Bademantel, der an der Zimmertür hängt.

Scheinbar bin ich als junge Mutter gänzlich ungeeignet dafür, unverbindlichen Sex zu haben. Selbst Jonas, der sonst mit gefühlt jeder Frau das Bett teilt, scheint die Lust vergangen zu sein.

Es ist an der Zeit, diese Tatsache zu akzeptieren. Es war ein Fehler, Jonas mitzunehmen. Ich werde mich in Zukunft wieder an meinen alten Plan halten, den ich seit knapp zwei Jahren verfolge: Nur noch mit Männern ausgehen und schlafen, die nicht mehr als meinen Namen kennen. Vorzugsweise in Hotels, weit weg von meinem eigentlichen Leben.

Da Jonas meine Niedergeschlagenheit offensichtlich nicht bemerkt, steht er längst an der Tür und wartet darauf, dass wir zusammen das Zimmer meines Bruders betreten.

Vorsichtig und leise öffne ich Ellies Tür und augenblicklich verwandelt sich die Niedergeschlagenheit in ein schlechtes Gewissen und gleichzeitig in Dankbarkeit.

Ellie und Ray liegen jeweils am äußersten Rand des Bettes, während mein kleiner Sohn mit von sich gestreckten Armen und Beinen wie ein kleiner König dazwischen liegt und völlig entspannt an seinem Schnuller nuckelt. Er hält sowohl Ellies als auch Rays Finger in seinen Patschehändchen.

Gott!

Dieser Anblick ist wunderschön. Liebe durchflutet mich und ich blinzle eine einzelne Träne fort, die niemand sehen soll. Ich weine sicher nicht vor Rührung. Das ist Ellies Job, nicht meiner!

Jonas ist derjenige, der die Tür wieder schließt und mich an der Hand zurück in mein eigenes Zimmer zieht.

»Dein Sohn wird wahrhaft geliebt«, meint er nach einem Moment der unangenehmen Stille zwischen uns.

Ich seufze und nicke schließlich. »Das wird er.« Auch wenn ich mir manchmal so vorkomme, als wäre ich die schlimmste Mutter aller Zeiten. Wie jetzt, zum Beispiel.

Aber ich weiß, dass Dylan immer in guten Händen ist. Sei es bei Ellie, Ray, meiner Mom oder sogar bei Rob. Sie alle lieben ihn, als wäre er ihr eigen Fleisch und Blut.

»Was ist mit seinem Dad?«, fragt Jonas vorsichtig. Ich zucke nur mit den Schultern und lasse mich zurück ins Bett sinken. Ich hasse es, über Ian zu sprechen. Ich hasse es, an ihn zu denken. Und doch hat Jonas' Frage dazu geführt, dass ich im Geiste aufs Neue seine Zurückweisung erlebe, als wäre sie erst gestern gewesen.

»Er stellte mich vor die Wahl – entweder er oder das Baby.« Ich hole tief Luft, betrachte das Kinderchaos in meinem Zimmer und presse mit einem wehmütigen Lächeln die Lippen aufeinander. »Du weißt, wie ich mich entschieden habe.«

Jonas' Reaktion ist eine Mischung zwischen Stöhnen und Fluchen, und als ich ihm in die Augen sehe, erkenne ich Wut darin.

»Der Typ ist ein Arschloch, der dich und deinen Sohn nicht verdient hat.«

Ich sehe Ian genau vor mir, sein charmantes Lächeln, der drängende Blick und die Bitte, ihn und seine Position zu verstehen. Immerhin hatte er die Chance, als Quarterback von einem Collegeteam in die Profiliga zu wechseln. Und er hat es auch geschafft. Es ist mir sehr unangenehm, das zuzugeben, doch ich folge ihm immer noch auf Instagram und weiß, dass er inzwischen bei den New York Giants spielt. Ian hat tatsächlich seinen Traum verwirklicht. Nur ohne mich und ohne seinen Sohn. Er hat mir damals nicht nur das Herz gebrochen, sondern es herausgerissen und vollkommen zerstört. Ohne Ellie und Rob wäre ich eingegangen.

Gott! Wieso denke ich ausgerechnet jetzt an Ian? Wie konnte dieser Abend nur so dermaßen in die falsche Richtung abdriften? Ich wollte feiern und Spaß haben. Und ich wollte vögeln, verdammt! Stattdessen sitze ich auf meinem Bett und bin kurz davor, in Tränen auszubrechen. Ausgerechnet vor Jonas, dem Womanizer Nummer eins in ganz San Francisco!

Ich atme lange aus, schüttle alle niederschmetternden Gedanken ab und spieße Jonas mit einem fordernden Blick auf.

»Ich mache dir einen Vorschlag. Entweder du schnappst jetzt deine Sachen und verschwindest augenblicklich von hier, oder du lässt mich innerhalb der nächsten Sekunden vergessen, worüber wir gesprochen haben und fickst mich, als gäbe es kein Morgen.«

Jonas klappt der Mund auf und einige Augenblicke

starrt er mich einfach nur an. Doch dann heben sich seine Mundwinkel zu einem breiten Lächeln.

»Diese Herausforderung nehme ich allzu gerne an«, antwortet er. Plötzlich liege ich auf der Matratze und er ist auf mir und beginnt sofort damit, mich zu küssen. Überall. Nicht zärtlich und vorsichtig, sondern leidenschaftlich und wild.

Na endlich!

Kapitel Sieben

JONAS

Ein klägliches »Mäh« lässt mich aufwachen und ich starre in ein ausgefranstes Schafsgesicht mit großen schwarzen Kulleraugen. Das Stofftier!

Es gibt definitiv schönere Möglichkeiten, aufzuwachen, denn dieses Tier sieht so aus, als hätte es sich eben selbst aus dem Friedhof der Kuscheltiere ausgegraben. Hässlich ist gar kein Begriff. Zum Glück riecht es nicht so, wie es aussieht. Wo ist eigentlich …? Ich rapple mich ächzend aus dem Bett auf und blicke um mich. Linda ist nirgendwo zu sehen. Ich hätte nicht gedacht, dass sie schon so früh wach ist. Nach so einer Nacht.

Man könnte behaupten, dass ich Lindas Herausforderung, die Gedanken an ihren Ex zu vergessen, äußerst ernst genommen habe. Und gemessen an den Geräuschen, die sie gemacht hat, war ich damit erfolgreich.

Diese Frau ist unglaublich. Und sie verdient meinen

größten Respekt. Für einen Moment konnte ich gestern Nacht hinter ihre coole Fassade blicken. Im Nachhinein weiß ich selbst nicht, warum ich unbedingt darauf gedrängt habe, nach Dylan zu sehen. Und doch bereue ich es nicht, denn Linda hat mir in diesen wenigen Minuten eine völlig andere Seite von sich gezeigt. Sie ist gefühlvoll, verletzlich und verdammt sexy.

Ich werde ihren Blick nie vergessen, mit dem sie Dylan, der zwischen den beiden Männern lag, angesehen hat. Darin lag nichts als Liebe. Pur und ohne Fassade. Wunderschön.

Ganz zu schweigen von ihrer Beweglichkeit und ihren Fähigkeiten im Bett. Ja, Linda könnte Rays Cousinen glatt von ihren Treppchen stoßen. Wieso bin ich nicht schon früher bei ihr gelandet?

Ich strecke mich noch einmal seufzend, dann ziehe ich das Shirt von gestern an und verlasse lächelnd Lindas Zimmer. Allerdings gefriert mir das Lächeln, als ich die Küche erreiche, und mir wird kotzübel.

Linda steht mit Bademantel und Handtuchturban auf dem Kopf vor dem Küchentresen und liegt in Robs Armen. In den Armen meines Erzeugers!

Ich erkenne ein Beben in seinen Schultern, während er sie selig anlächelt.

Ich kotze gleich. Was für eine verfickte Situation ist das bitte? Steht Linda etwa auf Sugardaddys? Fuck! Das wäre eine verdammt kranke Scheiße!

Ich räuspere mich und tatsächlich löst Linda ihre Umarmung und schenkt mir ein Lächeln. Nur weiß ich im Moment gar nicht, wie ehrlich es ist.

»Guten Morgen«, flötet sie, ohne Robs Hand loszulassen, der immer noch völlig aufgelöst wirkt.

»Willst du einen Kaffee?«, fragt sie unschuldig, als hätte ich sie nicht gerade bei einer intimen Umarmung mit meinem Vater erwischt.

Ich schließe für einen Moment die Augen und zwinge mich, ruhig zu atmen. Linda hat von Anfang an deutlich gemacht, dass sie nur Sex will. Ich wusste das. Und ihr restliches Leben sollte mich nichts angehen. Selbst wenn sie … wenn sie … O Fuck! Ich kann nicht einmal daran denken, ohne aggressiv zu werden. Nein! Unverbindlicher Sex hin oder her, Robert Hyde ist mein Dad und ich teile garantiert keine Frau mit meinem Vater! Und das werde ich Linda mitteilen. Am besten jetzt sofort!

Bevor ich den Entschluss umsetzen kann, öffnet sich die Küchentür erneut und Ellie, Ray und der kleine Dylan tapsen ins Wohnzimmer. Wobei eigentlich nur Dylan tapst, die anderen beiden schlurfen schlaftrunken zur Kaffeemaschine.

Linda quiekt freudig, nimmt ihren Sohn in die Arme und küsst kurz darauf Ellie auf die Wange.

»Setzt euch, setzt euch! Es gibt wundervolle Neuigkeiten!«, sagt sie und deutet im Anschluss mit einem glänzenden Lächeln im Gesicht auf Rob.

Ich spüre einen schmerzhaften Stich der Eifersucht im Herzen und will gerade die Küche verlassen, als ich Rays Hand auf meiner Schulter spüre.

Er grinst breit und wackelt mit den Augenbrauen. »Gratuliere«, beginnt er. »Ich glaube, du bist einer der Ersten, der bei ihr übernachten und sogar frühstücken darf.« Rays Stimme ist zwar leise, allerdings nicht leise genug, sodass alle anderen seine Worte mitgehört haben.

Ich höre Ellies amüsiertes Kichern und ein Blick zu Linda zeigt mir ihr faszinierendes Lächeln. Es wirkt so ehrlich. Als wäre nichts dabei, wenn sie und Rob, kurz nachdem wir beide … Ich hasse meine Vorstellungskraft!

»Ich hätte ihn kaum um fünf Uhr morgens aus dem Haus werfen können«, antwortet Linda Ray, der daraufhin den Kopf schüttelt.

»Fünf Uhr? Linda, das letzte Mal, als ich schlaflos auf die Uhr gesehen habe, war es kurz nach sechs! Ich hätte nie gedacht, dass du Dylan an Lautstärke übertönen kannst.«

Ray klopft mir erneut auf die Schulter. »Ausdauernd seid ihr wohl beide.«

Linda verdreht die Augen, ohne ihr verführerisches Lächeln abzulegen. »Er hatte eine Aufgabe zu erledigen und sie mit Bravour bestanden.« Kurz flackert ihr Blick zu mir und ich erkenne, wie ihre Wangen einen leichten Rotschimmer annehmen. Doch der Moment hält nicht lange, denn sie nickt sofort ihrem Bruder zu und umarmt zum wiederholten Mal meinen Dad.

»Aber das ist jetzt nicht wichtig. Willst du es ihnen sagen, oder soll ich?«, fragt sie Rob.

Ich balle die Hände zu Fäusten und beobachte, wie sich sowohl Ray als auch Ellie zu Linda an den Küchentisch gesellen. Dass ich immer noch im Türrahmen stehe, scheint allen egal zu sein.

Nach Robs Aufforderung hält Linda ein Dokument in die Höhe und quietscht dabei laut und vergnügt auf.

»Eine Zusage? O mein Gott, Rob! Das ist wundervoll!«, ruft Ellie und umarmt ebenfalls Rob, der erneut schluchzt und sich Tränen aus den Augen wischt.

Ich werde stutzig.

Ich verstehe nicht, was daran so toll sein soll, dass sich alle heulend in den Armen liegen. Sogar Ray umarmt meinen Vater und wirkt sichtbar gerührt. Alle gratulieren ihm.

»Nach fünfzehn Jahren! Nach fünfzehn schrecklichen Jahren habe ich endlich einen Job. Ist das zu glauben?«, bringt Rob zwischen seinem Schluchzen hervor. Er wendet sich zu Linda, streckt die Hand nach ihr aus und zieht sie erneut in seine Arme. Ich schwöre, wenn ich das noch einmal mitansehen muss, kotze ich ihnen direkt auf den Fußboden.

»Und das habe ich allein dir zu verdanken, Linda. Wärst du und dein unerschütterlicher Glaube an mich nicht gewesen …« Er hält inne und wird erneut von einem Heulkrampf durchgeschüttelt. Und schon wieder liegen sich alle in den Armen.

Alle außer mir.

Weil ich nicht dazugehöre.

Nicht zu Linda, nicht zu Ray und schon gar nicht zu Robert Hyde.

Scheiß auf Kaffee und Frühstück! Ich muss hier raus!

Es ist nicht nötig, sich leise aus der Küche zu schleichen, da mich sowieso keiner beachtet. Daher lasse ich schwungvoll die Tür ins Schloss fallen, hole meine restlichen Klamotten und haue ab.

Zeit, Linda und den dämlichen Plan, meinen biologischen Vater näher kennenzulernen, zu vergessen. Das, was ich gesehen habe, genügt mir, um eines zu verstehen: Robert Hyde hat keinen Schimmer, wer ich bin.

Kapitel Acht

LINDA

Ich könnte so tun, als wäre es mir vollkommen egal, dass Jonas ohne ein Wort des Abschieds gegangen ist. Könnte ich.

Aber das wäre gelogen.

Und ich weiß nicht, was mich stärker verunsichert – die Tatsache, dass er gegangen ist, oder dass es mich stört. Himmel! Ich wollte einen One-Night-Stand und ich habe einen bekommen. Gut, den vermutlich Besten meines Lebens, aber es war nichts weiter als das. Ein One-Night-Stand. Ich sollte glücklich darüber sein, verdammt!

Stattdessen räume ich seit einer gefühlten Stunde das Zimmer auf, wische Staub, wo keiner vorhanden ist, und schrubbe einen sauberen Boden. Um auf andere Gedanken zu kommen. Klappt ja hervorragend. Nicht.

Gott! Nicht mal Dylan ist mir eine Hilfe, denn der sitzt völlig zufrieden neben dem bodentiefen Fenster, baut hochkonzentriert einen Turm aus großen

Bauklötzen und setzt im Anschluss sein Kuschelschaf darauf. Das Schaf, das Jonas gestern … Mist!

Ich puste mir genervt eine Strähne aus dem Gesicht, und schnappe mir den Eimer mit Putzwasser, um ihn im Bad auszuleeren, als es an der Tür klopft.

Kurz darauf taucht auch schon der Kopf meines Bruders auf. Er müsste rein gar nichts sagen, denn seine Miene spricht für sich. Er ist besorgt. Na toll.

»Hey, Schwesterherz«, fängt er an und setzt sich auf das frisch bezogene Bett. »Willst du reden?«

Ich ignoriere Ellies Blick, stelle den Kübel wieder ab und konzentriere mich auf einen kleinen Fleck auf dem Boden, den ich mit neuer Hingabe weg schrubbe. »Worüber?«

Ellie seufzt. »Hör mal, Jonas ist …«, fängt er an, doch ich unterbreche ihn sofort.

»Ich weiß, was du sagen willst. Lass es!« Mein Tonfall klingt harscher als beabsichtigt, was Ellie offensichtlich nicht kümmert. Eine Zeit lang beobachtet er mich schweigend, zumindest denke ich das, da ich noch immer eisern auf den Fleck starre und rubble. Ein Fleck, der eigentlich nichts weiter als ein Astloch ist. Ganz toll!

Ich richte mich auf und setze mich neben Ellie, der liebevoll meine Hand nimmt.

»Weißt du«, beginnt er nach einer weiteren Minute des Schweigens, »ich wünsche mir schon so lange, dass du endlich jemanden kennenlernst, der deine Mauer zum Einstürzen bringt. Dass du endlich die eine Person findest, die dir wieder zeigt, was ›lieben‹ bedeuten kann.« Er hält inne und verzieht das Gesicht. »Aber Jonas ist wirklich die letzte Person, die dafür geeignet wäre. Jonas ist Jonas«, erklärt er lachend und zuckt mit den Schultern. »Er genießt das Leben auf seine ganz eigene Art und Weise. Mit Frauen. Sehr vielen Frauen.«

Ich schlucke den dicken Kloß in meinem Hals runter. Nicht, weil mich die Tatsache schockiert, dass Jonas kein geeigneter Partner für mich wäre – denn das ist mir selbst mehr als bewusst und ich suche zum Glück definitiv keine Beziehung – sondern, weil Ellie einfach Ellie ist. Er würde vermutlich alles tun, nur damit ich glücklich werde. Und dafür liebe ich ihn abgöttisch!

»Jonas hat meine Mauer nicht eingerissen«, erkläre ich, nachdem ich mich wieder einigermaßen gefangen habe, doch Ellie zieht nur eine Augenbraue hoch. Er glaubt mir nicht.

»Wirklich, Bruderherz. Es geht mir gut. Ich hatte nur wahnsinnig guten Sex.«

Plötzlich grinst er breit und kneift mich liebevoll in die Seite. »War es so gut, wie es sich angehört hat?«

Ich kann nicht verhindern, dass ich sein Lächeln erwidere, und fühle, wie meine Wangen glühen. Ja, in manchen Momenten vergesse ich, wie hellhörig unsere Wohnung ist. Heute Nacht zählte definitiv zu diesen Situationen. »Gut ist gar kein Ausdruck«, antworte ich und lasse mich seufzend ins Bett fallen.

Ellie legt sich lachend neben mich. »Es liegt am Piercing, richtig?«, fragt er und ich verdrehe die Augen.

»Definitiv. Hast du gewusst, dass er auch ein Zungenpiercing hat?« Ich schließe die Augen, um mich ganz meinen Erinnerungen hinzugeben. Noch nie zuvor habe ich etwas Vergleichbares erlebt. Jonas ist nicht nur ein Womanizer, er ist ein Sexgott. Und ich weiß jetzt schon, dass ich alle zukünftigen Erfahrungen mit ihm in

Relation setzen werde. Und dass ihm niemand das Wasser reichen wird. Denn eine Steigerung dessen, was heute Nacht geschehen ist, ist schlichtweg unmöglich. Genau das ist der Grund meiner Niedergeschlagenheit. Ich würde das wirklich sehr gern ein zweites oder ein drittes Mal erleben.

Ellie kichert leise, während er Dylan zu uns hinauf aufs Bett hebt, der vergnügt quietscht.

»Deine Mommy hat sich in ein Zungenpiercing verliebt«, erklärt er mit verstellter hoher Stimme. Ich verdrehe erneut die Augen und schnappe Dylan von seinem Schoß.

»Ich habe mich nicht verliebt«, hauche ich in Dylans Ohr. »Weder in ein Piercing noch in den Mann, der es trägt. Dein Onkel hat vergessen, dass sich seine Zwillingsschwester niemals verliebt.«

Plötzlich wird Ellies Miene ernst und er atmet tief durch. »Ich hoffe, das ist die Wahrheit. Jonas würde dir das Herz brechen. Glaube mir.«

Wäre ich Ellie, hätte ich mich vermutlich heute Nacht Hals über Kopf in Jonas verliebt. Spätestens dann, als Jonas sich nach Dylan erkundigt hat. Ich erinnere mich an seine bestürzte Miene, die mitfühlenden Worte. Mit dieser Aktion hat er selbst mich vollkommen aus dem Konzept gebracht. Und ja, vielleicht hat er damit sogar ein kleines Bisschen an meiner Mauer gekratzt. Aber zum Glück bin ich nicht wie Ellie. Und ich schätze, manchmal vergisst mein Bruderherz diese Tatsache.

»Ich weiß«, antworte ich, schließe die Augen und atme tief durch.

Möglicherweise war Jonas' Benehmen heute

Morgen genau das, was ich gebraucht habe, damit ich mich wieder darauf besinne, was ich will – und vor allem, was ich nicht will.

»Hey, falls du in den nächsten Tagen dein aktuelles Projekt beendest, hätte ich ein neues Manuskript für dich zum Testlesen. Also nur, wenn du willst«, fügt Ellie hinzu und erhebt sich vom Bett, nachdem er Dylan durch die Haare gewuschelt hat. Dankbar für den Themenwechsel schenke ich meinem Bruder ein Lächeln.

»Sehr gerne. Ende der Woche müsste ich fertig sein. Was hast du denn geschrieben?«

Ellies Wangen färben sich augenblicklich feuerrot und er beißt sich auf die Unterlippe, während er mir einen vielsagenden Blick schenkt.

»Eine Art … Liebesroman«, stammelt er, als wäre ihm das Geständnis peinlich.

»Du machst mich gerade sehr neugierig, Bruderherz. Etwa eine spicy Lovestory?« Ich kann gar nicht aufhören, zu grinsen, da Ellie immer nervöser wirkt.

»Ja, ich … egal … Ich hätte nie gedacht, dass mir das Genre liegt, geschweige denn Spaß macht. Aber … Na ja, erzähl Mom erst mal nichts davon, okay?«

Ich hebe eine Augenbraue und mustere Ellie irritiert, der daraufhin leise seufzt.

»Ich würde es diesmal gern alleine veröffentlichen. Ohne sie. Und ohne einen Verlag«, erklärt er und ich nicke wissend. Mom ist zwar ein absolutes Genie, wenn es um Themen wie Marketing geht, außerdem kennt sie den Buchmarkt besser als ihre eigenen Kinder. Aber gerade Zweiteres ist auf Dauer nicht einfach, weder für

Ellie noch für mich. Und wäre ich finanziell nicht auf ihr festes Monatsgehalt angewiesen, hätte ich mir längst einen anderen Job gesucht. Aus diesem Grund nicke ich erneut.

»Geht klar.«

»Okay. Dann werde ich mich mal weiter an den PC setzen. Und du … bleibst, wie du bist, und vergisst Jonas, okay?«

Mit diesen Worten verschwindet mein Zwillingsbruder und lässt mich mit Dylan zurück im Bett. In dem Bett, in dem ich gestern Nacht, zusammen mit Jonas …

O verflucht!

Ich denke schon wieder an ihn!

Kapitel Neun

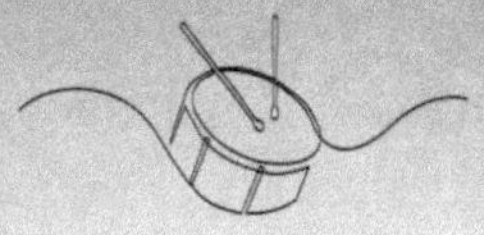

JONAS

Ich sitze auf dem fransigen Sofa unseres Bandraumes und während mir Bachs Violinkonzert in voller Lautstärke in den Ohren dröhnt, schreibe ich gleichzeitig die Schlagzeugnoten für Rays neuen Song auf. Dabei ignoriere ich Ray und Alec, die ihren Gesten nach immer noch ihren Streit fortführen, wann und ob und warum wir einen Bassisten benötigen. Sie können es einfach nicht sein lassen. Ätzend.

Ich hole mir einen weiteren Papierbogen und summe gedanklich die Violinenläufe mit, als Ray plötzlich vor mir steht und den Stecker aus meinem Ohr zieht. Mit reichlich Abstand hält er die dröhnende Musik an sein Ohr und schüttelt sprachlos den Kopf.

»Gott! Was ist das? Mozart?«

Jupp, wer es schafft, Mozart mit Bach zu verwechseln, hat absolut keine Ahnung von Klassik. Ich grinse breit.

»Das ist definitiv besser, als euch zuzuhören.«

Ray wirkt nicht überzeugt von meiner Aussage, denn er mustert mich skeptisch und hält den Kopfhörer Alec hin, der laut auflacht. »Was würden all die weiblichen Fans nur sagen, wenn sie wüssten, dass unser Drummer heimlich auf Mozart abfährt und ein Klassikfreak ist?«

Ich lasse mich zurück auf das Sofa fallen und verschränke die Arme hinter dem Kopf. »Glaub mir, Mann, Frauen lieben es. Denn das verleiht mir neben dem Charme eines Drummers und meinem guten Aussehen noch den Eindruck von reichlich Intelligenz. Ich spreche aus Erfahrung.« Ich wackle vielsagend mit den Augenbrauen und stoppe dennoch das Violinkonzert auf dem Handy. »Außerdem war das nicht Mozart, sondern Bach. Und Bach bedeutet Mathematik. Und Mathematik ist Rhythmus und das,«, ich deute auf das Drumset, »das ist meine Welt.«

Rays Augenrollen zufolge konnte ich ihn wohl nicht überzeugen und selbst Alec kichert, schnappt sich eine Wasserflasche und setzt sich schwungvoll zu mir auf das Sofa. So wie es aussieht, haben die beiden endlich ihren Streit beendet und die Mittagspause eingeläutet, denn auch Ray sitzt kurze Zeit später neben mir und hält mir eine offene Packung Chips unter die Nase.

»Ach, ich soll dich übrigens von Linda grüßen. Sie hat dich heute Morgen beim Frühstück vermisst«, wechselt Ray das Thema mit einem amüsierten Unterton. Wären die Worte nicht gelogen, hätte ich gewiss irgendeinen lustigen Konter gefunden, doch so gebe ich nur ein genervtes Brummen von mir.

Linda hat mich vermisst, ist klar. Ich kann mich leider hervorragend an den Morgen erinnern und an die Tatsache, dass mein Vater alle Anwesenden um sich herum vereinnahmt hat. Nein, mich hat heute Morgen niemand vermisst.

Offenbar bemerkt Ray meine verärgerte Stimmung nicht, denn er sieht mich von der Seite an und lächelt verschmitzt. »Du hast es ihr offensichtlich angetan. Du und dein Zungenpiercing«, fügt er hinzu, woraufhin Alec los grölt.

»Und woher weißt du das bitte?«, fragt er.

Ich binde mir die Locks zusammen und schüttle fassungslos den Kopf. »Ellie und Linda sprechen wohl über alles, oder?«

»Tja, was soll ich sagen? Ist so ein Zwillingsding. Man gewöhnt sich dran. Obwohl wir leidtragenden Mitbewohner auch ohne ein Gespräch gewusst hätten, wie sehr Linda die Nacht genossen hat«, fügt Ray hinzu, was mich zum Schmunzeln bringt.

Ja, leise war sie nicht. Und sie war definitiv nicht die Einzige, die großes Vergnügen dabei empfunden hat. Wäre der heutige Morgen anders verlaufen, hätte ich glatt meine Prinzipien über Bord geworfen und Linda um ein Date gebeten.

Fuck! Zum Glück ist der Morgen genau so verlaufen! Das wäre nie gut ausgegangen. Während ich immer tiefer in meine Was-wäre-wenn-Gedanken abdrifte, bekomme ich nur am Rande das Gespräch zwischen Alec und Ray mit. Doch plötzlich werde ich hellhörig.

Ray seufzt leise und stützt sich auf den Knien ab.

»Mir fällt einfach nichts ein, das ihm gerecht werden würde. Ein Antrag soll doch etwas Besonderes sein.«

Moment mal! Habe ich das eben richtig gehört? Ein Antrag …?

»Du willst Ellie heiraten?«, bricht es aus mir heraus und ich starre meinen besten Freund fassungslos an. »Ist das dein Ernst?«

Ray hebt die Schultern an und schenkt mir ein schiefes Lächeln. »Ich liebe ihn«, ist das Einzige, das er dazu sagt.

Holy Shit! Mein bester Freund verliert gerade den Verstand.

»Du bist noch nicht mal fünfundzwanzig! Was soll der Scheiß? Und wieso weiß Alec davon und ich nicht?!«

Für einen kurzen Moment herrscht eine unangenehme Stille im Raum.

»Genau aus diesem Grund«, antwortet Ray und ich spüre den kühlen Blick seiner grünen Augen auf mir ruhen. »Und glaub mir, ich weiß, wie alt ich bin und ich weiß auch, was oder wen ich will.« Er fährt sich durch die Haare und erhebt sich schließlich, während ich immer noch völlig regungslos meinen besten Freund anstarre. »Ich liebe ihn. So einfach ist das.«

»Ookay«, antworte ich gedehnt und werfe einen Blick auf Alec, der ein verträumtes Lächeln auf den Lippen trägt. O Gott! Wenn Alberta uns in diesem Augenblick sehen könnte, würde sie uns auslachen. Kaum haben wir uns von ihren grausamen romantisch-kitschigen Songtexten verabschiedet, verwandelt sich der Großteil von uns selbst in rosarot verträumte Kuschelbärchen. Zum Kotzen!

Offensichtlich ist Alec mein Gesichtsausdruck nicht entgangen, denn er schüttelt lachend den Kopf. »Mein Gott, Jonas! Du siehst gerade aus, als wolle Ray sein Todesurteil unterschreiben. Was ist so schlimm daran, zu heiraten?«

Ich schlucke. »Gar nichts ist schlimm. Aber eine Hochzeit … Das sollte keine Entscheidung sein, die man leichtfertig trifft. So etwas soll doch für die Ewigkeit sein.«

»Und du denkst, Ray weiß das nicht?«

Ich fange Rays Blick auf und ziehe das Piercing zwischen meine Zähne, um darauf herumzukauen. Mein bester Freund schenkt mir ein schwaches Lächeln, aber es ist sein Blick, der mehr sagt als tausend Worte. Ray hat diese Entscheidung nicht leichtfertig getroffen, so viel steht fest. Außerdem ist er glücklich wie nie zuvor. Auch das weiß ich. Ellie passt perfekt zu ihm und liebt ihn genauso abgöttisch.

Eigentlich fällt mir kein einziges Argument ein, das gegen seinen Plan sprechen könnte – mit Ausnahme des viel zu jungen Alters natürlich.

Ich stöhne, während ich mich erhebe, und klopfe Ray auf die Schulter. »Also gut, meinen Segen hast du. Auch wenn ich die Idee immer noch verrückt finde.«

Ray umarmt mich und als ich ihm kurz danach in die Augen sehe, erkenne ich ein verräterisches Glitzern darin. »Danke, Mann. Das bedeutet mir viel.« Er wischt sich über die Augen und zwinkert mir zu. »Denn falls er ja sagt, wirst du mein Trauzeuge«, fügt er hinzu und klatscht anschließend in die Hände. »Okay Leute, Pause zu Ende, ich will den Song heute noch fertig machen! An die Instrumente!«

Während Alec und Ray zurück an die Arbeit gehen, stehe ich immer noch regungslos an Ort und Stelle und wiederhole im Geiste Rays Worte.

Du wirst mein Trauzeuge … Das hat er doch nicht ernst gemeint. Oder?

Oder?!

Kapitel Zehn

LINDA

»Ja, Mom, ich habe mir das durchgerechnet … Ich kann es mir leisten. … Mom, Dylan ist gut aufgehoben. Er schafft das! … Mom, hör auf! Ich … Mom, nein, ich …«

Weiter komme ich nicht, denn Ellie reißt mir das Handy aus der Hand und drückt es an sein Ohr.

»Mom, Linda ist die beste Mutter, die es gibt. Und das bleibt sie, auch wenn Dylan im Kindergarten ist. Und nein, eine Kita ist kein anderer Begriff für Kinderknast und du solltest uns jetzt wirklich arbeiten lassen, wir haben nämlich eine sehr strenge Chefin. Bye!«

Mit diesen Worten beendet er den Anruf, ohne auf Moms Reaktion zu warten, und wirft es mir in den Schoß.

»Danke dir«, sage ich und lasse mich stöhnend auf dem Fußboden nieder. Tatsächlich saß ich noch wenige Minuten zuvor im Schneidersitz auf dem Boden, hatte den Laptop auf dem Schoß und korrigierte das aktuelle Manuskript. Natürlich könnte ich auch in einem schicken Büroraum des Verlags arbeiten, mit ergonomischem Stuhl und höhenverstellbarem Schreibtisch, doch dann wäre ich in unmittelbarer Nähe meiner Mutter – so sieht für mich der Vorort der Hölle aus. »Diese Frau raubt mir den letzten Nerv.«

Die Beziehung zu unserer Mutter war nie die Leichteste. Ihr Leben bestand und besteht noch heute fast ausschließlich aus Arbeit. Ich schätze, nur so hat sie es vor Jahren geschafft, die Programmleitung der Zweigstelle von Harper Collins zu übernehmen, obwohl sie alleinerziehende Mutter von Zwillingen war. Ellie und ich blieben dabei oft auf der Strecke. Im Nachhinein ist es schon ironisch, dass sowohl Ellie als auch ich im Verlag unter ihrer Leitung arbeiten – als hätten wir beide indirekt ihre Nähe gesucht – und sei es nur in einem platonischen Arbeitsverhältnis. Wenn ich jedoch an das letzte Gespräch mit Ellie denke, ist ihm inzwischen selbst diese Nähe zu viel. Und ich verstehe ihn so sehr. Mir geht es spätestens seit Dylans Geburt genauso. Denn ihr Desinteresse hat sich von da an um einhundertachtzig Grad gewandelt. Seitdem ist sie zu einer unangenehmen Klette mutiert. Eine Klette, die alles besser weiß und mir nonstop unter die Nase reibt, was ich alles falsch mache.

Dylan soll keinen gekauften Babybrei essen. Dylan sollte längst ohne Schnuller schlafen können. Dylan benötigt einen Schlafsack und keine Decke. Mit zwei Jahren sei er alt genug, um ausschließlich im eigenen Bett zu schlafen, alles andere würde ihn verwöhnen. Dylan sollte allmählich sauber werden. Und außerdem seien Bio-Windeln viel gesünder für seinen Babypopo. Auf keinen Fall sollte Dylan in eine Kindertagesstätte gehen, das wäre nichts für seine sensible Kinderseele. Dasselbe behauptet sie im Übrigen von unserer Wohngemeinschaft. Besonders Rob sei für Dylan eine große Gefahr, man wisse schließlich nie, ob er einen Rückfall erleiden würde.

Wenn Mom wüsste, dass ich hin und wieder sogar eine fünfzehnjährige Babysitterin engagiere, die auf ihn aufpasst, anstatt sie zu fragen, würde sie mich vermutlich vierteilen. Genau aus diesem Grund habe ich ihr auch verheimlicht, dass ich ihn Anfang des Jahres in der Kindertagesstätte angemeldet hatte. Nur leider hat sie es herausgefunden und nun muss ich mich neben meinen eigenen Ängsten und Sorgen, weil ich Dylan in fremde Hände gegeben habe, auch noch mit Moms Vorwürfen herumschlagen.

»Du bist eine gute Mom, das weißt du, oder?«, fragt Ellie, als würde er meine Gedanken lesen, und ich seufze.

»Ich weiß nicht, immerhin hatten wir nicht das beste Vorbild, oder?«

»Genau aus diesem Grund wirst du es besser machen.«

Er holt sein Handy aus der Hosentasche und ich blicke auf das Display, beziehungsweise die Uhrzeit, die darauf angezeigt wird. Es ist bereits kurz vor elf.

»Oh, fuck!« Ich hatte mich angemeldet, in der *Suppenküche* auszuhelfen. Das ist eine gemeinnützige Organisation, die obdachlosen Personen ein Mittagessen ermöglicht. Vor Dylans Geburt war ich regelmäßig dort, habe Essen gekocht, ausgeteilt und

Stunden damit verbracht, den Menschen einfach zuzuhören. Weil ich glaube, dass die Welt ein besserer Ort sein könnte, wenn jeder seinen Teil dazu beiträgt und ein Stück vom großen Kuchen abgibt. Ich besitze kaum Geld und kann keine finanziellen Hilfen anbieten, außerdem bin ich nicht so herzlich und gefühlvoll wie Ellie, der mit seiner Art andere zum Lachen bringt. Ich kann auch keine Songs komponieren und mit irgendwelchen Texten die Menschen zum Nachdenken anregen. Aber ich kann kochen. Und zuhören. Außerdem ist die *Suppenküche* für mich ein persönlicher Ort meiner Bestimmung, denn dort habe ich Rob kennengelernt. Er ist nicht nur ein alter Mitbewohner, er ist Teil unserer Familie. Nein, Rob *ist* Familie. Er war das fehlende Glied in unserer Mitte und ich bin bis heute dankbar darüber, ihn getroffen zu haben.

Ich habe es geliebt, Zeit in der *Suppenküche* zu verbringen. Umso glücklicher bin ich, dass ich jetzt, da Dylan in der Kita ist, wieder die Möglichkeit habe, dort zu arbeiten. Die heutige Schicht beginnt um elf Uhr, in genau zehn Minuten. Verflucht! Normalerweise vergesse ich nie Termine, was ist nur los mit mir? Hektisch springe ich auf und suche nach meiner Jeansjacke, die ich am Wochenende ungeachtet in irgendeine Ecke geworfen habe.

Mit einem Blinzeln vertreibe ich die Erinnerungen, die dadurch aufblitzen. Jonas, der mich gegen die Wand presst. Jonas, der auf die Knie fällt und meinen Slip behutsam über meine Beine nach unten gleiten lässt. Jonas, dessen Zunge die Innenseiten meiner Oberschenkel entlanggleitet, bis sie …

Gott! Ich wollte die Bilder vergessen und nicht neu aufleben lassen!

»Alles okay?«, höre ich meinen Bruder fragen und ich muss ihn gar nicht ansehen, um das Grinsen in seinem Gesicht zu erkennen. Verdammtes Zwillingsgen. Er weiß immer, was ich denke und was ich fühle, völlig egal, wie schweigsam ich bin.

»Hmmhmm«, antworte ich daher und schlüpfe in die Jeansjacke, ohne einen weiteren Blick auf mein Zimmer oder das Bett zu werfen. Dort, wo Jonas meine Beine auf seinen Schultern ablegte, damit er noch tiefer in mich eindringen konnte. Meine Mitte zuckt allein bei der Erinnerung daran, wie er mich ausgefüllt hat, verräterisch. Nur, um mich kurz darauf umzudrehen und meinen Hintern packte, um …

»Ich habe jetzt fünf Stunden Zeit, auf andere Gedanken zu kommen. Genau das, was ich jetzt brauche«, unterbreche ich mein Kopfkino, drücke dem grinsenden Ellie einen Kuss auf die Wange und verlasse unsere Wohnung.

Denn ja, es ist an der Zeit, Jonas aus meinem Kopf zu vertreiben. Es war eine einmalige Sache, das hat er mir mit seinem Abgang am Wochenende mehr als deutlich gemacht. Und das ist auch gut so.

Kapitel Elf

JONAS

»Und Cut! Jonas, kannst du noch einmal das Intro spielen? Der Lastwagen eben hat krasse Störgeräusche auf deiner Spur erzeugt, das klingt bei diesem Song beschissen und ich kann sie nicht retuschieren.«

Ich unterdrücke ein Fluchen und nicke stattdessen Alec zu, der vor drei unterschiedlichen Monitoren sitzt und das Mischpult vor sich aufgebaut hat, während er mit mir via Lautsprecher kommuniziert. Ich sitze hingegen in einem kleinen Kabuff, in dem wir die einzelnen Spuren unserer Songs aufnehmen. Ursprünglich war dieses Zimmer vermutlich als Abstellkammer der Einliegerwohnung gedacht, es ist jedoch am weitesten von der Straße entfernt und zudem weit weg von der röchelnden Wasserleitung. Isoliert mit Eierschachteln ist es der beste Raum für Musikaufnahmen. Zumindest, wenn kein Lastwagen direkt am Haus vorbei donnert. Ray hat eine Fensterscheibe in die Tür eingebaut, sodass wir während der Aufnahmen Blickkontakt halten können. Leider ohne die Möglichkeit, es zu öffnen. Dementsprechend stickig ist es in diesem Raum.

Ich wirble die Sticks in den Händen und warte auf Alecs Okay, bevor ich zum gefühlt hundertsten Mal das Intro spiele.

Alecs erhobener Daumen ist das Schönste, das ich an diesem Tag gesehen habe.

Endlich Feierabend!

Ich schalte Kopfhörer und Mikro aus und verlasse stöhnend das Aufnahmezimmer.

»Frische Luft!«, rufe ich und öffne eines der Fenster, die freie Sicht auf all die Fabriken und haufenweise Container ermöglichen. Schön geht anders, aber immerhin ist die Luft einigermaßen sauber. Ich betrachte die weißen Nebelschwaden, die typisch für diese Jahreszeit sowohl vormittags als auch gegen Abend die Stadt verhüllen und die frühsommerliche Wärme verschlucken. Perfekt für mich – denn ich liebe alles daran. Ich schließe die Augen, atme einige Male tief durch und genieße die kühle, feuchte Brise, die nun um mein Gesicht weht.

»Unser Frischluftfanatiker«, höre ich Alecs witzeln, während er die fertigen Tonspuren abspeichert.

»Ich kann nichts dafür, dass ihr keine funktionsfähigen Nasen besitzt. Hier mieft es schlimmer als in einem Korb dreckiger Socken.«

»Ich verzichte gern auf deine hochsensiblen Sinne, wenn ich dafür nicht erfriere«, antwortet Alec lachend und legt sich schaudernd einen dicken Schal mit dem Gryffindor-Logo aus Harry Potter um den Hals – im

Mai! Ich betrachte das Tanktop und die kurze Hose, die ich trage, und zucke mit den Schultern.

Ray hat inzwischen die drei unterschiedlichen Gitarren eingepackt und steht wartend in seiner schwarzen Lederjacke, die er zu jeder Jahreszeit trägt, in der Tür und blickt grimmig auf sein Handy.

»Scheiße!«, ruft er.

»Was ist?«, fragt Alec.

»Ich hatte Ellie versprochen, Linda heute von der Arbeit abzuholen, weil seine letzte Vorlesung erst um sechs Uhr endet. Aber ich treffe mich doch in einer halben Stunde mit dem Koch vom *Greens*.«

In der Mittagspause hat Ray uns erzählt, dass er Ellie für seinen Antrag mit einem privaten 5-Gänge-Menü am Strand von Saint Luis Obispo, in der Nähe seines Elternhauses, überraschen will. Dies war der Ort, an dem er sich in ihn verliebt hat. Ich weiß, ich wiederhole mich, aber mein bester Freund entwickelt sich zum größten Romantiker der Welt. Und ich weiß nicht, ob ich deshalb weinen oder lachen soll.

Ray hält inzwischen das Handy ans Ohr und ich höre selbst aus der Entfernung die Mailboxansage mit Lindas Stimme.

»Hey, das hier ist 'ne Mailbox. Heißt für dich, entweder will ich nicht mit dir reden oder ich kann gerade nicht. Außerdem bedeutet es, entweder rufe ich zurück oder eben nicht. Du wirst schon bald wissen, zu welcher Gruppe du gehörst.«

Augenblicklich erschaudere ich – der Klang dieser Stimme ist unvergleichlich, tief, sexy und gleichzeitig weich und zart. Und ihre Worte sind so typisch für sie, dass ich schmunzeln muss.

»Ach fuck!«, unterbricht Ray meine Gedanken und

lässt das Handy sinken. »Was mache ich denn jetzt? Sie muss um fünf Dylan abholen, das schafft sie niemals mit der U-Bahn.«

Ich beobachte, wie er sich murmelnd durch den Fahrplan der Öffis scrollt und dabei immer verzweifelter wirkt.

»Lässt sich der Termin mit dem Koch irgendwie verschieben?«, fragt Alec und steckt die Hände unter die Achseln, als würde er wirklich frieren. Kopfschüttelnd schließe ich das Fenster und folge den beiden aus unserem kleinen Studio.

»Mir wird nichts anderes übrigbleiben. Ich hoffe nur, er hat nicht wegen mir das Restaurant geschlossen. Das wird sonst teuer.«

»Mann, ich würde dir echt gern helfen, aber ich bin selbst mit der Bahn hier«, meint Alec und ich kaue abwesend auf meinem Lippenpiercing herum.

Natürlich könnte ich mich anbieten. Theoretisch wäre das sogar meine Pflicht. Als zukünftiger Trauzeuge und so. Denn ich hätte nach dem obligatorischen Besuch zu Hause und meiner Absicherung, dass Mom wohlauf ist, Zeit. Zeit und das nötige Fahrzeug.

Nur weiß ich nicht, ob Linda mich sehen will, nachdem ich am Wochenende ohne ein Wort abgehauen bin. Außerdem weiß ich nicht, ob ich so weit bin, sie wiederzusehen. Sie und vor allem meinen Vater. Allein die Erinnerung daran, wie sich alle schluchzend in den Armen lagen, erzeugt eine Wut in mir, die ich kaum beschreiben kann. Eigentlich dachte ich, meine Aggressionen, die mich meine ganze Kindheit lang begleitet hatten, mit gezieltem Kampfsporttraining und mithilfe des Schlagzeuges abgelegt zu haben. Doch der

Gedanke an Robert Hyde genügt, dass ich den Drang verspüre, eine Faust in sein Gesicht zu rammen. Weil er es verdient hat. Weil ich mich an Moms Erzählungen erinnere.

Nicht nur einmal hat sie mir berichtet, wie Rob mich als Neugeborenes betrachtet, kurz darauf das Gesicht verzogen und Mom befohlen hat, die "Sauerei auf dem Fußboden gefälligst aufzuwischen, was sollten denn sonst seine Freunde von ihnen denken". Wenige Tage später, während Mom, zwischen Babyblues und Drogenentzugserscheinungen gefangen, nicht in der Lage war, auch nur aufzustehen, hatte er ihr erklärt, kurz den alten Wong – den Dealer des Viertels – aufzusuchen, um Nachschub zu besorgen. Er kam nie wieder zurück. Für Mom und mich war dies der Beginn unserer persönlichen Hölle.

Aber es geht hier nicht um meinen verfluchten Erzeuger und meine Vergangenheit, sondern um Linda. Und um ihren kleinen Sohn, verdammt!

»Ich kann sie abholen«, höre ich mich daher sagen, obwohl sich alles in mir dagegen sträubt.

»Echt?«, fragt Ray und mustert mich skeptisch. Ich schätze mal, mein Gesicht wirkt nicht so emotionslos, wie ich es gern hätte. Daher zucke ich mit den Schultern und deute auf unseren blauen und verbeulten Tourbus, mit dem ich heute ins Studio gefahren bin.

»Sie wird mir für mein Verhalten am Samstag schon nicht den Kopf abreißen«, antworte ich scherzend, doch Ray verzieht nur den Mund, und Alec kichert.

»Da wäre ich mir nicht so sicher. Weißt du, dass Gottesanbeterinnen ihre Männchen auffressen, nachdem sie Sex hatten?«

»Was willst du damit sagen?«

Bevor Ray auf die Frage reagieren kann, wickelt Alec seinen dicken Wollschal um meinen Hals und klopft mir fürsorglich auf die Schulter. »Ich glaube, du brauchst ihn mehr als ich«, meint er lachend, verabschiedet sich und geht in Richtung der nächsten U-Bahn-Station davon.

»Wäre das wirklich in Ordnung für dich?«, fragt Ray schließlich. Er steht inzwischen vor seinem Motorrad und hält den Helm in seinen Händen. »Ich kann den Termin auch absagen«, fügt er hinzu, obwohl sein Blick flehend wirkt.

»Ich fahre sie doch nur nach Hause. Was ist schon dabei? Außerdem bin ich jetzt ja perfekt geschützt«, sage ich und deute auf den rotgoldenen Schal um meinen Hals. Ich werde nie verstehen, wie Menschen freiwillig Wolle auf ihrer Haut tragen können. Es kratzt jetzt schon unerträglich.

»Danke, Mann. Du hast echt was gut bei mir«, antwortet Ray, setzt den Helm auf und steigt auf sein Motorrad. »Du weißt, wo die *Suppenküche* ist, oder?«

»Ja, gern gesch- … die was?«, frage ich, denn augenblicklich erstarre ich.

Die *Suppenküche*? Ich dachte, Linda arbeitet in einem Verlag!

Ich kenne die *Suppenküche*.

Natürlich kenne ich sie.

Schließlich war ich meine gesamte Kindheit Gast dieser Einrichtung. Hier habe ich in einer Zeit, in der Mom das Bett nicht verlassen konnte, einmal am Tag eine warme Mahlzeit gekriegt. Nein, korrigiere, hier habe ich die einzige Mahlzeit des Tages erhalten, wenn

Mom vergessen hat, dass ich existiere. Entweder war sie zu high oder die Depression hielt sie gefangen. Es waren beschissene Jahre und ich hätte niemals gedacht, jemals wieder dorthin zurückzukehren. Ich schlucke und umklammere den Autoschlüssel, als könnte er mir Halt geben.

Ich werde das schon schaffen.

Irgendwie.

Kapitel Zwölf

LINDA

»Hey, Bonnie. Mega Outfit! Setz dich doch ans Fenster, ich bringe dir gleich dein Essen.«

Ich deute auf einen Tisch und hole einen Teller für das junge Mädchen, das neonfarbene Leggins mit einem fünf Nummern zu großen weißen Shirt kombiniert trägt, aus dem Schrank. Wenn ich die Kinder und Jugendlichen sehe, fühle ich jedes Mal einen Stich im Herzen. Ich kann mir gar nicht ausmalen, was diese Menschen in ihren jungen Jahren schon erlebt haben, und ich wünschte, ich könnte mehr für sie tun, als einmal die Woche dabei zu helfen, ihnen eine warme Mahlzeit vorzusetzen.

Meine Schultern schmerzen und ich dehne sie kreisend, bevor ich mich der nächsten Person zuwende. Die Schlange der Wartenden wird nicht kürzer und ich hoffe, der Eintopf reicht für alle.

»Wir könnten zur Not noch einen Schwung Karotten mitkochen«, höre ich Elisas polternde Stimme, die offenbar denselben Gedanken hatte und mit skeptischer Miene die Schlange betrachtet. Sie öffnet den Deckel des zweiten, riesigen Suppentopfes und stellt sich auf die Zehenspitzen, um hineinzublicken. Dann seufzt die kleine, füllige Frau kopfschüttelnd. »Das reicht niemals.«

Ich streiche mir eine lose Strähne zurück unter die hygienische Haube und nicke Elisa zu. »Ich glaube, Karotten, Kartoffeln und Zwiebeln wären ganz gut. Dann können wir den Eintopf mit etwas Wasser und weiterem Gemüse strecken. Holst du sie?«

»Bin schon unterwegs!«, antwortet sie und verschwindet tänzelnd in der angrenzenden Küche, die sich hinter uns befindet.

Ich teile schweigend weitere Portionen aus, lasse den Blick über die Menge schweifen, und erstarre.

»Was macht der denn hier?«, murmle ich. Direkt am Eingang steht Jonas. Er trägt ein äußerst kurioses Outfit – kurze Hosen, ein ausgeleiertes Tanktop und dazu einen – ist das etwa ein Harry-Potter-Schal? Er hat die Hände in den Hosentaschen vergraben und blickt mit verkniffener Miene um sich. Ich glaube, ich habe diesen Mann noch nie zuvor so ernst gesehen. Fast schon verbissen, als hätte er Angst vor den Menschen hier. Als wäre Obdachlosigkeit ansteckend. Was für ein Arsch!

Ein weiterer Grund, mich von ihm fernzuhalten.

»Achtung«, unterbricht Elisa meine Gedanken, drückt mir ein paar Zwiebeln in die Hand und legt das restliche Gemüse auf den Tresen. Kurz darauf liegen Schneidebretter und Messer vor mir und während ich beginne, die Zwiebeln zu schälen, füllt Elisa den Topf mit Wasser auf.

»Hey, Luke. Warte bitte noch einen Moment, ja? Die Suppe braucht noch ein paar Minuten. Aber dort drüben stehen die Teekessel und Wasserspender«, erklärt Elisa mit ihrer typischen lauten Stimme, sodass es auch die anderen in der Reihe hören können und nun nach und nach aus der Warteschlange treten, um sich einen Sitzplatz zu suchen.

»Und nein, auch heute gibt es kein Bier, Billy! Danke für euer Verständnis, das ist … Grundgütiger! Jonas? Jonas Miller? Bist du das?«, unterbricht sie sich selbst und ich sehe, wie ihr das Schneidemesser aus der Hand gleitet. Innerhalb weniger Sekunden hat sie sich zwischen den Wartenden hindurchgeschlängelt und steht nun direkt vor Jonas, der ungläubig die Augen aufreißt, und anschließend das schönste Geräusch erzeugt, das ich je zuvor gehört habe. Er lacht. Und zwar aus voller Brust, während er Elisa in die Arme nimmt und sie, trotz ihres fülligen Körpers, einmal im Kreis herumwirbelt. Was zur …?

»Ich glaube es nicht! Jonas Miller! Mein kleiner, süßer Junge!«, ruft Elisa und zieht ihn in meine Richtung, nachdem er sie behutsam auf dem Boden abgesetzt hat.

Ich beobachte, wie sich die alte, normalerweise äußerst resolute Frau, Tränen von den Wangen wischt, bevor sie sich wieder zu mir gesellt. Jonas steht jetzt direkt vor mir und schenkt mir ein kurzes und verkrampft wirkendes Lächeln, das ich jedoch nicht erwidere. Dafür liegen viel zu viele Fragen auf meiner Zunge. Woher zur Hölle kennen sich Elisa und Jonas?

Und wie kam es bitte zu diesem krassen Stimmungswechsel? Immerhin wirkte Jonas vor wenigen Sekunden noch so, als würde er sich vor den Leuten hier ekeln.

»Linda, das ist Jonas. Ich kenne ihn schon mein Leben lang, er ist …«

»Wir kennen uns«, unterbricht er sie hektisch und trommelt mit den Fingerspitzen auf dem Tresen herum. »Ich bin hier, um Linda abzuholen«, fügt er hinzu. Erst jetzt flackert sein Blick für einen Moment zu mir. Man könnte denken, er würde es vermeiden, mich anzusehen.

»Wirklich? Das ist ja wundervoll! Du und Linda … wie schön! Und … ach, du glaubst gar nicht, wie sehr ich mich jedes Mal freue, eines eurer Lieder im Radio zu hören. Zu sehen, dass du … dass du es geschafft hast.« Elisas Stimme bricht und sie wischt sich ein weiteres Mal Tränen aus dem Gesicht. »Ich bin so unendlich stolz auf dich, mein Junge. Du hast es verdient. So sehr.«

So sehr? Das klingt so, als wäre Jonas … Als wäre er aus einem ganz bestimmten Grund mit Elisa befreundet. Ich schlucke und versuche, Jonas' Blick aufzufangen, der mir jedoch immer wieder ausweicht. Er zupft am Knoten, der seine Dreadlocks zusammenhält, und kaut auf seinem Piercing herum. Dabei betrachtet er die Obdachlosen, die an den bunt zusammengewürfelten Tischen zusammensitzen. Liegt da etwa Traurigkeit in seinem Blick? Ruft der Anblick Erinnerungen in ihm hervor?

Mein Magen verkrampft sich, als ich begreife: Jonas

hat keine Angst vor den Menschen hier, er war selbst einer von ihnen!

»Wir sollten los, oder? Ray meinte, du musst Dylan abholen«, sagt Jonas und als ich einen Blick auf die Uhr werfe, fluche ich laut. Irgendwie scheint die Zeit hier schneller zu vergehen.

»Schon so spät? Verdammt! Elisa, kann ich dich alleine lassen?«, frage ich, obwohl mich die gute Seele der *Suppenküche* bereits mit ruppigen Gesten fort scheucht.

»Habt einen schönen Abend, ihr zwei! Und Jonas, lass dich gerne öfter hier blicken. Ich würde mich riesig freuen!«

Kurze Zeit später sitze ich neben einem extrem schweigsamen Jonas im Tourbus und weiß nicht, was ich sagen soll. Die Wut darüber, dass er mich am Wochenende ohne ein weiteres Wort verlassen hat, ist verschwunden. Genauso wie mein Urteil über ihn, er sei ein Arschloch.

Stattdessen fühle ich mich schuldig. Und gleichzeitig …

»Spar dir dein Mitleid«, sagt er plötzlich in die Stille hinein und benennt damit genau das Gefühl, das mich durchdringt: Mitleid.

Wir stehen vor der Kita meines Sohnes, doch weder er noch ich steigen aus. Stattdessen spüre ich, wie seine dunkelbraunen Augen auf mir ruhen, und diesmal weicht er mir nicht aus. Ich schlucke.

»Wissen Alec, Ray oder Ellie«, beginne ich, ohne zu wissen, wie ich die Frage formulieren soll, doch Jonas hat sie wohl auch so verstanden, denn er seufzt leise und schüttelt den Kopf.

»Nur Ray kennt Teile meiner Vergangenheit. Und das soll auch so bleiben. Aus genau diesem Grund«, antwortet er und deutet dabei auf mich. Sein Blick ist voller Verachtung und Verbitterung.

»Wie bitte? Was habe ich denn getan?« Ich lehne mich zur Seite und winkle das Bein ab, damit ich ihm gegenübersitzen kann.

»Du siehst mich an, als wäre ich ein bemitleidenswerter Trottel. Als wäre ich der arme, obdachlose Kerl, dem man helfen muss, weil er es alleine nicht schafft. Du siehst mich an, als wäre ich dein Hilfsprojekt, mit dem du deine Seele reinwaschen kannst. Jeden Tag eine gute Tat und so.«

Ich starre ihn einige Augenblicke ausdruckslos an.

»Wow«, sage ich und atme gedehnt aus. »Für einen kurzen Moment habe ich wirklich gedacht, du wärst nicht so ein Riesenarschloch, wie ich angenommen hatte. Wie falsch ich doch lag.«

»Lieber ein Arsch, als bemitleidenswert und hilflos«, antwortet er, allerdings so leise, dass ich es kaum verstehe. Vermutlich würde ich die Worte auch nicht besser verstehen, wenn er sie laut ausgesprochen hätte.

»Das heißt, du willst lieber als der Typ Mann wahrgenommen werden, der jede Frau vögelt, die ihm über den Weg läuft, und sie anschließend gefühlskalt, ohne ein Wort des Abschieds fallen lässt, als ein Mann, der es geschafft hat, aus dem Dreck aufzustehen, um sich eine verdammt fantastische Existenz aufzubauen?«

»Fuck!«, schreit Jonas und ich zucke zusammen, als er eine Faust donnern ins Armaturenbrett rammt. Es gleicht einem Wunder, dass der Airbag nicht aufgeht. Vermutlich ist der Bus so alt, dass er noch keine dieser Sicherheitsfunktionen besitzt. Anschließend beugt Jonas sich zu mir.

»Ich vögle nicht jede verdammte Frau, denn ich habe sehr wohl meine Kriterien. Außerdem wusstest du genau, worauf du dich bei mir einlässt, also beschwer dich nicht, dass ich dir keinen scheiß Heiratsantrag mache, denn den wirst du nicht bekommen. Und ich bin verdammt noch mal fucking stolz darauf, dass ich dort bin, wo ich jetzt stehe, nur geht es andere einen Scheißdreck an, wo ich herkomme, kapiert?«

Jonas ist mir inzwischen so nah, dass ich seine pulsierende Halsschlagader sehen kann, da sich der dicke Schal gelöst hat und nun verzweifelt von seiner Schulter baumelt. Ich schätze, sein Wutausbruch soll mich nervös machen. Mich einschüchtern. Und mir sagen, dass ich die Finger von ihm lassen soll. All das weiß ich. Nur leider geschieht das komplette Gegenteil. Ich mustere die vollen Lippen, die zu einer Grimasse verzerrt sind, und das glänzende Piercing dazwischen und spüre meine pochende Mitte.

»Das waren selbst für deine Verhältnisse extrem viele Schimpfwörter in einem Satz«, sage ich und bevor ich weiter überlegen kann, packe ich Jonas' Shirt, ziehe ihn an mich und küsse ihn. »Dummerweise stehe ich drauf«, fahre ich fort und beiße in seine Unterlippe, woraufhin er überrascht aufstöhnt. »Genau wie auf Männer, die versprechen, mir keinen Heiratsantrag zu machen.« Meine Zunge gleitet wie von selbst in seinen Mund und ich kann gerade noch ein Stöhnen unterdrücken, als Jonas die Hand an meinen

Hinterkopf legt und den Kuss vertieft. Das harte Piercing knallt vielversprechend gegen meine Zungenspitze und ich presse die Beine zusammen, um meine Lust zu zügeln. Mein Körper erinnert sich an das Gefühl seiner Lippen auf meiner Haut und, zum Teufel, ich will das noch mal erleben! Ich will Jonas noch einmal spüren. In mir, auf mir, überall! Im selben Augenblick sehe ich durch die Autoscheibe die ersten Eltern mit Kindern über den Parkplatz laufen und ich erinnere mich schlagartig, wo ich mich befinde.

Dylan! Kita!

Gott!

Ruckartig löse ich mich von Jonas, blinzle ein paar Mal und atme tief durch.

»Danke fürs Fahren. Ich denke, ich werde den restlichen Weg mit Dylan nach Hause laufen«, sage ich und verlasse völlig überstürzt den Bus.

Ich brauche schleunigst Abstand, sonst reiße ich Jonas noch mitten auf dem Parkplatz des Kindergartens die Klamotten vom Leib. Und das wäre mehr als jämmerlich.

Oh, verfluchter Mist!

Kapitel Dreizehn

JONAS

Was zur …?

Ich zwinkere irritiert, als es erneut gegen die Autoscheibe klopft. Langsam öffne ich das Fenster. Vor mir steht eine Frau in den Vierzigern, die Haare streng zurückgebunden, mit Strickjacke und bunt bemalter Jeans, und schenkt mir ein zurückhaltendes Lächeln.

»Kann ich Ihnen helfen? Suchen Sie vielleicht etwas?«, fragt sie höflich.

»Was? Äh, nein.« Offensichtlich kann mein Hirn keine weiteren Worte produzieren. Ich schätze, es ist noch damit beschäftigt, die letzten Minuten zu verarbeiten. Was zur Hölle ist da eben geschehen? Ich habe Linda beschimpft, beleidigt und mich ihr gegenüber wie der größte Arsch benommen – und zwar absichtlich, damit das verdammte Mitleid aus ihrem Blick verschwindet. Und sie küsst mich? Das ergibt keinen Sinn! Und wie sie mich geküsst hat. Diese Frau weiß genau, was sie will. Und sie hat keinerlei Hemmungen, es sich zu nehmen.

Fuck! Ich will sie. Ich will sie so sehr.

Wäre sie nicht abgehauen, hätte ich glatt vergessen, dass wir uns auf einem öffentlichen Parkplatz befinden. Ich hätte sie auf die hintere Matratze geworfen, ihr die verfluchte Jeans und das weiße Shirt ausgezogen. Ich hätte jeden Zentimeter ihres Körpers verwöhnt. Ich hätte ihr gezeigt, was die Vorteile daran sind, dass man mit sehr vielen Frauen geschlafen hat. Denn wenn ich etwas besitze, dann ist es Erfahrung. Erfahrung und Empathie. Und beides hätte ich eingesetzt, um ihr einen nie dagewesenen Höhepunkt zu schenken. Das deutliche Zelt in meiner Hose zeigt mir, dass ich genau das immer noch tun möchte. Nur leider ist Linda gegangen. Zusammen mit ihrem Sohn.

»Dann bitte ich Sie, diesen Parkplatz zu verlassen. Er ist für Eltern und das Personal der Kindertagesstätte vorgesehen«, unterbricht die Frau meine Gedanken. Ihr Blick wandert über meinen Körper nach unten, dann reißt sie die Augen auf und weicht verängstigt einen Schritt zurück. Gleichzeitig sehe ich, wie sie ein Handy aus ihrer Jackentasche hervorholt.

Oh, verdammt. Das ist gar nicht gut. Ich schätze, sie ruft gleich die Bullen! Und ich könnte es ihr nicht mal verübeln, ich würde an ihrer Stelle genau dasselbe tun.

»Es ist nicht … Fuck! Ich bin kein Perverser, der Kinder … Scheiße! Bitte, rufen Sie nicht die Polizei. Bitte! Ich war nur in Gedanken. An eine Frau. Eine erwachsene Frau!«, füge ich stotternd hinzu und lege die Hand schützend vor mein bestes Stück. »An Linda Waye, falls Sie es genau wissen wollen.«

Nur langsam lässt die Frau das Telefon sinken und ich erkenne an ihrem überrascht wirkenden Lächeln, dass sie zumindest keine Angst mehr vor mir hat. Gott sei Dank!

»Linda Waye? Wirklich? Oje, ich schätze, Sie haben Linda gerade verpasst. Sie ist vor etwa fünfzehn Minuten gegangen.«

Ich räuspere mich und fahre mir übers Gesicht. »Ich … ja … ich weiß.« Ich räuspere mich erneut und lächle die Frau entschuldigend an. »Leider.« Seufzend öffne ich das Band, das meine Haare zusammenhält, dann lehne ich mich im Autositz zurück und schließe die Augen. Was für eine vertrackte Situation!

Allerdings höre ich, wie die Erzieherin leise lacht, und als ich die Augen öffne, liegt ein Funkeln in ihrem Blick.

»Linda hat Sie abserviert?«

So ganz stimmt das zwar nicht, aber zu meinem Leidwesen hat sie nicht vollendet, was sie angefangen hat, daher schweige ich, was mein Gegenüber wohl als Zustimmung auffasst.

»Das ist wirklich bedauerlich. Und kaum nachvollziehbar, wenn ich ehrlich bin«, sagt sie und mustert mich erneut ausgiebig. »Moment mal … kenne ich Sie irgendwoher? Ähm … es liegt mir auf der Zunge … Sind Sie nicht der Musiker aus der Band *Nameless*?«

Es war so klar, dass ich ausgerechnet in so einer Situation erkannt werden muss. Peinlicher geht es kaum. Ich schätze, da muss ich jetzt durch, daher strecke ich ihr die Hand hin.

»Der bin ich. Jonas, hi«, sage ich und atme tief

durch. »Was muss ich tun, damit wir diese … diese Situation eben vergessen können?«, frage ich und schenke ihr das freundlichste Lächeln, das ich im Moment zustande bringe.

»Oh, ich fürchte, es wird mir schwerfallen, das zu vergessen, wenn ich ehrlich bin. Ich dachte wirklich, Sie wären«, die Erzieherin unterbricht sich kopfschüttelnd und sieht zurück zur Kindertagesstätte. Ich folge ihrem Blick und erkenne durch eines der Fenster weitere Personen, die zum Teil Kinder auf dem Arm halten und mich mit besorgter Miene mustern. Fuck! Wie konnte ich vergessen, dass ich mich auf dem Parkplatz eines Kindergartens befinde? Was hat Linda nur an sich, dass ich alles andere komplett ausblende? So etwas geht gar nicht! Eigentlich bin ich der Typ Mann, der sich noch nie für sein abwechslungsreiches Sexleben geschämt hat, doch heute würde ich am liebsten im Erdboden versinken. Das hier ist nicht nur peinlich, das ist ein No-Go! Selbst für meine Verhältnisse.

»Aber ich kann Sie verstehen. Linda ist eine Powerfrau. Und unglaublich attraktiv. Ich hoffe, Sie geben nicht so schnell auf, denn irgendein Gefühl sagt mir, dass Sie beide gut harmonieren würden«, sagt sie und zwinkert mir zu. »Aber vielleicht suchen Sie sich für Ihren nächsten Eroberungsversuch einen anderen Ort aus, okay?«

Ich schlucke.

»Ich werde mich in Zukunft von diesem Parkplatz fernhalten«, verspreche ich und zeige ihr meine überkreuzten Finger als Zeichen des Schwurs. »Und aufgeben kommt gar nicht infrage«, füge ich mit einem

Grinsen hinzu. Denn die Erzieherin hat recht. Linda und ich harmonieren perfekt zusammen. Im Bett. Weit weg vom Kindergarten. Ohne Hintergedanken oder Zukunftspläne.

Es wäre äußerst unklug, würde ich sie aufgeben. Selbst wenn sie nun Teile meiner Vergangenheit kennt. Schließlich kann ich dafür sorgen, dass sie mich nie wieder mit diesem mitleidigen Blick mustert. Nein, ich kümmere mich darum, dass sie meine Vergangenheit vergisst.

Ich verabschiede mich von der Erzieherin, verlasse mit ratterndem Motor den Parkplatz und steuere voller Vorfreude Lindas Adresse an.

Nur, um an ihrer Wohnungstür damit konfrontiert zu werden, dass ich eine Sache komplett vergessen hatte:

Meinen Dad.

»Jonas? Ich wusste gar nicht, dass du heute auch da bist. Komm ruhig rein!«

Robert Hyde steht vor mir und lächelt höflich, als würde er sich freuen, mich zu sehen.

Wieder einmal hat mich der Gedanke an Lindas nackten Körper eine wichtige Tatsache vergessen lassen.

Wie konnte ich meinen verdammten Vater, ihren Mitbewohner, verdrängen? Der Arsch der nicht ein einziges Mal nach mir gesucht hat. Als wäre ich ihm egal gewesen. Als interessiere es ihn einen Scheißdreck, was Mom und ich in all den Jahren durchleben mussten.

»Die anderen sind noch nicht da. Ellie müsste aber jede Minute kommen. Wo Ray ist, weiß ich gar nicht, falls du zu ihm wolltest. Und Linda ist mit Dylan im Bad«, erklärt er, während er vor mir durch den Flur läuft und sich dabei ein Geschirrtuch über die Schulter wirft. »Ich hoffe, du verträgst scharfes Thai-Curry. Lexi und Gordon, Freunde von Ellie, kommen um halb acht und sie haben sich das Gericht gewünscht. Da fällt mir ein … Ich wollte noch frischen Koriander besorgen. Du kommst auch allein zurecht, oder? Getränke sind im Kühlschrank. Bedien dich einfach.«

Ich murmle eine nichtssagende Antwort und folge ihm durch den Gang, wo er sich Jacke und Hut vom Garderobenhaken schnappt und die Wohnung verlässt. Als ich am Badezimmer vorbeikomme, öffnet sich just in dem Moment die Tür und ein vergnügt quietschender Dylan läuft mir vor die Beine. Er trägt eine Windel auf dem Kopf und sein Körper ist klatschnass und voller Schaum.

»Dylan feddig!«, ruft er und riecht theatralisch an seiner schaumigen Hand, bevor er die Badtür mit einem Knall zuwirft. »Dylan liecht gut!«

»Oh, nein, kleiner Mann! Du bist noch lange nicht fertig. Bleib hier! Dylan!«

Lindas Stimme hallt aus dem Badezimmer nach draußen und ich höre zudem das Plätschern von Wasser. Dem Geräusch nach zu urteilen, befand sich Linda bis eben noch in der Badewanne.

Schmunzelnd beobachte ich, wie Dylan blind weiter davonspringen will und irritiert meine Beine als Hindernis mustert. Nur langsam schiebt er die Windel von seinen Augen, um mich anzusehen. Dann grinst er.

»Joni da!«, ruft er und umarmt meine linke Wade.

Ich schlucke, um das seltsam warme Gefühl in der Brust zu vertreiben, das meinen Namen aus seinem Mund zu hören auslöst. Joni …

»Hey, kleiner Wicht«, antworte ich mit kratziger Stimme und fahre ihm durch die klatschnassen Haare. »Ich fürchte, du brauchst ein Handtuch.«

»Ich hab dich gleich, du Ausreißer!« Die Badezimmertür öffnet sich erneut und einen Bruchteil später steht Linda vor mir. Mit nichts als einem kurzen, dunkelroten Badetuch um ihren feucht glänzenden Körper gewickelt. Verdammt! Jetzt ist mir heiß.

Lindas Blick wandert von ihrem schaumbedeckten Sohn langsam hinauf zu mir, dann reißt sie die Augen auf und greift erschrocken nach ihrem grob zusammengebundenen Handtuch.

»Jonas? Was willst du hier?«

»Joni da! Joni auch baden?«, höre ich Dylans süßes Stimmchen, während er mein Bein mit seinem Badeschaum verziert. Ich gehe in die Hocke und kann gar nicht anders, als zu lächeln. Dieser Zwerg ist zum Knutschen.

»Das wird nicht nötig sein, wenn du so weitermachst. Das Bein ist schon fast sauber, siehst du?«, erkläre ich und deute auf mein Schienbein. Daraufhin nickt Dylan mit konzentrierter Miene und fährt über meine Unterarme.

»Hände auch? Bauch auch sauber?« Er ergreift mein Shirt, hebt es an, doch ich kann ihn noch rechtzeitig davon abhalten, Schaum auf meinem Bauch zu verteilen, und weiche lachend zurück.

»Nein, kleiner Mann. Aber ich dusche später lieber

selbst«, erkläre ich, während er nun einzelne Locks ergreift, sie interessiert mustert und mit schaumigen Fingern betastet. Nachdem er die Haare ausgiebig betrachtet hat, stehe ich wieder auf. Als ich Lindas durchdringenden Blick spüre, grinse ich. »Oder ich bitte deine Mom um Hilfe.«

Linda erwidert mein Lächeln und deutet auf das Badezimmer. »Gerne. Seit Ray hier wohnt, besitzen wir eine fantastische Dusche, weißt du? Mit sehr viel Platz. Und noch mehr Möglichkeiten. Hab ich dich!« Sie dreht sich um, schnappt sich blitzschnell Dylan, der überrascht quiekt, und läuft zurück ins Bad. »Du kannst aber natürlich auch unsere Badewanne nutzen. Zusammen mit all den Quietscheentchen, dem Bagger und der Meerfrau«, fährt sie fort und wickelt den strampelnden Dylan in Badetücher ein. Ich folge den beiden und sehe mich um. Das Badezimmer ist nicht gerade klein, dennoch entdecke ich überall Wasserspritzer und Schaumkrönchen. Dazwischen liegen jede Menge Hand- und Badetücher, frische Kleidung für Dylan, die voller Wassersprenkel sind, mindestens eine halbe Packung Windeln und Quietschenten in allen erdenklichen Farben. Die lila glitzernde Meerfrau treibt auf der Wasseroberfläche entlang, zusammen mit einem roten Bagger. Ja, offensichtlich hat hier bis vor wenigen Minuten eine krasse Schaumparty stattgefunden. Oder eine Wasserschlacht. Oder beides. Wie gern wäre ich dabei gewesen.

»Dylan feddig!« Linda hat es inzwischen geschafft, dem jammernden Dylan eine Windel und einen Body anzuziehen, und scheinbar hat der Zwerg jetzt genug, denn er reißt sich erneut aus den Fängen seiner Mom und verlässt kreischend das Badezimmer.

Zurück bleiben Linda und ich. Und mir wird schlagartig wieder bewusst, dass diese wunderschöne Frau nichts als ein Tuch um ihren Körper trägt. Wenn ich Lindas Gesichtsausdruck korrekt interpretiere, bin ich nicht die einzige Person hier, deren Stimmung gerade umgeschlagen ist.

»Und? Was willst du nun? Duschen oder Baden?«, fragt sie und geht zielsicher, ohne auf eine der Enten zu treten, auf mich zu. Augenblicklich ist mein Mund staubtrocken. Nur entfernt höre ich das Knarzen einer Tür und kurz darauf Ellies Stimme durch die Wohnung hallen. Allerdings kann ich mich nicht auf die Worte konzentrieren. Oder auf irgendetwas anderes, denn Linda kommt einen Schritt näher, sodass sie direkt vor mir steht, und lässt das Handtuch zu Boden fallen. Ich atme zischend ein und beiße mir auf die Unterlippe. Holy Hell! Diese Frau ist der Wahnsinn!

»Linda«, knurre ich warnend. »Spiel nicht mit meiner Beherrschung. Denn das halte ich heute nicht mehr aus.«

Linda streckt den Arm aus und lässt einen Finger über mein Shirt gleiten. Dabei legt sie den Kopf schief und blickt mich mit unschuldiger Miene an. »Wieso? Mache ich dich etwa nervös?«

Nervosität ist gar kein Ausdruck für das Adrenalin, das gerade durch meine Adern schießt. Ich kann mich nicht erinnern, wann ich zuletzt eine Frau so sehr begehrt habe. Ich stehe unter Strom und doch traue ich mich nicht, Linda zu küssen, geschweige denn, sie zu berühren. Nicht, wenn ich weiß, dass ihr Sohn jederzeit wieder hereinplatzen könnte.

Bevor ich auf Lindas Frage antworten kann, öffnet sich die Badezimmertür und Ellie erscheint mit Dylan auf dem Arm, der wiederum sein Kuschelschaf in der Hand hält.

»Linda, weißt du, wo Dylans Sach … Oh, schei … benkleister … Hi, Jonas«, unterbricht er sich selbst, als er seine Zwillingsschwester und mich sieht. Sekunden später teilt ein breites Grinsen sein Gesicht und er legt eine Hand über Dylans Augen. »Alles klar, Dylan, wir beide finden auch ohne Mom deine Klamotten. Und wir sollten vor dem Abendessen spazieren gehen, was hältst du davon?«, sagt er zu seinem Neffen und zieht kurz darauf die Tür hinter sich zu. »Es gibt übrigens einen Schlüssel! Und ein Codewort!«, höre ich ihn noch rufen, bevor er ganz verschwunden ist.

Linda hat offensichtlich zuerst begriffen, was Ellies Worte bedeuten, denn sie tänzelt nackt zur Tür, dreht den Schlüssel um und lächelt mich lasziv an, während ihre Hände über ihre traumhaft schönen Kurven gleiten.

Ich hebe eine Augenbraue. »Codewort?«, frage ich und ernte ein amüsiertes Grinsen.

»Das macht mich neugierig.«

Linda zuckt mit den Schultern. »Möglicherweise gibt es zwischen Ellie und mir ein Wort, bei dem der andere sofort versteht, dass die Wohnung geräumt werden muss. Mitsamt Dylan.« Sie hält inne und sucht meinen Blick, der direkt in meine Lenden schießt.

»Ich schätze, mein Bruder hat uns gerade eine sturmfreie Wohnung verschafft«, sagt sie und berührt sacht ihre Brustwarze, die sich daraufhin schlagartig aufrichtet. Genau wie mein bestes Stück.

»Ich hoffe, du verstehst dieses Geschenk zu nutzen.«

Oh ja, und ob ich das verstanden habe! Denn jetzt hindert mich nichts mehr daran, die Beherrschung zu verlieren. Linda, ich werde jede einzelne Minute nutzen, die Ellie uns verschafft hat, das schwöre ich dir!

Kapitel Vierzehn

LINDA

Ich weiß wirklich nicht, was Jonas an sich hat, dass ich mich wie ausgehungert fühle. Kaum spüre ich seine dunklen, durchdringenden Augen auf mir, kribbelt mein gesamter Körper. Ein Blick auf das Piercing und die wunderschönen Lippen, und meine Mitte pocht voller Vorfreude. Ich spüre den Drang, die Finger durch seine Dreads gleiten zu lassen und ihn fest an mich zu ziehen.

Selbst hier, inmitten dieser definitiv abturnenden Badelandschaft, umringt von Windeln, Enten und Kinderspielzeug, bin ich hochgradig erregt. Jonas müsste vermutlich nur einmal über meine Klit streichen und ich würde kommen.

Scheiß drauf! Ich schäme mich garantiert nicht für diese Gefühle. Dieser Mann ist verflucht heiß und das kann und werde ich genießen, auch wenn ich eine junge Mom bin!

Jonas steht noch immer an Ort und Stelle, den Blick

auf mich und meine Finger fixiert, mit denen ich meinen Oberkörper streichle.

»Weißt du eigentlich, wie verdammt heiß du aussiehst?«, fragt er mit belegter Stimme. Er kommt einen einzigen Schritt näher und mustert mich ungeniert, gleichzeitig öffnet er den Bund seiner kurzen Hose, die raschelnd zu Boden fällt. Mit einer weiteren Bewegung zieht er das Shirt über seinen Kopf und steht schließlich nur noch mit schwarzen Boxerbriefs und dem Schal bekleidet vor mir. Die deutlich erkennbare Erregung lässt mich schlucken.

»Kann ich nur zurückgeben«, antworte ich, ergreife beide Enden des Schals und ziehe Jonas näher zu mir. Schon spüre ich seine Handflächen an meinem Gesicht und seine warmen und weichen Lippen auf meinen. Ich lege die Arme auf seine Schultern und gleite an seinem nackten Oberkörper herab. Der Schal landet mit einer einzigen Bewegung neben Hose und Shirt auf dem Boden. Ich genieße die Erhebung der einzelnen Muskelstränge seiner Brust, verharre mit den Fingern einen Augenblick an den beiden Piercings, die seine Brustwarzen zieren, bevor ich ganz sachte weiter nach unten gleite, bis zum Bund der Briefs. Ohne den Kuss zu unterbrechen, schiebe ich meine Daumen hinein und kreise langsam von Jonas Seiten bis zur Mitte und wieder zurück. Ein Raunen verlässt seinen Mund und ich spüre selbst den Schauer, der ihn überwältigt, als ich die eng anliegende Unterhose packe und sie über seinen Hintern nach unten ziehe.

Endlich steht auch er nackt vor mir.

Nackt und atemberaubend schön. Für einen

Moment unterbreche ich den Kuss und weiche nach hinten aus, nur um ihn in aller Ruhe anzuschmachten.

»Wolltest du mir nicht beim Duschen behilflich sein?«, fragt er unschuldig und bindet mit einem Haarband, das er zuvor am Handgelenk getragen hat, die Dreadlocks zusammen. Auf diese Weise wirkt sein Gesicht deutlich markanter und − verflucht, das sieht sogar noch heißer aus!

Ohne weiter nachzudenken, ergreife ich Jonas' Hand und führe ihn sicher über den chaotischen Boden hin zur Dusche. Ich öffne die breite Glastür und entsperre den Bildschirm, der sich rechts daneben befindet. Mit einem galaktischen Sound erwacht die Dusche zum Leben und ich grinse, als ich Jonas' irritierte Miene bemerke.

»Was zur Hölle ist das? Ein Raumschiff?«

Innerhalb weniger Sekunden habe ich das perfekte Programm in der Auswahl gefunden und schließe hinter Jonas die Tür der Kabine.

»Nun, es fühlt sich jedenfalls so an, als könnte man damit fliegen. Vor allem mit dem richtigen Partner darin«, erkläre ich und ziehe ihn weiter. Am anderen Ende der Dusche befindet sich eine breite Sitzbank, wo ich Jonas kurzerhand nach unten drücke, mich rittlings auf seinen Schoß setze und dort weitermache, wo ich vorhin aufgehört habe. Wie von selbst findet mein Mund seine vollen Lippen und ich genieße seine Hände, die über meinen Rücken streichen, meinen Hintern ergreifen und fest zupacken. O Gott, ist das perfekt!

Im selben Augenblick ertönt ein dunkler, meditativer Sound, das Licht in der Dusche wechselt in ein schummriges Rot, während die Wände gleichzeitig wie

Sterne glitzern. Aus unzähligen Düsen strömt aromatischer Nebel und innerhalb weniger Sekunden existieren nur noch Jonas und ich auf dieser Welt. Der Rest wird quasi unsichtbar, als wäre er weit, weit weg.

Jonas unterbricht den Kuss und blickt mit offenem Mund um sich.

»Das ist verdammt crazy«, meint er und atmet tief ein. »Ist das … riecht es hier etwa nach Citrusfrüchten?«

Ich nicke und atme nun selbst ein, um den Duft zu genießen. »Zitrone-Minze. Ich dachte, das passt zu dir. Es hätte noch Beere oder Vanille gegeben, aber die sind mir zu süß. Außerdem ist süß im Moment das Letzte, was ich will«, füge ich hinzu, nehme seine Hände und führe sie zu meinen Brüsten.

Jonas versteht die nonverbale Aufforderung und Sekunden später spüre ich das Piercing seiner Zunge an meiner Brustwarze. »Aaaahhh«, keuche ich und genieße das Prickeln, das durch meinen Körper wandert. Ich spüre Jonas' Erregung an meinem Bauch und weiß, dass ich nur ein Stück vorrücken müsste, um mich an ihm zu reiben. Und noch ein weiteres Stück, um ihn in mir … Doch ehe ich die Gedanken in die Tat umsetzen kann, hebt mich Jonas auf, setzt mich mit einer gezielten Bewegung auf die Bank und kniet vor mir nieder.

»Fuck, du bist so verflucht heiß«, raunt er und küsst die Innenseiten meiner Schenkel. Ich lehne mich zurück und schließe die Augen. Jonas spreizt meine Beine und ich spüre seinen heißen Atem auf meiner Mitte.

Scheiße! Es fehlt wirklich nicht mehr viel, und ich komme, noch bevor das Duschprogramm zu Ende ist.

Offensichtlich spürt Jonas meine Anspannung, denn

er hält inne und als ich die Augen öffne, sehe ich sein verschmitztes Lächeln zwischen meinen Beinen.

»Willst du mehrmals kommen, oder soll ich mir Zeit lassen für einen einzigen, dafür sehr intensiven Orgasmus?«, fragt er und massiert währenddessen durchgehend mit den Fingerspitzen die Innenseiten meiner Oberschenkel.

Ich schlucke. »Ich hätte gern beides«, antworte ich und Jonas' dunkles Lachen erfüllt diesen Dusch-Kokon.

»Dein Wunsch sei mir Befehl«, höre ich ihn sagen. Kurz darauf spüre ich seine peitschende Zunge auf meiner Mitte, und ich explodiere. Wellen der Lust strömen durch mich hindurch und ich kralle meine Finger in Jonas' Dreads, nur um ihn einen Moment länger auf meiner Klit zu spüren.

»Das ging schnell«, merkt er schließlich an. Ich muss nicht die Augen öffnen, um sein Grinsen zu sehen, daher zucke ich nur mit den Schultern.

»Was soll ich sagen? Ich schätze, ich stehe auf Piercings.«

Zur selben Zeit wechselt das Duschprogramm in die Massagefunktion: Das rote Licht geht in ein warmes Orange über und die Bank, auf der ich liege, beginnt sanft zu vibrieren, während aus den Nebeldüsen hinten an der Wand überall Wasser heraussprudelt. Ich erhebe mich und ziehe Jonas zurück zu mir auf die Bank, der nun direkt vor den Massagedüsen sitzt und zufriedene Laute von sich gibt.

»Okay, ich weiß, ich wiederhole mich, aber diese Dusche ist wirklich heißer Shit.«

Ich hole mir etwas Duschmittel aus dem dafür

vorgesehenen Portionierer und setze mich erneut auf Jonas' Schoß.

»Ich weiß«, antworte ich etwas verzögert und beginne, seine Brust einzuseifen. Meine helle Haut erzeugt einen krassen Kontrast zu Jonas' dunkler Hautfarbe, und ich genieße es, seine Muskeln zu spüren, während ich immer wieder über seine Brust nach unten gleite, ohne jedoch seine zuckende Härte zu berühren. Das muss warten. Noch.

Jonas stöhnt genüsslich, lehnt sich zurück und verschränkt die muskulösen Arme hinter dem Kopf. Ein deutliches Zeichen, dass dieser Körper nun mir gehört.

Ich hole mehr Duschgel und falle vor ihm auf die Knie. Nun seife ich seine Beine ein. Angefangen von den Unterschenkeln arbeite ich mich nur langsam nach oben und atme tief ein. Gott! Neben dem immer noch vorherrschenden Citrus-Duft rieche ich Jonas' Erregung, und ehe ich mich versehe, öffne ich den Mund und fahre ganz langsam und genüsslich mit der Zunge seinen Schaft entlang, bis ich Jonas nicht nur rieche, sondern auch schmecke.

»O fuck, Linda!«, zischt Jonas, als ich ihn in den Mund nehme und ihn tief in mich hineingleiten lasse. Diese Bewegung wiederhole ich ganze zwei Mal, bis Jonas mich packt und mich mit zitternden Armen zu sich nach oben zieht. Schon spüre ich seinen Mund auf meinem und seine Zunge, die meine Lippen teilt und mit meiner zu tanzen beginnt.

»Ich bin ebenfalls kurz davor«, haucht er zwischen den Küssen und lacht leise. »Man sollte meinen, ich hätte mehr Ausdauer, aber scheinbar spielt mein Körper in deiner Nähe verrückt.« Er atmet mehrmals tief durch und umfasst mein Gesicht mit beiden Händen. »Aber ich habe dir einen zweiten Orgasmus versprochen und ich möchte mein Wort gern halten. Daher meine Frage: Hast du Kondome in der Nähe?«

Ich grinse. »Du hast mir gerade die schönste Frage gestellt, die ich mir nur wünschen kann«, antworte ich und löse mich aus seinen Armen.

So schnell wie möglich eile ich aus der Dusche, krame in Ellies Schubladen herum, bis ich finde, wonach ich gesucht habe, und kehre zurück.

Jonas hat in der Zwischenzeit den Knopf gefunden, um die Sitzbank in eine Liegefläche zu verwandeln. Zudem hat er die Massagefunktion beendet und den Wasserfall gestartet. Nun steht er auf und zieht mich mit einem Handgriff zu sich unter den Wasserfall, sodass ich seinen heißen Mund in meiner Halsbeuge spüre, während seine Hände über meine Brüste gleiten und sich seine Erregung vielversprechend an meinem Hintern reibt.

»Bock auf einen weiteren Höhepunkt?«, fragt er und meine Antwort ist nichts als ein lautes und gedehntes Stöhnen.

Denn ja, ich bin bereit dafür. Ich bin bereit für Jonas.

Kapitel Fünfzehn

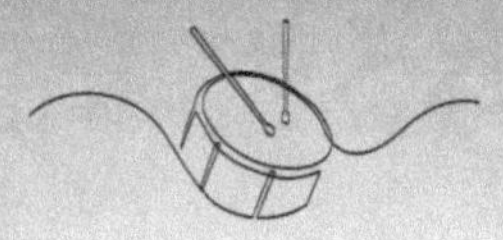

JONAS

»Joni jetzt sauber?«

Dylan steht mit schiefgelegtem Kopf in seinem Minions-Pyjama vor mir und atmet mehrmals tief ein, als würde er an mir riechen.

»Aber so was von sauber«, antworte ich, und stelle den leeren Teller auf dem Tisch vor mir ab, was Dylan wohl als Einladung auffasst, auf meinen Schoß zu klettern und noch einmal intensiv an mir zu schnuppern. Dabei kommt er meinen Locks nahe und verzieht das Gesicht.

»Joni nass!«

»Jaaaa«, antworte ich und betrachte mit peinlich berührter Miene die feuchte Sofalehne hinter mir. »Normalerweise achte ich darauf, dass sie trocken bleiben«, erkläre ich und halte Dylan fest, der nun konzentriert mein Lippenpiercing inspiziert und vorsichtig mit dem Zeigefinger dagegen stupst. »Aber die Raumschiffdusche hat mich irgendwie überrascht.«

»Die Dusche oder Linda?«, fragt Ray und lässt sich mit einem Teller Thai-Curry neben mir auf das Sofa fallen. Dylan hüpft währenddessen wieder von meinem Schoß herunter und spielt mit seinem Kuschelschaf, das mit völlig unlogischen Motorengeräuschen über den Wohnzimmerboden tuckert.

»Hey! Gelästert wird nur in meiner Anwesenheit!«, tönt Lindas Stimme über den Flur zu uns und ich grinse Ray an. Er versteht mich schließlich auch ohne Worte und lacht leise in sich hinein.

Natürlich war es nicht die Dusche, die mich abgelenkt hat, sondern Linda. Ihr fantastischer Körper, ihre Geräusche, ihre Leidenschaft. Eine Frau wie sie ist mir bisher nur selten begegnet und es fällt mir verdammt schwer, sie aufgrund meiner Erfahrungen irgendwo einzuordnen.

Es gibt die Sorte Frauen, die sich unentwegt in Szene setzen. Jede Bewegung, jeder Laut, ja selbst jede Haarsträhne hat ihre korrekte Position. Ich weiß nicht, ob sie das machen, um mir, sprich, dem Partner, zu gefallen, oder ob sie selbst nur dann zum Höhepunkt kommen, wenn alles absolut perfekt scheint. Auf mich wirkt das oft verkrampft, auch wenn es grundsätzlich sehr hübsch anzusehen ist.

Dann gibt es Frauen, die zu Beginn völlig leidenschaftlich sind, aber sich ab einem gewissen Punkt selbst ausbremsen. Als gäbe es eine unsichtbare Barriere, eine Hemmung, die dafür sorgt, dass sie sich bewusst zurückhalten. Ich habe mal mit Mom über dieses Phänomen gesprochen, doch ihre Meinung dazu hat mich erschüttert. *»Zu meiner Zeit galt eine Frau als billig, die sich voll und ganz ihrer Lust hingegeben hat«*, meinte sie damals, aber ich hoffe, dass die Frauen unserer Generation inzwischen wissen, dass das Bullshit ist.

Ein anderer Typ Frau wäre Moms Worten nach genau das – billig. Das sind die Frauen, die die Zügel ergreifen und sich nehmen, was sie benötigen, ohne dabei auf die Wünsche des Partners zu achten. Es mag seltsam klingen, aber ich stehe irgendwie auf diesen Typ Frau.

Aber Linda … Linda passt in keine dieser Kategorien.

Sie nimmt sich, was sie braucht. Das schon. Als würde es sie nicht kümmern, wie andere über sie denken. Und ich wette, es gibt jede Menge Menschen, die sie deshalb verurteilen. Weil sie zudem eine junge Mom ist – eine Person, die im Denkmuster der Gesellschaft so etwas wie Verlangen gar nicht erst empfinden sollte.

Linda lässt sich komplett fallen und gibt sich der Leidenschaft hin. Sie steht zu ihrer Lust, zu ihrem attraktiven Körper. Ja, selbst die silbernen Dehnungsstreifen an ihrem Bauch trägt sie wie ein verfluchtes Modeaccessoire und ich finde sie unglaublich sexy.

Doch es ist das Zusammenspiel dieser Dinge, die mich so in ihren Bann ziehen und mich nicht mehr klar denken lassen. Ein Geben und Nehmen, einvernehmlich, als hätten wir das jahrelang geübt. Als wüssten wir genau, wie wir miteinander umgehen müssen, um uns gegenseitig einen unvergesslichen Höhepunkt zu schenken.

»Ich kann das verstehen, diese Dusche ist wirklich der Oberhammer«, unterbricht Gordon meine

Gedanken und ich räuspere mich, um die Bilder einer nackten, stöhnenden Linda zu vertreiben. Ich nicke Gordon zu, der schräg neben mir auf einem Stuhl sitzt und genüsslich sein Curry löffelt.

»Wenn ich mal etwas mehr Geld übrighabe, werde ich mir auch so ein Teil einbauen lassen«, fährt er mit vollem Mund fort und wird von Ellies und Lexis Lachen unterbrochen.

»Dazu bräuchtest du erst einmal eine eigene Wohnung«, meint Ellie.

»Und die Bereitschaft, auf den ein oder anderen Urlaub zu verzichten und Geld zu sparen«, fügt Lexi hinzu, setzt sich in den Schneidersitz vor Gordon und neben mir auf den Boden und balanciert den Teller Curry zwischen all dem schwarzen Tüll und den Rüschen ihres Minirockes. Der Rest ihrer Beine steckt in schwarz-weiß geringelten Kniestrümpfen, während ein graues Korsett ihr Outfit perfekt abrundet. Strange, aber irgendwie passend und ziemlich cool, wie ich finde. »Denn sobald du etwas Geld auf der Seite hast, suchst du im Internet nach der nächsten Reise.«

»Na, wozu soll ich denn Geld sparen, wenn das Ausgeben doch so viel mehr Spaß macht?« Gordon zuckt mit den Schultern, die in einem bunten Hawaiihemd mit riesigen eingenähten Schulterpolstern stecken, und leckt die restliche Soße vom Teller. »Du hast dich wieder selbst übertroffen, Rob!«, ruft er in die Küche, denn dort sitzt er – mein Vater. Die einzige Person, die nicht auf dem Sofa, auf dem Boden oder auf der Lehne eines Sessels lümmelt, sondern ordentlich am Esstisch sitzt, mit Serviette und einer angezündeten Kerze. Kurios.

Allerdings beschwere ich mich nicht. Es reicht, in seiner Nähe zu sein, und ich spüre erneut diese Wut in mir. Gemeinsam mit ihm auf dem Sofa zu sitzen, würde ich nicht aushalten. Er nickt Gordon zu und isst schweigend weiter. Meine Aufmerksamkeit richtet sich prompt auf die Tür, in der in diesem Moment Linda erscheint. Sie trägt eine helle Jeans und ein weißes, bauchfreies Spitzenshirt und läuft barfuß zu unserer kleinen Gemeinschaft. Ich schlucke und höre meinen eigenen Herzschlag in meinen Ohren.

Fuck! Was hat diese Frau an sich, dass ich selbst bei einem so unschuldigen Outfit Herzrasen bekomme?

»Dylan, es ist Zeit fürs Bett. Sag gute Nacht!«, sagt sie und breitet die Arme aus, um Dylan vom Boden zu fischen, doch er springt zu mir, krabbelt zurück auf meinen Schoß und krallt sich an meinen Schultern fest, als würde er in mich hineinkriechen wollen.

»Neeeiin! Joni bleiben!«, ruft er und mir wird ganz warm ums Herz.

Linda seufzt und ich meine, ein gemurmeltes »Geht das schon wieder los«, aus ihrem Mund zu hören. Ich betrachte den kleinen Mann auf meinem Schoß.

»Hey«, sage ich und stehe mit ihm gemeinsam auf. »Soll ich dich ins Zimmer bringen? Was hältst du davon?«

Dylan schluchzt und dicke Tränen kullern über seine roten Wangen. »Du hier schlafen?«, fragt er hoffnungsvoll, während ich langsam das Wohnzimmer verlasse.

»Nein. Ich muss nach Hause, aber vielleicht komme ich dich wieder besuchen, wenn es deine Mom erlaubt?«

Inzwischen stehe ich in Lindas Zimmer und hebe Dylan in sein Kinderbett.

»Gute Nacht, kleiner Zwerg«, sage ich und möchte gerade für Linda Platz machen, die direkt hinter mir steht, als ich erneut Dylans Patschehand auf meiner spüre.

»Lieb«, sagt er und ich erstarre. Irritiert blicke ich zu Linda.

»Was?«, frage ich und sie schenkt mir ein schüchternes Lächeln und räuspert sich verlegen.

»Das bedeutet – ich hab dich lieb«, meint sie und zuckt mit den Schultern. »Kinder …«

Ich betrachte noch einmal die kleine Hand auf meiner. Wärme durchflutet meinen Körper und irgendwie fühle ich mich schwindelig.

Schwindelig auf eine seltsame Art und Weise.

Meine Stimme klingt belegt und ich huste mehrmals.

»Hab dich auch lieb, Zwerg«, antworte ich und verlasse fluchtartig das Zimmer.

Im Flur bleibe ich einige Augenblicke stehen und atme tief durch.

Was zur Hölle war das eben?

Ich hab dich auch lieb? Habe ich das gerade wirklich gesagt?

Linda ist meine aktuelle Sex-Partnerin, nicht mehr und nicht weniger! Es ist absolut nicht angebracht, ihrem Sohn so etwas zu sagen. Nicht ich! Ja, ich mag Kinder und ich habe schon immer gern Zeit mit ihnen verbracht. Genau aus diesem Grund lautete mein zweiter Berufswunsch immer Erzieher, falls der Traum, Musiker zu werden, nicht wahrwerden würde. Als ich dann jedoch den Bandcontest gewonnen habe und Mitglied der Band *Ray and the Kings* wurde, habe ich gleich zu Beginn dieser Karriere ein Spendenkonto errichtet, das sich speziell für Straßenkinder in San Fran einsetzt und ihnen eine Nachmittagsbetreuung anbietet. Ein Ort, wo Kinder einfach Kinder sein dürfen. Dennoch rechtfertigt das nicht, einem quasi wildfremden Kind eine Art Liebeserklärung auszusprechen.

Ich fahre mir stöhnend übers Gesicht und kehre mit grimmiger Miene zurück ins Wohnzimmer.

»Gut gemacht, Daddy Jonas«, meint Ray und lacht. »Normalerweise gibt es zurzeit jeden Abend eine halbe Stunde Terror, ehe er erschöpft ins Bett fällt«, erklärt er und ich erkenne selbst in Ellies Gesicht ein amüsiertes Schmunzeln.

»Ich bin kein Daddy«, antworte ich harsch und lasse mich zurück aufs Sofa fallen. Für den Bruchteil einer Sekunde wandert mein Blick zu Rob, der nun am Spülbecken steht und die Töpfe reinigt. »Mein Dad war ein Drogenjunkie, dem die Spritzen wichtiger waren als seine Familie. Ich habe daher nie gelernt, was einen guten Daddy ausmacht.«

Plötzlich spüre ich eine feingliedrige Hand auf meinem Knie und sehe in das mitfühlende Gesicht von Lexi.

»Das tut mir sehr leid für dich, Jonas«, meint sie, während Ellie zeitgleich »Dito«, sagt.

Ray räuspert sich und erhebt sein Colaglas. »Auf komplizierte Eltern und beschissene Vorbilder«, sagt er. Mein bester Freund hat zwar ein gutes Verhältnis zu seinem Dad, kommt dafür aber absolut nicht mit seiner

Mutter klar, daher erwidern kurz darauf die anderen seinen Toast.

Linda ist inzwischen zurückgekehrt, zwinkert mir zu und lädt sich nun selbst eine Portion Curry auf ihren Teller.

Mein Blick huscht erneut zu Rob, der sich just in dem Moment zu uns dreht. Für einen Augenblick sehen wir uns direkt in die Augen, und ich halte den Atem an.

Erkennt er mich etwa? Hat die Erwähnung meines beschissenen Drogenjunkie-Vaters gereicht, damit er kapiert, wen ich damit meine? Sieht er gar Ähnlichkeiten zwischen uns? Denn trotz der deutlichen Unterschiede —er ist weiß und ich bin es nicht – könnte ich schwören, dass ich dieselbe breite Nase habe wie er. Eine ähnliche Kinnform, ganz zu schweigen von meinem Körperbau, der seinem durchaus ähnlich ist.

Doch ich habe den Gedanken kaum zu Ende gedacht, als Robert Hyde den Blickkontakt löst, sich räuspert und sich wieder dem Tellerspülen widmet.

Er erkennt mich nicht. Das war so klar.

»Hey, Robert!«, rufe ich, ehe ich weiter darüber nachdenken kann. »Wie sieht es bei dir aus? Hattest du auch einen beschissenen Dad? Oder hast du selbst Kinder?«

Mir ist kotzübel, und ich verstecke meine zitternden und schweißnassen Hände unter den Schenkeln, während ich darauf warte, dass er antwortet.

Nur ganz langsam dreht er sich um und mustert mich interessiert. Seine buschigen Augenbrauen berühren sich fast, so stark zieht er sie zusammen. Doch dann zuckt er mit den Schultern und schüttelt den Kopf.

»Ehrlich gesagt hatte ich einen wunderbaren Vater. Nur leider ist er viel zu früh gestorben. Er war Soldat und ist in Vietnam gefallen. Da war ich noch nicht mal zehn Jahre alt.« Er seufzt, während er den nächsten Teller abtrocknet. »Eigene Kinder habe ich keine, dafür seit einigen Jahren die beste Wahlfamilie, die ich mir wünschen kann.«

Ich weiß nicht, was mich mehr erschüttert. Die Tatsache, dass ich einen Grandpa habe, der im Krieg gefallen ist, oder Robs Aussage, dass er keine eigene Familie hätte. Als würde er uns absichtlich verleugnen. Meine Existenz abstreiten.

Ich schmecke Blut, so stark beiße ich auf die Innenseiten meiner Wangen, und beobachte mit finsterer Miene die emotionsgeladenen Reaktionen von Ray, Linda und Ellie. Letzterer ist nach Robs Worten nämlich aufgestanden und umarmt ihn nun stürmisch.

»Du bist und bleibst unsere Familie, Rob. Für immer«, sagt er und ich beobachte aus dem Augenwinkel, wie selbst Linda dabei selig lächelt.

Das hier ist eine verfickte Friede-Freude-Eierkuchen-Found-Family. Glücklich bis ans Lebensende. Vereint in Harmonie und Eintracht.

Was für eine Scheiße!

Ich bin sein Sohn und er erkennt mich nicht einmal! Er hat uns im Stich gelassen. Er ist der Grund für Moms Depressionen und Angstzustände. Und vermutlich auch für ihre Drogensucht verantwortlich. Wegen ihm war meine Kindheit ein Albtraum.

Und nun soll ich mir ansehen, wie sich alle rührselig in den Armen liegen und sich ewige Liebe schwören?

Nein.

Nein, das kann ich nicht. Nicht in tausend Jahren.

Ich kann Robert Hyde nicht verzeihen, was er uns angetan hat. Und ich will es auch gar nicht. Er hat diese glückliche Familie nicht verdient. Er hat Linda und Ellie nicht verdient. Und schon gar nicht Dylan.

Sie müssen wissen, wer er ist und was er getan hat. Robert Hyde soll dahin zurückkehren, wo er hergekommen ist. Auf die Straße!

Mit geballten Fäusten stehe ich auf und räuspere mich. Doch gerade, als ich den Mund öffnen will, spüre ich Lexis kleine, warme Hand auf meiner. Sie lächelt mir entwaffnend zu und stellt sich auf die Zehenspitzen, um mir zuflüstern zu können:

»Linda sieht unglaublich glücklich aus. Ein Gefühl sagt mir, dass du dafür verantwortlich bist.«

Ich schnaube. »Wir haben nur Sex«, antworte ich ehrlich, denn genau das ist es, was wir beide wollten: unverbindlicher, leidenschaftlicher Sex. Ohne Verpflichtungen, ohne Hintergedanken und vor allem ohne Zukunft.

Lexi zuckt mit den Schultern und mustert mich. »Sex ist die intimste Interaktion zwischen zwei oder manchmal auch mehreren Partnern. Das ,nur' ist meiner Meinung nach in diesem Zusammenhang absolut nicht angebracht. Denn es entsteht immer eine Bindung. Der Unterschied ist, dass sie manches Mal nur einen kurzen Moment hält, ein anderes Mal bleibt die Bindung bestehen. Das entscheidet jedoch das Herz völlig ohne unser Zutun.«

Ich hebe eine Augenbraue und ziehe mein Piercing zwischen die Zähne. »Bist du Sexualtherapeutin oder so was?«, frage ich, und Lexi lacht leise.

»Himmel, nein! Ich habe Nanotechnologie studiert und arbeite seit Kurzem in der Forschung. Aber ich interessiere mich für spirituelle und tiefgehende Verbindungen – all die Dinge, die wir Menschen nicht steuern können. Und ich sehe und spüre eine Verbindung zwischen euch«, erklärt sie, wird allerdings von Linda unterbrochen, die urplötzlich neben mir steht und sich bei mir unterhakt. Allein diese unschuldige Berührung jagt mir einen seltsamen Schauer über die Haut.

»Was auch immer Lexi zu dir gesagt hat, hör nicht auf sie. Sie hat ihre letzte Seelenpartnerin in einem Swinger-Club gefunden.«

»Ihre was?« Ich halte inne und drehe mich zu Gordon, der inzwischen bestimmt die vierte Portion Curry isst. Als er meinen Blick bemerkt, reißt er die Augen auf und schüttelt den Kopf.

»Linda redet nicht von mir, sondern von Cindy. Die wirst du sicherlich noch kennenlernen. Wir führen eine Poly-Beziehung.«

Ich betrachte nacheinander Lexi und Gordon und ihre völlig entspannten und zufriedenen Mienen.

»Und das klappt?«

Sowohl Gordon als auch Lexi nicken. »Natürlich. Solange Liebe und Vertrauen vorhanden sind, ist alles möglich. Du brauchst nur den Mut, ehrlich zu dir selbst und zu deinem Partner zu sein.«

Kaum zu glauben, dass diese Frau irgendetwas mit Technik studiert hat. Im Ernst, sie würde eine perfekte Paartherapeutin abgeben.

»Zum Glück suche ich keine feste Beziehung. Weder mit einer noch mit mehreren Partnerinnen«, murmle ich leise. Mein Blick huscht kurz zu Ray und Ellie, die am anderen Ende des Wohnzimmers vor einem großen Fenster stehen. Ray hat die Arme um Ellie geschlungen und sie haben beide nur Augen füreinander. Ich bezweifle, dass sie irgendetwas anderes wahrnehmen als den jeweils anderen. Das Lächeln in ihren Gesichtern ist unbeschreiblich.

Das ist Liebe. Nichts als wahre Liebe.

»Es kostet immer Mut, ehrlich zu sich selbst zu sein. Aber du siehst, es lohnt es sich. Es lohnt sich immer«, flüstert Lexi in mein Ohr und grinst mich verschmitzt an. Als würde sie damit sagen wollen, dass ich mich selbst belüge. Als wäre ich zu feige, um ehrlich zu mir zu sein.

Aber ich bin ehrlich. Ich weiß genau, was ich will. Und eine Beziehung steht definitiv nicht auf der Wunschliste meines Lebens. Ich schüttle diese Gedanken ab und winke in die Runde. Es ist an der Zeit für mich, diesen schrägen Abend zu beenden. Außerdem will ich noch nach Mom sehen.

Ich verabschiede mich und verschwinde. Dabei vermeide ich es bewusst, Linda zu küssen und somit eine mögliche Verbindung zu demonstrieren.

Erst viel später fällt mir ein, dass ich meinen eigentlichen Plan völlig vergessen habe, Robert Hyde mit seiner Vergangenheit zu konfrontieren. Lexi und ihre irritierenden Worte über die Liebe haben mich abgelenkt.

Selbst jetzt, in meinem Bett, denke ich daran, dass sie gesagt hat, sie würde eine Verbindung zwischen mir und Linda spüren.

Das ist völliger Schwachsinn. Ich werfe mich auf die

Seite und schlinge ein Bein um meine Bettdecke. Gleichzeitig versuche ich, Linda und auch Dylan aus meinem Kopf zu vertreiben. Es ist nicht so, dass ich mir geschworen habe, für immer und ewig allein zu bleiben. Ich weiß, dass so etwas wie Liebe existiert, denn Ray und Ellie zeigen mir das tagtäglich. Aber ich will einfach keine Beziehung eingehen. Zum einen, weil ich mein Leben liebe, wie es jetzt ist. Ich liebe die Freiheit, die es mit sich bringt. Zum anderen weiß ich leider zu gut, wie schnell sich Liebe in Hass verwandeln kann. Der Gedanke an Mom und Robert löst noch immer Übelkeit in mir aus. Weil Mom nach all den Jahren immer noch nicht über seinen Verlust hinweg ist. Trotz der Drogensucht, die er bei ihr ausgelöst hat. Nein, keine Beziehung ist es wert, am Ende so etwas zu durchleben wie sie. Aus diesem Grund verzichte ich auf die Liebe.

Und das soll auch so bleiben.

Kapitel Sechzehn

LINDA

Was ist das für ein absolut geiler Scheiß? Diesen Gedanken wiederhole ich nonstop, während ich Seite für Seite in Ellies neuestem Manuskript versinke. Mit dem Laptop in der einen und einer Kaffeetasse in der anderen Hand steuere ich blind über den Flur in mein Zimmer und lasse mich stöhnend auf das ungemachte Bett fallen.

Wie krass ist das bitte? Mein Bruder entwickelt sich zum Romance-Superstar! Ich wusste ja, dass Ellie gefühlvoll schreiben kann, aber das hier ist noch einmal eine völlig andere Stufe seines Könnens. Diese vertrackte Liebesgeschichte ist teilweise so humorvoll und zeitgleich so gefühlsintensiv, dass ich sowohl laut gelacht, aber auch ebenso sehnsuchtsvoll geseufzt habe. Ganz zu schweigen von den pikanten Szenen.

Verdammt! Entweder liegt es an Ellies Talent oder ich entwickle mich allmählich zu einem Weichei. Ich bin nicht der Typ Mensch, der bei Filmen weint, schon gar nicht bei Büchern. Ich bin Linda, und mein zweiter Name lautet Eisblock.

Und dennoch zwinkere ich bereits die dritte Träne fort. Ja, ich zähle mit, weil Tränen verflucht noch mal nichts in meinen Augen zu suchen haben!

Möglicherweise liegt es an der aufziehenden Erkältung. Ja, das ist der plausibelste Grund dafür, denn mein Hals schmerzt seit heute Nacht, als würden Scherben darin stecken, und mein Kopf fühlt sich an, als wäre er mit Watte ausgepolstert. Ganz zu schweigen von den ekelhaften Gliederschmerzen. Deshalb habe ich auch meine eigentliche Korrekturarbeit unterbrochen und lese stattdessen Ellies Manuskript, das ich eigentlich schon vor einigen Wochen lesen wollte. Zu mehr bin ich aktuell einfach nicht imstande.

Ich konnte ja nicht wissen, dass mich diese Seiten zum Heulen bringen. Oder für Herzklopfen sorgen. Ich hoffe, die Protagonistin sieht, was für ein Arsch dieser Henry ist und entscheidet sich stattdessen für Pain. Er mag eine harte Schale haben, aber das, was man bereits jetzt zwischen den Zeilen lesen kann, ist unglaublich charmant und verdammt sexy. Ich stelle ihn mir optisch ein wenig wie Jonas vor. Jedes Mal, wenn Pain lächelt, sehe ich im Geiste Jonas' Gesicht vor mir. Ja, er wäre die perfekte Besetzung für die Figur.

O Gott! Seit wann bange ich bitteschön mit Protagonisten eines Buches mit? Ich muss Fieber haben. Anders kann ich mir das nicht erklären.

Stöhnend lege ich das Notebook beiseite und stehe ächzend auf, um das Fieberthermometer zu suchen, als es an der Tür klopf und wenige Augenblicke später Rays Stimme ertönt.

»Linda? Bist du da? Kann ich reinkommen?«

Ich krächze eine Zustimmung, auf die ein Hustenkrampf folgt, und kriege daher nur am Rande mit, wie Ray eintritt und mich besorgt mustert.

»Ist alles okay? Das klingt nicht gesund.«

Ich winke immer noch hustend ab und wische mir anschließend erneut Tränen von den Wangen. »Alles gut, das ist nur eine leichte Erkältung«, erkläre ich. »Was gibt's?«

Ray verzieht das Gesicht, als würde er meine Worte anzweifeln, doch schließlich seufzt er und fährt sich durch das schwarze Haar. Gleichzeitig läuft er ans andere Ende des Zimmers, dreht um und läuft wieder zurück. Das wiederholt er ganze drei Mal, ohne etwas zu sagen.

Schräg.

»Äh, Ray?«, frage ich vorsichtshalber, falls er vergessen haben sollte, was er überhaupt von mir möchte.

»Ja!«, ruft er und bleibt abrupt stehen. »Sorry. Ich … äh … ich hätte eine Bitte an dich«, stottert er und läuft schon wieder hektisch durch den Raum.

Allein das Zusehen macht mich kirre!

»Ray! Setz dich. Sofort!« Ich wechsle in den Ton, der normalerweise nur Dylan gebührt, wenn er Mist gebaut hat, aber scheinbar funktioniert er auch bei Ray, denn er folgt augenblicklich meinen Worten und setzt sich zu mir aufs Bett.

Dann atmet er tief durch, fährt sich erneut durch die Haare und blickt zu Boden.

»Könntest du Ellie heute gegen zwei Uhr dieses Ticket überreichen?«, fragt er, fasst in die Tasche seines

Hemdes und reicht mir ein Ticket für einen Flug nach Saint Luis Obispo.

»Äh«, beginne ich etwas irritiert, doch Ray fährt fort, ohne mich zu beachten.

»Vielleicht findest du irgendeinen plausibel klingenden Grund. Ein Meeting mit seiner Agentin oder so? Er … also er sollte an den Old Port Beach fahren. Die Infos schicke ich ihm aber dann zu, sobald er gelandet ist.«

Ich verstehe immer noch nicht, wovon Ray spricht. Und da ich nicht antworte, seufzt er erst schwer und lächelt mich dann schüchtern an.

»Ich will ihm heute Abend einen Antrag machen.«

Er haucht die Worte, sodass ich Mühe habe, sie zu verstehen. Doch als sie in meinem Kopf ankommen, erstarre ich.

»Du willst *was*?«, quieke ich und werde schon wieder von einem Hustenkrampf geschüttelt. Tränen schießen in meine Augen und ich habe Mühe, zu atmen.

»Ich weiß, ich weiß. Wir sind noch so jung und außerdem nicht einmal zwei Jahre zusammen. Du brauchst nichts zu sagen, Jonas hat mich mehrmals auf all die Dinge hingewiesen. Aber …«, er zuckt mit den Schultern. »Ich liebe ihn. Mehr als alles andere auf der Welt. Und ich will zusammen mit ihm alt werden. So einfach ist das.«

O verdammt. Wieso kann ich kaum noch schlucken? Und wieso hört der verfluchte Tränenfluss nicht auf? Ich huste doch gar nicht mehr. Mein Kopf dröhnt und meine Ohren rauschen und mein Herz … Himmel, mein Herz fühlt sich schrecklich an. Viel zu voll. Irgendwie.

»Sag mal, weinst du etwa?«

»Ich?«, frage ich mit viel zu hoher Stimme und schüttle den Kopf, wobei ich gleichzeitig die Tränen fortwische. »Nein«, sage ich und huste, »nein, das ist nur die Erkältung. Augenschnupfen oder so was … Ich … ich werde ihm das Ticket geben. Versprochen.«

Ich räuspere mich und zwinkere weitere Tränen fort, während ich mit dem Zeigefinger die Kanten des Flugtickets nachfahre.

Ellie wird heiraten. O mein Gott! Ich fasse es nicht. Mein Zwillingsbruder bekommt einen Heiratsantrag. Das ist so … so schön!

Irritiert von meinen eigenen Gedanken, schüttle ich den Kopf und lege das Ticket auf das Nachtkästchen neben mein Bett. Ich muss wirklich krank sein, wenn selbst meine Gedanken gefühlsduselig werden.

»Geht es dir wirklich gut? Du wirst dir doch keine Sommergrippe eingefangen haben, oder? Soll ich dir einen Tee kochen?«, fragt Ray, holt sein Handy aus der Hosentasche und überprüft die Uhrzeit. »Ich habe noch etwa eine halbe Stunde Zeit.«

Ich winke schon wieder hustend ab. »Geht schon. Ist nur eine Erkältung«, füge ich hinzu und drücke Rays Hand.

»Ich freue mich für euch. Wirklich.«

Ray mustert mich irritiert und verzieht den Mund zu einer Grimasse. »Wer bist du, und was hast du mit Linda gemacht?«

»Hahaha«, antworte ich genervt, obwohl ich ihn irgendwie verstehen kann. Ich weiß ja selbst nicht, warum ich so sentimental reagiere.

»Ich hatte mich auf eine ellenlange Standpauke

gefasst gemacht, wenn ich ehrlich bin, und mir bereits einige Punkte überlegt, mich zu rechtfertigen. Aber … Danke. Es bedeutet mir viel, deinen Segen zu haben. Immerhin bist du der wichtigste Mensch für Ellie.«

O verfluchte Tränen! Ich schließe die Augen, lasse mich aufs Bett fallen und ziehe mir die Decke über den Kopf, nur damit Ray mein Gesicht nicht sehen kann. »Der wichtigste Mensch in seinem Leben bin nicht ich, sondern du. Und ich habe dir nicht meinen Segen erteilt, sondern werde Ellie lediglich das Ticket überreichen, damit das klar ist!«

Selbst unter der Decke höre ich Rays leises Lachen.

»Ja, das klingt eher nach dir. Irgendwie beruhigt mich das.« Ich höre, wie er sich erhebt und spüre kurz darauf seine Hand an der Stelle der Bettdecke, wo sich mein Kopf befindet. »Danke dir, Linda. Und drück mir bitte die Daumen.«

»Wofür? Ich weiß jetzt schon, dass er ja sagen wird.« Dessen bin ich mir zu einhundert Prozent sicher. Ich sehe ihn bereits vor mir, wie er vor Freude kreischt und in die Luft springt. Wahrscheinlich wird er vor Rührung weinen und gleichzeitig lachen. Weil Ray sein Seelenpartner ist. Seine zweite Hälfte. Sein Happily-Ever-After.

»Dein Wort in Gottes Ohr. Fuck! Bin ich nervös.«

Ja, das ist nicht zu übersehen. Ausgerechnet Ray, der Rockstar, der mit seiner Art und vor allem seiner Stimme sämtliche Frauen- und Männerherzen höherschlagen lässt, ist nervös, weil er um die Hand meines Bruders anhalten will. Das ist wirklich unglaublich. Unglaublich schön.

»Also danke noch mal. Ich werde mich dann mal

richten. Wenn du was brauchst, melde dich. Wie gesagt, eine halbe Stunde Zeit habe ich noch.«

»Ja, ja«, antworte ich und schlage die Bettdecke zurück, nachdem ich die meisten Tränen fortgewischt habe. »Geh ruhig. Ich komme klar.«

Ray winkt mir noch einmal zu, fährt sich zum gefühlt hundertsten Mal durch die Haare und verlässt endlich mein Zimmer.

Zurück bleibe ich. Mit feuchten Augen, stechenden Kopfschmerzen und einem wild pochenden Herzen.

Mein Bruder heiratet.

O Mann.

Erkältung hin oder her, ich freue mich für die beiden. Und das von Herzen.

Kapitel Siebzehn

JONAS

Ich werfe einen Blick auf das Bild, das Ray mir vom Strand geschickt hat, und antworte ihm mit einem erhobenen Daumen.

Ray hat sich selbst übertroffen. Der komplette Strandabschnitt ist mit Fackeln abgesteckt, mittig steht ein einzelner Tisch, eingedeckt mit einer weißen Tischdecke, Kerzen und Rosenblüten. Etwas weiter hinten erkenne ich einen Gitarrenkoffer und ich weiß, dass er Ellie heute seinen neuesten Song, den er extra für dieses Ereignis geschrieben hat, vorsingen wird.

Mein bester Freund hat sich zum kitschigsten Romantikhelden entwickelt, den man sich vorstellen kann. Aber ich bin mir sicher, Ellie wird es gefallen.

»Was war das eben für ein Bild?«

Mom beugt sich über meine Schultern und linst neugierig auf das immer noch geöffnete Foto von Ray. Ich halte das Handy über meinen Kopf, damit sie es besser sehen kann, während sie gleichzeitig die oberen

Enden meiner Locks mithilfe einer Häkelnadel nachfilzt.

»Heute Abend findet besagter Abend statt«, erkläre ich, da ich Mom bereits von Rays Plänen erzählt hatte.

Sie legt die Nadel zur Seite und ich rieche kurz darauf den herrlich nussigen Duft des Haar-Öls und spüre, wie ihre filigranen Finger durch meine Locks gleiten. Ich schließe genüsslich die Augen. Das fühlt sich unglaublich gut an.

»Ich finde immer noch, dass es ein Fehler ist«, sagt Mom. »Ihr seid doch noch nicht mal richtig den Kinderschuhen entwachsen.«

Ich schätze, mit ,ihr' meint sie sowohl Ray, Ellie als auch mich, daher zucke ich mit den Schultern und lege das Handy in meinen Schoß. »Sie lieben sich«, erwidere ich, und Mom prustet verächtlich.

»Liebe! Das meine ich damit. In eurem Alter glaubt man noch daran, dass es so etwas wie Liebe gibt. Aber das ist nur ein Mythos, genau so wenig real wie Santa Claus.«

»Und aus welchem Grund sollte man deiner Meinung nach heiraten, wenn so etwas wie Liebe nicht existiert?«

»Absicherung. Geld«, antwortet sie und massiert mit den Fingerkuppen meine Kopfhaut. Ich liebe dieses Gefühl! »Das sind die einzig sinnvollen Gründe für eine Ehe. Übrigens blinkt der Name ,Linda' auf deinem Display«, fügt sie hinzu. Ich fahre erschrocken auf und sehe auf das Handy, das ich kurz zuvor auf lautlos gestellt habe, um nicht weiter gestört zu werden. Tatsächlich, Linda ruft an. Welch angenehme Überraschung!

»Hallo, hübsche Frau, vermisst du mich etwa?«, nehme ich den Anruf entgegen, höre allerdings nur einen schrecklich bellenden Husten. Das klingt böse. Und zu meinem Leidwesen nicht nach einer Einladung, ein zweites Mal die Raumschiffdusche zu nutzen. Schade aber auch.

»Jonas?«, höre ich ihre kratzige Stimme nach ein paar Sekunden und nicke, obwohl sie es nicht sehen kann.

»Anwesend. Was gibt's?«

»Ich … ich brauche … Hilfe«, sagt sie und wird dabei immer wieder von ihrem eigenen Husten unterbrochen. Es hört sich richtig übel an. »Dylan muss von … der Kita abgeholt werden und ich … habe Fieber … schaffe es nicht alleine. Und Ellie und Ray sind … Rob arbeitet … Meine Mom ist auf einem Meeting … Ich habe sonst niemanden, … den ich fragen kann.«

Ich schlucke, schließe für einen Moment die Augen und versuche, ihr Gestammel zu übersetzen. »Du willst, dass ich Dylan für dich vom Kindergarten abhole? Ausgerechnet ich?«

Ein Schluchzen ist die Antwort und mein Innerstes zieht sich voller Sorge zusammen. Weint sie etwa? Linda?

»Ich weiß nicht, wen ich sonst fragen kann. Ich … Es tut mir leid. Vergiss den Anruf … Ich hole ihn ab … ich muss nur … aufstehen und …« Es raschelt in der Leitung, dann folgt ein neuer Hustenkrampf, anschließend ein verzweifeltes Keuchen. »Ich schaffe das.«

»O nein, das schaffst du nicht«, unterbreche ich sie,

denn Linda würde niemals um Hilfe bitten, wenn sie nicht halb tot wäre, so viel weiß ich inzwischen über sie. »Du hörst dich schlimmer an als ein dampfender Teekessel und ich schätze, du bist genauso heiß – im negativen Sinne«, füge ich hinzu und fahre mir seufzend über das Gesicht. Eigentlich wollte ich nie wieder einen Fuß in die Nähe dieses Kindergartens setzen, aber gut … »Wann soll ich dort sein? Und kannst du den Erzieherinnen bitte Bescheid geben, dass ich ihn abhole? Nicht, dass sie doch noch die Polizei anrufen, weil ich wieder auf der Matte stehe.« Mir wird immer noch schlecht, wenn ich an das Erlebnis von neulich denke.

Schon wieder höre ich ein verzweifeltes Schluchzen und erstickt klingende Worte, die entfernt wie »Danke« klingen.

Nachdem mir Linda unter weiteren Hustenkrämpfen die Uhrzeit und den Namen der Erzieherin genannt hat, die sie informieren wird, beende ich seufzend das Telefonat und sehe auf die Uhr. Noch zehn Minuten, dann sollte ich losfahren. Ich drehe mich zu Mom, die ihre Hände an einem Handtuch abwischt und mit unergründlichem Blick durch mich hindurchsieht. Ein wenig starr, gleichzeitig auch traurig und besorgt. Als wäre sie gar nicht anwesend und gedanklich weit weg. Dieser Blick gefällt mir nicht.

»Sag mal, hast du deine Tabletten genommen?«, frage ich, denn ohne Antidepressiva neigt Mom dazu, in einem tiefen Loch zu versinken und nichts Positives im Leben zu finden. Aber sie winkt ab und erhebt sich stöhnend.

»Ich brauche das Zeug nicht. Das macht mich nur müde.«

Fuck! Es hätte mir gleich klar sein sollen, als sie so deprimiert über Rays Heiratspläne gesprochen hat. Ich laufe in die kleine Küche, die eigentlich aus nur einer Kochplatte und einem Spülbecken besteht, und öffne die schiefen Türen des einzigen Hängeschranks, der sich darüber befindet. Neben Cornflakes und anderen Vorratsdosen finde ich die Tablettenpackung und drücke die notwendige Dosis heraus, die Dr. Brown draufgeschrieben hat. Dann kehre ich zurück zu Mom, die sich auf das Sofa gesetzt hat, und reiche ihr die Pillen.

»Schluck sie.«

Mom sieht mich mit finsterer Miene an und verschränkt die Arme. »Willst du, dass ich auch noch medikamentensüchtig werde? Nach all dem, was mir bereits passiert ist?«, fragt sie, doch ich lasse nicht locker.

»Schluck sie«, wiederhole ich.

»Du bist wie dein Dad. Er wollte auch immer, dass ich solches Zeug schlucke. Nimm dies, hat er gesagt, spritz dir das auch mal! Genau dieselbe Miene, dieselbe Hartnäckigkeit. Das hätte mich beinahe umgebracht!«

O gottverfluchte Scheiße! So, wie sie klingt, hat sie nicht erst heute aufgehört, die Pillen zu nehmen. Und ich war zu sehr mit meinem eigenen Leben beschäftigt, um es zu bemerken, obwohl ich jeden Tag nach ihr gesehen habe. Nach einem tiefen Atemzug werfe ich einen weiteren Blick auf die Uhr. Ich sollte jetzt wirklich los, sonst komme ich zu spät zu Dylan. Fuck!

»Dad gab dir Ecstasy und Heroin, das hier sind

Antidepressiva, die dir ein Arzt verschrieben hat. Diese Tabletten helfen dir, gesund zu werden, also nimm sie, verflucht noch mal!«

Mom verzieht das Gesicht zu einer Fratze, greift jedoch endlich nach den Tabletten und schluckt sie ohne Wasser hinunter. »Und? Zufrieden?« Ohne auf meine Antwort zu warten, steht sie auf und verschwindet fluchend in ihrem Schlafzimmer. Nicht nur einmal höre ich sie murmeln, ich wäre genau wie mein Vater, und ich versuche, den schmerzenden Stich, den ihre Worte auslösen, zu ignorieren. Denn nein, ich bin nicht wie er. Ich werde niemals so sein wie er.

Ich schüttle all die negativen Gedanken ab, schlüpfe in meinen Hoodie, den ich gern als Jacke verwende, und verlasse unsere kleine Wohnung.

Denn es wartet eine weitere Person, um die ich mich kümmern muss.

Nein.

Um die ich mich kümmern will.

Kapitel Achtzehn

LINDA

Es klingelt inzwischen zum fünften Mal an der Haustür und endlich habe ich es geschafft – ich stehe vor dem Türöffner.

Mein Kopf dröhnt, ich zittere und sobald ich blinzle, dreht sich alles, dennoch schaffe ich es, den Öffner zu betätigen, mich gegen die Wand zu lehnen, um auf Jonas und Dylan zu warten.

Kurze Zeit später höre ich die knarzende Wohnungstür und Dylan kommt quietschend auf mich zu gerannt.

»Maaama! Joni da! Joni Kindergarten abholt!«, ruft er vergnügt und umarmt mich stürmisch. So stürmisch, dass ich mich am Garderobenhaken festhalten muss, um nicht umzufallen. Ich schließe die Augen und warte darauf, dass der Schwindel und der pochende Kopfschmerz ein wenig nachlassen. Dann fahre ich über das samtweiche Haar meines Sohnes.

»Schön, dich zu sehen, mein Schatz«, krächze ich,

werde allerdings schon wieder von Husten durchgeschüttelt. Der Raum dreht sich vor mir und ich versuche ein zweites Mal, mich an der Garderobe festzuhalten, da spüre ich zwei starke Arme, die mich auffangen und ich könnte heulen. Aus Dankbarkeit, nicht alleine stehen zu müssen. Aus Dankbarkeit, für einen kurzen Moment die Verantwortung abgeben zu dürfen.

»Hey, Sweetheart. Du glühst ja wie ein verfluchtes Bügeleisen. Komm, ich bring dich in dein Bett«, sagt er und schon werde ich in die Luft gehoben. Mein Kopf landet direkt an Jonas' Brust und wenn ich die Kraft hätte, würde ich mich an ihm festkrallen und seinen Duft inhalieren. Leider fällt mir aktuell schon das Atmen schwer, daher schließe ich die Augen und lasse mich einfach von ihm tragen.

»Danke«, hauche ich, nachdem ich unter meiner Bettdecke und einer zusätzlichen dicken Wolldecke vergraben liege. Dylan ist hinter Jonas hergerannt und klettert nun lachend zu mir ins Bett. Ich keuche auf, als sein Knie mit ganzer Wucht in meinem Magen landet, schaffe es jedoch nicht, ihn davon abzuhalten, weiter auf mir herumzuhüpfen.

»Du kannst gehen, ich komme klar«, lüge ich und versuche zum zweiten Mal vergeblich, Dylan von mir hinunterzuschubsen.

»Ja, das sehe ich«, antwortet Jonas, beobachtet mich einige Augenblicke, schüttelt dann den Kopf und pflückt Dylan aus dem Bett. »Was hältst du davon, wenn wir deiner Mom später eine Suppe kochen? Der Kühlschrank hier ist bestimmt voller Gemüse, das wir verwenden können.«

»Jaaa! Dylan kochen! Dylan Schürze an!«

Schon wieder schießen Tränen in meine Augen, doch ich bin zu schwach, um sie zurückzuhalten. »Du musst das nicht tun«, flüstere ich und fühle mich schrecklich. Weil ich Hilfe benötige und dieses Gefühl nicht ausstehen kann. Weil ich allein nicht einmal meinen Sohn halten kann. Weil Jonas mich erst gar nicht in solch einem Zustand sehen sollte. Gott! Wir sind nicht einmal richtig befreundet. Wir haben nur zwei Mal miteinander geschlafen. Er ist nicht mehr als der Kollege meines zukünftigen Schwagers. Wieso habe ich ihn nur angerufen? Was ist nur in mich gefahren?

Als sich mein Blick trotz der Tränen etwas klärt, sehe ich Jonas, der mit Dylan Flugzeug spielt und ihn mit ausgestreckten Armen durch das Zimmer fliegen lässt. Dylan quietscht vor Lachen und selbst Jonas wirkt irgendwie glücklich. Als wäre Dylan keine Last für ihn. Als würde Jonas gern Zeit mit ihm verbringen. Ich schätze, dies ist der Grund, warum ich ihn um Hilfe gebeten habe. Weil ich nicht vergessen habe, wie er beim letzten Mal mit Dylan umgegangen ist. Viel später ist mir eingefallen, dass ich auch Mayla oder Tessa hätte anrufen können. Beide kennen meinen Sohn, doch ehrlich gesagt weiß ich nicht einmal, ob sie sich die Zeit genommen hätten, ihn für mich aus der Kita abzuholen. Wenn, dann bestimmt nicht mit derselben Freude, die ich nun bei Jonas beobachte.

Gott! Schon wieder steigen mir Tränen in die Augen, und diesmal weiß ich, dass sie nicht von der Erkältung herrühren, sondern von Jonas.

Jonas, der mich vorhin Sweetheart nannte … Ich schließe die Augen und spüre, wie mein Geist allmählich davon driftet, begleitet von Dylans Motorengeräuschen und Jonas' herrlichem Lachen.

»Hast du hier irgendwo ein Fiebermittel? Paracetamol oder so etwas?«, höre ich plötzlich seine Stimme direkt über mir und schrecke auf.

Was? Wo? Wie?

Jonas lehnt über mir, eine Hand auf meine Stirn gelegt, während er auf seinem Lippenpiercing herumkaut. »Du bist wirklich verdammt heiß, Linda. Außerdem zitterst du. Wo gibts hier Medikamente?«

Ich hole mehrmals Luft, bevor ich die Antwort »Badezimmer, linker Hängeschrank«, herausbringe.

Kurze Zeit später spüre ich das kalte Glas an meinen Lippen und höre, wie Jonas mich auffordert, zu trinken. Erst nachdem das gesamte Glas leer ist, stellt er es neben dem Bett auf dem Tisch ab und ich spüre seine zärtlichen Finger, die mir das verschwitzte Haar aus der Stirn streichen. Ich weiß nicht, ob ich anschließend wieder eingeschlafen bin, oder ob ich nur für ein paar Sekunden die Augen geschlossen habe. Doch beim nächsten Blinzeln spüre ich noch immer Jonas' Präsenz. Er sitzt neben dem Bett auf dem Fußboden, die Knie angezogen, eine Hand auf meiner Stirn, in der anderen hält er sein Handy. Den Geräuschen nach zu urteilen, spielt Dylan mit seinen Bauklötzen und seinem Schaf und scheint äußerst zufrieden zu sein.

Jonas schenkt mir ein Lächeln, das direkt in mein Herz wandert.

»Hast du die Energie, ein kurzes Video anzusehen?«, fragt er.

Ich zucke mit den Schultern. Eigentlich glaube ich nicht, dass ich in der Lage bin, ein Video anzugucken, doch ich will Jonas nicht vergraulen. Er hat so viel für mich getan, also werde ich mich konzentrieren und ansehen, was immer er mir zeigen will.

Er hält das Handy vor mein Gesicht, rückt ein Stück näher heran und startet das Video.

»Das kam vor etwa fünf Minuten an«, erklärt er und ich erstarre.

Es ist ein Video von Ray.

Ray, der in die Kamera brüllt: »Er hat ja gesagt! Wohooooooo!« Ich sehe, wenn auch nur verschwommen, wie Ray meinen Bruder in die Arme nimmt und im Kreis herumwirbelt. Überall leuchten kleine, orangene Lichter und ich sehe im Hintergrund das dunkle Meer. Und mittendrin stehen mein Bruder und Ray in inniger Umarmung. Es sieht wunderschön aus.

Das Video endet, als Ray und Ellie sich küssen und ich heule schon wieder. Das ist so schön! So romantisch und wunderschön! Mein Bruder heiratet. Meine zweite Hälfte. O mein Gott!

»Das ist verdammt perfekt, oder?«, höre ich Jonas' warme Stimme neben mir und nicke zustimmend.

»Mehr als verdammt perfekt. Ellie und Ray gehören einfach zusammen.«

Jonas lässt das Video ein weiteres Mal laufen und fährt mit dem Daumen dabei über das Display, als wolle er die Bilder verinnerlichen. Als der Bildschirm wieder schwarz wird, höre ich sein Seufzen.

»Die beiden beweisen jeden Tag aufs Neue, dass wahre Liebe doch existiert.«

Seine Worte sind leise, beinahe flüsternd, als wäre er tief in Gedanken versunken.

Ich würde gerne nicken und eine Zustimmung äußern, doch ein schrecklicher Kloß steckt in meinem Hals, der einfach nicht verschwinden will.

Aber ja. Liebe existiert. Ellie und Ray sind der lebende Beweis dafür.

Ich weiß durchaus, dass es für sie nicht immer einfach ist. Ray hat nach seinem Coming-out nicht nur einen Brief bekommen, in dem er auf die übelste Art und Weise beschimpft wurde. Ellie bekam sogar eine Morddrohung von einem enttäuschten Fan, der behauptete, er hätte Ray zur "Schwuchtel" umgepolt.

Ganz zu schweigen von den finanziellen Nöten, die die gesamte Band zu tragen hat, nachdem ihr einstiges Management sie wegen Vertragsbruch angeklagt hat. Denn laut Vertrag war es keinem der Musiker gestattet, eine öffentliche Beziehung zu führen, schon gar keine homosexuelle Beziehung mit einem Mann. Dass Ray pan- und nicht homosexuell ist, spielte dabei keine Rolle.

Nein, Ellie und Ray hatten wirklich keinen sonnigen Start in ihre Partnerschaft. Und doch genügt ein Blick in ihre Augen und ich sehe nur Liebe. Eine Liebe, die alles trägt.

So etwas muss sich unglaublich anfühlen.

Ich drehe mich zur Seite und mustere Jonas, der das Handy inzwischen auf seinen Schoß gelegt hat und mit einem sanften Lächeln Dylan beobachtet, der immer wieder die Klötze aufeinander baut und anschließend den Turm umwirft. Zu gerne würde ich erfahren, was Jonas in diesem Augenblick denkt, was ihn so zum Lächeln bringt. Er wirkt so entspannt und zufrieden. Irgendwie glücklich.

Ganz vorsichtig schlage ich die Decke ein Stück zurück und bewege zittrig und schwach den Arm, bis meine Hand seinen Oberarm berührt. Und obwohl die Berührung ganz zaghaft und zart ist, zuckt Jonas zusammen und seine zufriedene Miene verwandelt sich schlagartig in Sorge.

»Alles in Ordnung? Brauchst du etwas?«, fragt er nach einem Räuspern, doch ich schüttle nur den Kopf.

»Danke, Jonas«, sage ich und drücke mit der Kraft, die mir geblieben ist, seinen Arm. »Danke für alles.«

Jonas erstarrt, blickt von meiner Hand zurück in mein Gesicht und schluckt deutlich.

»Ich … Ja«, beginnt er und schüttelt den Kopf, als wolle er seine eigenen Gedanken vertreiben. Dann rückt er von mir fort und wendet sich Dylan zu.

»Hey, Zwerg. Wie sieht es aus? Hast du Zeit, zu kochen?«, fragt er, schnappt sich meinen jubelnden Sohn und verschwindet, ohne ein weiteres Wort an mich zu richten, aus dem Zimmer.

Ich presse die Lippen aufeinander und schließe die Augen.

Habe ich etwas Falsches gesagt?

Ich weiß es nicht. Und leider fehlt mir die Kraft, weiter darüber nachzudenken. Stattdessen atme ich tief durch und spüre bereits, wie mich erneut der Schlaf übermannt.

Kapitel Neunzehn

JONAS

Zu nah. Das war verflucht noch mal viel zu nah!

Fuck! Was mache ich hier eigentlich? Ich setze Dylan auf den Küchenboden und stütze mich keuchend auf der Arbeitsplatte ab. Mein Herz rast, als wäre ich einen Marathon gelaufen, gleichzeitig kribbelt mein gesamter Körper, nur weil Linda meinen Oberarm berührt hat. Die Berührung war nicht intensiver als der Flügelschlag eines Schmetterlings, warum, zur Hölle, reagiere ich also so stark darauf? Ich meine, sie hatte bereits meinen Schwanz im Mund und verflucht noch mal alle erogenen Zonen meines Körpers geküsst. Bei nichts davon hat sich mein Herz angefühlt wie jetzt in diesem Augenblick.

Ich schließe die Augen und atme tief durch. Linda so schwach und hilfsbedürftig zu erleben, macht etwas mit mir. Vielleicht leide ich unter einem zu stark ausgeprägten Beschützerinstinkt. Das muss es sein. Ich helfe einfach gern, ich stehe drauf. Schließlich mache ich seit frühester Kindheit nichts anderes. Möglicherweise ist das ein krasser Kink, von dem ich bisher nichts wusste. Etwas, das mich anturnt.

Doch müsste ich mich in dem Fall nicht erregt fühlen? Denn ich fühle im Moment nichts dergleichen. Es ist viel mehr …

O Fuck! Ich will das nicht spüren. Dieses Gefühl soll verschwinden, denn es ist absolut nicht angebracht!

»Joni? Kochen?«, unterbricht mich die süßeste aller Stimmen und ich zwinkere, um meine verwirrenden Gedanken zu vertreiben.

»Ja«, sage ich und räuspere mich. »Lass uns kochen.«

Ich nehme Dylan wieder auf den Arm und öffne mit ihm gemeinsam die verschiedenen Küchenschränke, um herauszufinden, was für eine Suppe wir zubereiten könnten.

Kurze Zeit später haben wir den gesamten Esstisch als Arbeitsfläche eingenommen. Dylan steht auf einem der Stühle und trägt eine viel zu große schwarz-rot karierte Schürze, die seine kurzen Beine fast vollständig bedeckt. Er hält ein kleines Gemüsemesser in den Händen und schnippelt mit ausgestreckter Zunge und hochkonzentriertem Blick eine Kartoffel. Ich stehe direkt hinter ihm und passe auf, dass er sich nicht in die Finger schneidet, während am Herd die Gemüsebrühe blubbert.

»Gut so?«, fragt er nach jedem einzelnen abgeschnittenen Stück und ich fahre ihm durch das weiche Haar.

»Das machst du prima!«

Dieses Gespräch führen wir inzwischen bestimmt

schon zehn Minuten, doch ich kann mir nicht helfen, jedes Mal, wenn er mich im Anschluss stolz anlächelt, zerfließe ich innerlich. Er ist einfach zuckersüß!

Nachdem auch die letzte Kartoffel in Würfel geschnitten im Kochtopf landet, beschäftigt sich Dylan damit, riesige Spülmittel-Schaumberge auf seinem Schneidebrett anzuhäufen. Die Ärmel seines Pullis sind inzwischen triefend nass, doch er wirkt so glücklich, dass ich ihn weiter ‚abspülen' lasse. Ich habe in der Zwischenzeit die Suppennudeln gefunden, die ebenfalls kochen und suche nun nach meinem persönlichen Spezialgewürz.

Wenn ich in meiner Kindheit krank war, hat Mom in ihren fitten Momenten auch Gemüsebrühe gekocht und diese immer mit einer Prise Zimt verfeinert. Sie meinte, es wäre die Zauberzutat, die mich noch schneller gesund machen würde. Leider finde ich nirgendwo Zimt, daher gebe ich die Suche auf und geselle mich zu Dylan, um zumindest die ersten Schaumberge von den Schneidebrettern zu entfernen und sie abzutrocknen.

Das Knarzen der Tür ertönt aus dem Flur und Dylan und ich blicken uns erstaunt an.

»Mommy wach?«, fragt er, doch im selben Augenblick erscheint Robert Hyde in der Wohnküche und sorgt dafür, dass meine ausgelassene und entspannte Stimmung schlagartig verschwindet.

»Guten Abend«, sagt er höflich und betrachtet uns beide kurz skeptisch, bevor ein Lächeln auf seinem Gesicht erscheint. »Das ist ein ganz neues Bild. Wie schön, dass die Küche auch von anderen Personen und nicht nur von mir genutzt wird«, meint er schließlich und atmet tief durch die Nase ein. »Was gibt es denn?«

Noch bevor ich antworten kann, ruft Dylan, einen schaumigen Kochlöffel in der Luft wedelnd: »Suppe gekocht!« Der Schaum fliegt durch die Luft, verteilt sich überall auf dem Boden und Dylan quiekt überrascht und freudig auf.

Robert Hydes dunkles Lachen erfüllt den Raum und ehe ich mich versehe, steht er vor Dylan und wischt mit einem frischen Geschirrtuch über das rotwangige Gesicht des Jungen, auf dem ebenfalls ein Häufchen Schaum gelandet ist. Ich stehe vollkommen erstarrt neben den beiden, unfähig, etwas zu sagen oder in irgendeiner anderen Weise zu reagieren. Stattdessen dröhnt es in meinen Ohren. Die Nähe zu meinem Vater macht mich wahnsinnig.

»Eure Suppe riecht hervorragend«, meint Robert und wirft mir einen anerkennenden Blick zu. Ich schnaube. Als wäre es eine große Kunst, eine Gemüsebrühe zu kochen. Er stellt sich an den Herd, hebt den Deckel des Kochtopfes an und atmet ein weiteres Mal ein. Anschließend öffnet er einen der Oberschränke und dreht sich zu Dylan.

»Jetzt fehlt nur noch eine einzige magische Zauberzutat«, sagt er und in mir krampft sich alles zusammen. Natürlich zieht Robert ausgerechnet eine kleine Tüte mit gemahlenem Zimtpulver heraus und wackelt dabei vielsagend mit seinen buschigen Augenbrauen.

Ich fasse es nicht. Das war *sein* verficktes Rezept? Mom hat in all den Jahren Roberts beschissene Zimt-Idee übernommen? Ich kotze gleich, im Ernst.

Außerdem werde ich nie wieder Zimt genießen können. Nie wieder.

Mit geballten Fäusten stelle ich mich zwischen Dylan und Robert und reiße ihm das Päckchen aus den Händen.

»Wir brauchen das hier nicht!«, fahre ich ihn an und stopfe die Tüte zurück in den Schrank. Robert zuckt sichtlich zusammen und hebt sofort entschuldigend die Hände.

»Natürlich. Entschuldige, Jonas. Es war unhöflich, mich einfach einzumischen. Es ist nur so ungewöhnlich, jemand anderen kochen zu sehen, und …«, er räuspert sich ein paarmal und schüttelt den Kopf. »Du machst das sicherlich perfekt. Ihr beide habt bestimmt eine herrliche Suppe gekocht. Entschuldige noch mal.«

Mit diesen Worten zieht er sich zurück. Ich höre das leise Schließen einer Zimmertür und seufze.

»Schätze, ich habe ihn erfolgreich vertrieben«, murmle ich eher zu mir selbst als zu Dylan. Ich weiß nicht, ob der Stich in meinem Herzen von der Wut herrührt, die ich für Robert Hyde empfinde, oder ob ich Schuld verspüre, weil ich einen freundlichen, alten Mann so angefahren und letztendlich aus seiner eigenen Küche vertrieben habe.

Aber ich kann einfach nicht vergessen, wer er ist und was er mir angetan hat. Zimt hin oder her. Selbst wenn es sein Rezept war, hat er mir kein einziges Mal Suppe gekocht. Und in den Zeiten, in denen Mom bewegungsunfähig im besten Fall im Bett, im schlechtesten Fall vor dem Klo auf dem Fußboden lag, musste ich mir die Suppe selbst kochen, beziehungsweise in der *Suppenküche* darum betteln. Ich hasse Robert Hyde. Ich hasse meinen Vater und ich wünschte, ich hätte nie herausgefunden, wer er ist. Ich wünschte, ich hätte nie nach ihm gesucht.

Plötzlich spüre ich eine klitschnasse und gleichzeitig angenehm warme Hand auf meiner immer noch geballten Faust. »Joni? Essen fertig?«, fragt Dylan und ich vertreibe alle Gedanken an den alten Mann.

»Ja«, sage ich und versuche mich an einem Lächeln. »Komm, lass uns deiner Mom einen Teller Suppe bringen.«

Kapitel Zwanzig

LINDA

Ich habe es geschafft. Endlich.

Nach sieben Tagen, in denen ich völlig kraftlos im Bett lag, sitze ich heute zum ersten Mal am Esstisch in der Küche, ohne dass meine Gliedmaßen zittern, weil sie eine so unendlich lange Strecke laufen mussten. Ich habe nicht einmal einen Schweißausbruch erlitten. Es wird. Endlich.

Ein Blick auf die Uhr verrät mir zwar, dass ich auch heute den gesamten Tag verschlafen habe und Ellie in weniger als einer halben Stunde meinen Sohn aus der Kita abholen wird, aber immerhin. Ich lebe wieder.

Stöhnend reibe ich mir über die Augen, kreise die verspannten Schultern und greife anschließend nach meiner Lieblingstasse. Hierbei handelt es sich um einen knallpinken Pott, auf dem die glitzernden Worte »Best Bitch Ever« stehen, wobei der Henkel der Tasse einen ausgestreckten Mittelfinger darstellt. Ellie hat mir die Tasse vor vielen Jahren zu Weihnachten geschenkt und ich liebe sie abgöttisch. Darin schmeckt selbst der Erkältungstee einigermaßen erträglich. Ich höre das laute Knarzen unserer Eingangstür, das mich daran erinnert, dass ich sie längst ölen wollte. Kurz darauf erscheint Rob in der Wohnküche und mustert meinen pinken Pyjama und das Handtuch, das ich wie ein Turban um die Haare gewickelt habe.

»Guten Morgen, schon so früh auf?«, höre ich seinen sarkastischen Tonfall und drehe zur Antwort bloß den Henkel meiner Tasse in seine Richtung. Habe ich schon erwähnt, dass ich sie liebe?

Rob grinst, läuft in die Küche und öffnet den Kühlschrank. Kurz darauf klappert das Geschirr und ein Blick hinter mich zeigt mir unseren alten Mitbewohner, der Kartoffeln und Zwiebeln schält und schneidet, gleichzeitig die Pfannen vorbereitet und die sauberen Teller aus der Spülmaschine räumt. Ich habe keine Ahnung, wie er alles gleichzeitig schafft, denn dafür bräuchte ich mindestens sechs Arme. Außerdem muss er doch völlig erschöpft sein. Ich seufze und erhebe mich, um ihm etwas zu helfen.

»Du bist gerade von der Arbeit nach Hause gekommen. Willst du dir nicht erst eine Pause gönnen?«, frage ich und nehme mir den Kartoffelschäler und die Kartoffeln. Er hebt die buschigen Augenbrauen an und verzieht das Gesicht zu einer Grimasse.

»Die Frage aus dem Mund einer halbtoten Mutter zu hören, die sich so gut wie nie Pausen genehmigt, ist etwas grotesk, wenn ich das mal so sagen darf«, antwortet er und nimmt mir die Kartoffel wieder weg. »Setz dich. Ich komme zurecht.«

»Ich habe eine ganze Woche lang rein gar nichts getan. Es wäre an der Zeit, mich im WG-Alltag wieder einzubringen. Sag mir, wie der aktuelle Putzplan aussieht. Hat ihn denn jemand fortgeführt, während ich krank war? Was ist zu tun? Ich kann das Bad putzen«, schlage ich vor, weil ich mich wirklich schuldig fühle. Doch Rob schüttelt den Kopf.

»Hat Ray heute Morgen gemacht. Die Böden wurden gestern erst nach Dylans kleinem Unfall gewischt und ich habe heute vor der Arbeit eingekauft.«

»Aber …«, fange ich an, werde allerdings sofort unterbrochen.

»Linda. Es gibt nichts zu tun. Setz dich hin und trink deinen Tee.«

Grummelnd folge ich seinen Worten und ignoriere das leichte Zittern in meinen Beinen. Offenbar bin ich doch nicht so fit, wie ich es angenommen hatte. Wie ich es hasse, nutzlos zu sein!

»Sag mal, hat sich Jonas eigentlich noch mal bei dir gemeldet?«, fragt Rob, ohne die Arbeit in der Küche zu unterbrechen.

Ich schlucke. Das ist eine blöde Frage. Und meine Reaktion darauf ist noch viel unangenehmer. Denn ich spüre einen schrecklichen Kloß im Hals und einen Stich im Herzen, weil er sich nicht mehr gemeldet hat. Kein einziges Mal.

Nachdem er mich letzten Freitag so unglaublich liebevoll versorgt und sogar bekocht hat, ist er kurz darauf ohne ein weiteres Wort verschwunden. Seitdem habe ich nichts mehr von ihm gehört. Ich weiß, dass mich das nicht weiter kümmern oder verwirren sollte. Immerhin sprechen wir von Jonas, dem Partylöwen. Ein Mann, der nichts anbrennen lässt und der dafür bekannt ist, keine Beziehungen einzugehen, die über Spaß im Bett hinausgehen. Die Bilder auf seinem Instagram-Account, die er in den letzten Tagen gepostet hat, sollten mich dementsprechend gar nicht stören, da ich wusste, dass ich keinen Anspruch auf ihn habe. Auch kein Exklusivrecht an seinem Körper. Trotzdem verspüre ich das Bedürfnis, den Frauen neben ihm auf den Bildern die Augen auszukratzen, weil sie in seinen Armen liegen, und nicht ich.

Ich bin verdammt noch mal eifersüchtig. Und das gefällt mir absolut nicht. So wollte ich nie sein und ich wünschte, ich könnte das Gefühl per Knopfdruck abstellen. Das bin nicht ich. Ich war noch nie eifersüchtig, außerdem bin ich die Letzte, die Interesse daran hat, Jonas an mich zu binden. Der Stich und der Kloß sollten demnach gar nicht erst existieren.

»Nein«, antworte ich etwas verspätet auf Robs Frage, der daraufhin irgendetwas Unverständliches vor sich hin murmelt. Es zischt, da Rob die Zwiebelwürfel anbrät, gleichzeitig hobelt er die Kartoffeln in dünne Scheiben und rührt irgendeine Art Quark an. Dazwischen wirft er mir immer wieder einen nachdenklichen Blick zu.

»Du weißt doch, dass Jonas … also, dass er und du …«, beginnt er stockend und seufzt. »Ich habe gestern ein wenig über ihn recherchiert. Und ich sah zufällig ein paar aktuelle Fotos … Und …«

»Wir sind nicht zusammen, Rob«, unterbreche ich sein Stammeln und Rob hält inne und starrt mich erst recht irritiert an.

»Seid ihr nicht?«, fragt er. »Aber ich dachte, weil er und Dylan … Und sein Verhalten letzte Woche …«

»Wir sind kein Paar, keine Sorge. Das wird auch nie geschehen. Weder er noch ich sind für feste Beziehungen gemacht«, erkläre ich und verdränge zum wiederholten Mal den unangenehmen Stich im Herzen. Ich will doch überhaupt keinen Freund, verfluchter Mist! Es muss an der Grippe liegen, dass ich so emotional reagiere. Ich bin schließlich nicht Ellie!

Robert seufzt und lacht leise. »Das erleichtert mich gerade ungemein. Ich wusste einfach nicht, wie ich dir von seinen Affären berichten sollte. Wobei es sich in diesem Fall ja gar nicht um Affären handelt«, fügt er schmunzelnd hinzu und ich presse die Lippen aufeinander. Nein, Jonas hat keine Affären, er genießt einfach das Leben. Und das darf er auch. Ich bin die letzte Person, die ihn deshalb verurteilt. Weil ich im Grunde ziemlich ähnlich ticke – nur vielleicht nicht ganz so exzessiv.

Dennoch habe ich keine Lust, weiter über Jonas und seine weiblichen Begleitungen nachzudenken, daher lenke ich das Gespräch in eine hoffentlich andere Richtung.

»Aus welchem Grund hast du über Jonas recherchiert?«, frage ich.

Diesmal ist es Rob, der sich seltsam verhält und herumdruckst, während er hochkonzentriert auf die Pfanne mit den Bratkartoffeln starrt, die vielversprechend im Öl vor sich hin braten.

»Rob?«, frage ich und höre nur ein Seufzen.

»Ich …«, beginnt er und stockt erneut. »Ich habe das Gefühl, dass er mich hasst. Und ich … ich weiß auch nicht. Ich schätze, ich wollte herausfinden, warum das so ist.«

Offenbar bin ich nicht die Einzige, der das aufgefallen ist, denn ich hatte bereits einen ähnlichen Eindruck. Ich stehe auf und stelle mich neben Rob, der nun in der einen Hand den Kochlöffel und in der anderen sein Handy hält und Jonas' Profil öffnet, an die Küchenzeile.

»Und hast du etwas herausgefunden?«, frage ich leise, obwohl ich das selbst bezweifle. So offen, wie Jonas' Bilder über aktuelle Partys und Damenbekanntschaften berichten, so wenig erfährt man in den sozialen Medien über sein wahres Ich. Jonas weiß, wie er sich verkaufen muss, ohne dabei sein Innerstes preiszugeben. Daher wundert es mich nicht, dass Rob den Kopf schüttelt.

Augenblicklich denke ich an den Tag, als Jonas mich in der *Suppenküche* abgeholt hat. Der Tag, an dem ich unfreiwillig Teile seiner Vergangenheit erfahren habe. Er wurde daraufhin aggressiv und versuchte, mich verbal zu verletzen.

Ein Blick zurück zu Rob lässt mich innehalten. Na klar! Rob erinnert Jonas bestimmt an seine eigene Vergangenheit. Schließlich war Rob auch obdachlos und Gast der *Suppenküche*, bis ich ihn vor einigen Jahren bei uns aufgenommen habe. Wer weiß, vielleicht sind sich Jonas und Rob damals begegnet? In einer Zeit, in der Rob ein heroinsüchtiger Junkie war. Das muss es sein. Das erklärt die Wut in Jonas' Gesicht, sobald Rob die Wohnung betritt und sich im selben Zimmer aufhält wie er.

Nur wie soll ich das Rob erklären, wenn ich auf der

anderen Seite genau weiß, dass Jonas mit niemanden über seine Vergangenheit gesprochen hat? Meinte er nicht sogar, dass selbst Ray nur Bruchstücke davon kennt?

Ich schlucke und lege eine Hand auf Robs Schulter.

»Vielleicht solltest du ihn darauf ansprechen?«

Er scrollt weiter durch Jonas' Profil und betrachtet mit verkniffener Miene all die verschiedenen Fotos: Jonas auf der Bühne. Jonas, in dessen Haaren Drumsticks stecken. Jonas, der eine der Cousinen von Ray – Mary? – küsst, während er die andere festhält und sie an sich zieht. Jonas am Strand, Arm in Arm mit Alec und Ray, den Blick auf das Meer gerichtet. Jonas mit einer unbekannten jungen Frau in einem Club. Jonas zusammen mit der Band im Studio und zuletzt das aktuelle Foto, Jonas, der mit einer jungen brünetten Frau auf der Tanzfläche des *Temple* steht und sie innig küsst.

Mir ist schlecht. Verdammt! Das Bild wurde gestern hochgeladen. Während ich mir also Nacht für Nacht die Seele aus dem Leib gehustet habe, hatte Jonas Spaß. Reichlich Spaß.

O verdammt! Na, und? Es sollte mich nicht interessieren. Es sollte mich absolut nicht berühren.

»Vielleicht hast du recht«, antwortet Rob und ich benotige ein paar Augenblicke, um zu begreifen, wovon er spricht, so sehr haben mich Jonas' Bilder abgelenkt. »Ich sollte ihn wirklich ansprechen. Vielleicht bilde ich mir diese passive Aggression mir gegenüber auch nur ein.«

Ich starre noch immer auf das aktuelle Foto von

Jonas und zwinge mich, die geballte Faust wieder zu öffnen.

»Das wäre möglich«, antworte ich abwesend, ohne zu wissen, wovon Rob genau sprach.

Zu meinem großen Glück ertönt erneut das Knarzen unserer Eingangstür und ich höre kurz darauf das Rufen meines Sohnes.

Dylan und Ellie sind zu Hause. Gott-sei-Dank. Mein Sohn ist die wahrscheinlich beste Möglichkeit, Jonas ein für alle Mal aus meinen Gedanken zu verbannen.

Es ist Zeit, dass ich mich um die wirklich wichtigen Dinge im Leben kümmere. Und Jonas wird niemals dazugehören.

Niemals.

Kapitel Einundzwanzig

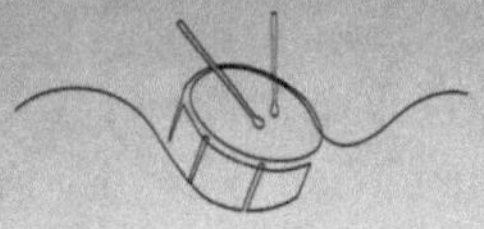

JONAS

Ach, verflucht! Ich bekomme sie nicht aus dem Kopf. Es ist zum Verrücktwerden.

»Die blonde Frau rechts am Tresen versucht schon seit einer Ewigkeit, deine Aufmerksamkeit zu bekommen, siehst du das nicht?«

Alec stößt mich grinsend mit dem Ellenbogen in die Seite, als würde er nur darauf warten, dass ich mit ihr abhaue.

Ich werfe einen kurzen Blick auf die besagte Lady. Jupp, wasserstoffblondes, fast hüftlanges Haar, und das enganliegende weiße Top verrät mir, dass sich darunter ein verdammt hübscher Körper mit wunderschönen Rundungen befindet. Trotz der Lautstärke im Pub dringt ihr Lachen bis zu mir herüber. Selbst ihre Stimme klingt angenehm, genau nach meinem Geschmack. Nur leider kribbelt es bei mir überhaupt nicht. Im Gegenteil, ich verspüre nicht die geringste Lust, auch nur ein Wort mit ihr zu wechseln.

So geht das schon die ganze Woche und es nervt. Es nervt gewaltig.

Stöhnend knalle ich das alkoholfreie Bier auf den Tresen und nicke Alec zu.

»Vielleicht meint sie ja dich«, murmle ich und mein Freund kichert amüsiert.

»Das glaubst du doch selbst nicht.«

Ich mustere Alec. Er ist im Gegensatz zu Ray und mir sehr schlank und kleiner als der männliche Durchschnitt. Dennoch finde ich ihn durchaus attraktiv. Die dunkelblonden Haare, die aufgrund seiner Locken immer leicht zerzaust wirken, verleihen ihm das Aussehen eines jungen, zerstreuten Professors. Verwegen sexy, würde ich mal behaupten, auch wenn mein Hauptaugenmerk auf den Frauen liegt. Allerdings geht seit einiger Zeit in den sozialen Medien das Gerücht um, Alec sei asexuell, da er noch nie mit einer Frau oder einem Mann zusammen gesehen wurde. Ehrlich gesagt weiß ich nicht, ob das stimmt, da Alec nicht der Typ Mensch ist, der gern über sich selbst spricht. Aus diesem Grund neige ich den Kopf und suche seinen Blick.

»Stimmt das Gerücht etwa?«, frage ich und erneuere den Knoten, der meine Locks zusammenhält. Alec seufzt leise.

»Welches Gerücht meinst du? Ob ich trans bin? Willst du das ernsthaft wissen?«, fragt er und ich verdrehe die Augen. Stimmt ja, dieses Gerücht gibt es auch. Wie stand es erst vor wenigen Wochen in einem Kommentar unter einem Foto unserer Studioaufnahmen? *Kein echter Mann sei so klein und hätte so auffällig feminine Züge.* Der Begriff wütend reicht nicht aus, um die Gefühle zu beschreiben, die ich in diesem Augenblick empfunden habe. Jedes verdammte Wort dieses Kommentars hat mich zur Weißglut gebracht und ich ziehe noch immer den Hut vor Alec, dass er es geschafft hat, ruhig zu bleiben und stillschweigend die Zeilen zu löschen. Menschen können solche Arschlöcher sein! Als gäbe es in unserer Welt tatsächlich echte und unechte Männer, und als müssten wir alle gleich aussehen, um *echt männlich* zu sein.

Da wir als Band seit einigen Jahren sehr häufig auf engstem Raum zusammenleben, weiß ich zwar, dass an diesem Gerücht nichts dran ist. Aber selbst, wenn …

»Es hätte keinen Unterschied gemacht«, antworte ich und meine es absolut ehrlich, weil ich nie verstehen werde, warum es Menschen gibt, die andere aufgrund ihrer geschlechtlichen Identität, ihres Aussehens oder ihrer Sexualität verurteilen. Als wäre alles andere, was einen Menschen ausmacht, unwichtig. Alec lacht leise.

»Ich weiß.« Er stößt mir erneut freundschaftlich mit dem Ellenbogen in die Seite und greift nach seinem Cocktailglas. Nachdem er einen Schluck des grün leuchtenden Getränks genommen hat, atmet er hörbar aus.

»Ich bin nicht direkt asexuell, falls du das wissen wolltest«, fährt er fort und zuckt mit den Schultern. »Eher demisexuell. Glaube ich zumindest.«

Okay, das würde einiges erklären. Dennoch lache ich. »Dir ist aber schon klar, dass es genügend Menschen da draußen gibt, die dich gerne kennenlernen und eine emotionale Beziehung zu dir aufbauen wollen, oder?«

Alec stützt sich am Tresen ab und seufzt. »Ja klar,

die Blonde da drüben ist bestimmt auch nur auf der Suche nach der Liebe ihres Lebens«, antwortet er sarkastisch und nickt nach rechts zu der Frau, die mir just in diesem Moment zuzwinkert und verführerisch ihren Strohhalm mit der Zunge umkreist, bevor sie ihn mit den Lippen umschließt, ohne mich aus den Augen zu lassen.

Ich räuspere mich und beende den Blickkontakt zu ihr. Zu meinem Leidwesen regt sich in mir noch immer nichts. Spätestens jetzt wäre eigentlich der Startschuss gefallen, um mich zu ihr zu gesellen, mit ihr zu tanzen, und die restlichen Stunden der Nacht in ihrem Bett zu verbringen. Aber ich will nicht. Sobald ich die Augen schließe, sehe ich eine andere Frau vor mir. Scheiße!

Ich zwinkere, um Linda aus meinem Kopf zu vertreiben, und lege stattdessen eine Hand auf Alecs Schulter.

»Ich weiß, in unserem Job ist es nicht leicht, etwas Ernstes zu finden. Aber sieh dir Ray an, er hat es auch geschafft und er wird sogar heiraten. Es ist also durchaus möglich, wenn man es möchte«, füge ich hinzu und wiederhole die Worte im Geiste für mich selbst. Denn nein – ich möchte das nicht. Ich suche keine feste Beziehung. Und, verdammt noch mal, ich will mich nicht verlieben! Ich mag mein Leben so, wie es ist. Locker, leicht und ohne jegliche Verpflichtungen – mal abgesehen von Mom, deren Tablettenkonsum ich seit dem letzten Zwischenfall zweimal täglich kontrolliere und das so lange beibehalten werde, bis der nächste Therapieplatz für sie frei ist und sie wieder psychologische Hilfe bekommt.

»Ich schätze, da liegt das Problem«, sagt Alec so

leise, dass ich mich vorbeugen muss, um ihn zu verstehen. Sein Blick wirkt abwesend und traurig, als wäre er gedanklich ganz woanders. »Es gab vor vielen Jahren eine Person in meinem Leben«, beginnt er und unterbricht sich mit einem traurigen Lachen. »Ich habe sie geliebt. So sehr.« Er seufzt und schüttelt den Kopf, sodass seine Locken wild um sein Gesicht fliegen. »Ich will nie wieder so einen Schmerz fühlen«, sagt er und presst die Lippen aufeinander.

Ich schlucke. Die Traurigkeit in seinen dunkelblauen Augen und in seiner gesamten Gestik ist so greifbar, dass ich sein Leid fast selbst spüre.

»Liebe ist ein Arschloch«, sage ich schließlich und strecke Alec mein Bier entgegen. Er schnaubt zustimmend und stößt sein Glas gegen meines.

Ich leere mein Bier in einem Zug, stelle es zurück auf den Tresen und denke noch mal über Alecs Worte nach.

»Aber warte mal … Wenn du demisexuell bist, und deine letzte Beziehung einige Jahre her ist, heißt das, du hattest seitdem keinen Sex mehr? Gar keinen?«

Alec hebt eine Augenbraue und grinst mich an. »Unvorstellbar für dich, was?«

Ich schlucke. »Krass«, sage ich nur, was Alec erneut zum Lachen bringt.

Ich schatze, ich bin das komplette Gegenteil meines Bandkollegen. Ich hatte seit über einer Woche keinen Sex mehr und vermisse es mehr denn je. Es liegt nicht daran, dass ich es nicht versucht hätte. Doch sobald ich nur eine der Frauen in den letzten Tagen geküsst habe, erinnerte sich mein Körper an Lindas Küsse, an ihr Lachen. Ich erinnerte mich daran, dass Linda krank im

Bett lag, vermutlich mit Dylan im Arm. Spätestens dann ist mir die Lust vergangen, beziehungsweise wurde sie von der Sehnsucht nach Linda verdrängt. Natürlich weiß ich, dass sie inzwischen wieder gesund ist, denn ich habe mich jeden Tag bei Ray nach ihr erkundigt. So unauffällig wie möglich, versteht sich. Weil ich mich nicht getraut habe, sie selbst anzuschreiben. Ich brauchte Abstand – Abstand von ihr und Abstand von Robert, der dummerweise in ihrer Wohnung lebt. Dennoch lässt es sich nicht abstreiten. Ich vermisse sie. Beide, Linda und Dylan. Gott, wie ich den kleinen Zwerg vermisse. Sein quietschendes Lachen, diese herrliche Babysprache und die Patschehändchen. Noch immer spüre ich seine Hand auf meiner, fühle den Blick seiner Kulleraugen auf mir, und höre seine Worte: »Joni lieb«, und mein Herz verkrampft sich, während es zeitgleich herrlich in meinem Bauch kribbelt.

»Schreib ihr doch einfach«, unterbricht Alec meine Gedanken und ich fahre erschrocken auf.

»Was? Wem? Der Frau da drüben?«

Alec lacht nur noch lauter und verdreht die Augen. Anschließend deutet er auf mein Handy, das aus mir unerklärlichen Gründen in meinen Händen liegt. Noch unerklärlicher finde ich das geöffnete Nachrichtenprofil von Linda.

»Fuuuck!«, stöhne ich und drehe das Handy um. Wieso kann ich sie nicht einfach vergessen?

»Ich gebe es ungern zu, Bro, aber du wirkst …«

»Sag es ja nicht!«, unterbreche ich ihn und Alec beißt sich grinsend auf die Unterlippe, um die Worte zu verschlucken, die ihm bereits auf der Zunge liegen.

Ich weiß, was er sagen wollte. Doch er irrt sich. Er irrt sich gewaltig.

»Ich habe mich nicht verliebt«, sage ich mehr zu mir selbst als zu Alec. Diesen Satz wiederhole ich in Gedanken mindestens zehnmal. Hundertmal. Ich habe mich nicht in Linda verliebt! Und ich werde mich auch nicht in sie verlieben!

Es würde nicht gut gehen. Nicht, solange Robert ein Teil ihrer Wahlfamilie ist. Außerdem braucht Dylan einen Dad, der immer für ihn da ist. Das wäre mir niemals möglich mit meinem Job. In wenigen Monaten enden unsere Studioaufnahmen und wir planen fürs nächste Frühjahr eine große mehrmonatige Tournee, um das neue Album zu bewerben. Nein, ich wäre viel zu oft fort – das ginge niemals gut.

»Will ich wissen, was du gerade denkst?«, fragt Alecs und ich fluche erneut. Denn erst jetzt werden mir meine Gedanken bewusst.

Habe ich mich gedanklich gerade wirklich als Vaterfigur betrachtet? Als möglicher Dad für Dylan? Fuck! Was ist nur los mit mir? Das muss aufhören!

Ich räuspere mich, richte meine Frisur, rutsche vom Barhocker und verabschiede mich mit einem Schulterschlag bei Alec, der den Abschied mit einem irritierten Kopfnicken erwidert.

»Ich werde dieser Frau mal einen kleinen Besuch abstatten«, sage ich und werfe der blonden Schönheit ein Lächeln zu, das sie sofort erwidert. »Man sieht sich.«

Mit diesen Worten schlendere ich zum Ende des Tresens. Es ist Zeit, Linda und Dylan ein für alle Mal aus meinem Kopf zu vertreiben.

Kapitel Zweiundzwanzig

LINDA

Das Surren meines Handys lässt mich aufschrecken. Ich drehe mich auf die Seite, schlage die Bettdecke zurück und suche blinzelnd nach dem immerzu vibrierenden Handy, das ich auf dem Tisch neben dem Bett finde.

Gott! Es ist kurz vor zwei Uhr, mitten in der Nacht. Wer will um diese Zeit etwas von mir? Doch nicht etwa Mom? Ist Dylan etwas geschehen? Er durfte heute nach langem Flehen meiner Mutter endlich wieder bei seiner Grandma übernachten, genau aus diesem Grund liegt das Handy direkt neben meinem Kopfkissen – denn sollte Dylan etwas zustoßen, bin ich auf diese Weise immer und sofort erreichbar. Ich weiß, dass meine Ängste völlig überzogen sind, da Dylan bei Mom in guten Händen ist, aber ich kann die Sorgen einfach nicht abstellen, wenn er nicht in meiner Nähe ist.

Ich zwinkere ein paarmal und betrachte das grelle Display, das meine Augen blendet. Es ist nicht Mom, zum Glück. Dafür leuchtet Jonas' Profilbild darauf, auf dem er die Zunge schief herausgestreckt und die Drumsticks in seine zusammengebundenen Dreads gesteckt hat. Was will Jonas denn von mir? Mitten in der Nacht? Ich stöhne genervt und nehme den Anruf entgegen.

»Ich hoffe, du hast einen driftigen Grund für die Störung. Hast du mal auf die Uhr gesehen?«, frage ich ohne jegliche Begrüßungsfloskel und höre daraufhin Jonas' dunkles Lachen.

»Damit hätte sich meine Frage erledigt, ob du wieder gesund bist. Das klingt zu einhundert Prozent nach der alten Linda, wie ich sie kenne«, antwortet er und ich verdrehe die Augen, während ich mich zurück aufs Bett fallen lasse. Das Grinsen im Gesicht kann ich dummerweise nicht abstellen, aber zum Glück sieht er das ja nicht.

»Das war kein Grund. Ich lege in zehn Sekunden auf, wenn du dich nicht erklärst. Neun, acht, …«

»Ich wollte nur wissen, wie …«, unterbricht er mich, doch ich zähle stur weiter.

»Sieben, sechs, fünf, vier, drei …«

»Darf ich zu dir kommen?« Seine Stimme klingt drängend und flehend und ich habe prompt vergessen, bei welcher Zahl ich stehengeblieben war.

Er will *was?* Meine Ohren rauschen und gleichzeitig spüre ich meinen immer schneller werdenden Herzschlag. Ich muss mich verhört haben. Ganz sicher.

Ich höre Jonas' Atmung, im Hintergrund läuft leise Musik, aber es klingt nicht so, als befände er sich in einem Club oder in einem Pub.

»Wo bist du?«, frage ich daher und höre eine

Mischung aus Stöhnen und Grunzen, zudem raschelt etwas.

»Ich«, beginnt er und lacht leise. »Fuck! Du wirst mich hassen … Ich, ähm, ich sitze im Bus«, antwortet er.

»Im Tourbus?«

»Hmhm«, bestätigt er und seufzt noch mal. »Vor deinem Haus«, fügt er kleinlaut hinzu.

Vor … *WAS?* Plötzlich sitze ich kerzengerade im Bett. Ohne weiter nachzudenken, springe ich zum Fenster und linse hinaus. Tatsächlich erkenne ich im Schein der Laterne den Tourbus mit dem Schriftzug *Nameless* am Straßenrand.

»Soll das ein Witz sein?«, frage ich und weiß selbst nicht, wieso mein Körper plötzlich so kribbelt.

»Nope.«

»Aber … Bist du betrunken?« Das ist die einzig logische Erklärung, warum Jonas mitten in der Nacht vor unserem Wohnhaus steht und mich aus dem Bett klingelt.

»Denkst du wirklich, ich würde mich dann hinters Steuer setzen?«

Ich zucke mit den Schultern, denn ehrlich gesagt hätte ich ihm das durchaus zugetraut. Gut zu wissen, dass er in mancher Hinsicht doch vernünftig ist. Dennoch verstehe ich es nicht.

»Was machst du hier?« Inzwischen klebe ich beinahe am Fenster, spüre die kühle Scheibe an meiner Stirn und wische immer wieder über das angelaufene Glas, weil mein Atem mir die Sicht nach unten raubt. Da ich nur ein dünnes Nachthemd trage, wandert eine prickelnde Gänsehaut über meinen Körper. Mir ist kalt und gleichzeitig heiß – allerdings nicht auf die grippale Art und Weise.

Jonas atmet ebenfalls tief durch. Auch wenn ich ihn aufgrund der Dunkelheit nicht sehe, kommt es mir so vor, als würde er direkt hinauf zu meinem Fenster blicken.

»Ich habe versucht, dich zu vergessen«, beginnt er nach einiger Zeit.

»Ist mir nicht entgangen«, erwidere ich und denke an die Instagrambilder der letzten Tage. Allein die Erinnerung daran genügt, damit sich mein Magen verkrampft.

Jonas räuspert sich. »Es ist mir nicht gelungen«, sagt er schließlich.

Ja, klar. Das sah auf den Bildern nicht so aus. Im Gegenteil.

Ich schließe die Augen und schüttle den Kopf aufgrund dieser eifersüchtigen Gedanken. Wir sind nicht zusammen, Jonas darf tun und lassen, was er will. Außerdem steht er jetzt hier, vor meinem Haus.

Die letzte Erkenntnis lässt mich schmunzeln. »Was genau vermisst du denn?«, frage ich und höre schon wieder sein dunkles Lachen.

»Stehst du etwa auf *dirty talk*?«

»Ach, in diese Richtung geht das Gespräch? Nun, dann … ich bin ganz Ohr, was du zu sagen hast. Und ja, möglicherweise stehe ich drauf.«

»O, Linda, du überrascht mich immer wieder.« Es raschelt in der Leitung und ich kann Jonas förmlich vor mir sehen, wie er sich anders hinsetzt, ein Bein angezogen, einen Arm hinter dem Kopf, den Blick weiter auf mein Fenster gerichtet, selbst wenn er dort rein gar nichts sehen kann, da ich ebenfalls völlig im Dunklen stehe.

»Nun gut. Ich vermisse den fruchtig süßen Duft deiner Haut, die in Kombination mit Dior und auch pur verdammt verführerisch riecht. Ich vermisse es, dich zu schmecken, deinen Mund … deine Haut … und das Zentrum deiner Lust. Du hast keine Ahnung, wie verdammt betörend du schmeckst, Linda«, raunt er in den Hörer und ich atme zischend ein und presse die Oberschenkel zusammen. Ich erinnere mich nur allzu gut an seine Zunge und die Dinge, die er damit angestellt hat.

»Ich vermisse deine verdammt langen und wunderschönen Beine, die mich umklammern, wenn ich tief in dich eindringe«, fährt er fort und ich beiße mir auf die Unterlippe, um nicht zu stöhnen, den ja, auch daran erinnere ich mich. Ich spüre seine Hände auf meinem Hintern, während er mich gegen die Duschwand presst, um noch ein Stückchen tiefer zu stoßen … Verflucht, allein seine Worte führen dazu, dass ich mich am Fensterbrett festhalten muss.

»Ich vermisse deine Lippen, die leicht geschwollen sind, weil ich nicht aufhören kann, sie zu küssen. Ich vermisse deine Zunge und dein verfluchtes Talent, mich damit in den Wahnsinn zu treiben. Gott, ich vermisse sogar deine spitzen Fingernägel, und wie sie sich in meine Schulterblätter krallen, wenn du kommst. Ich vermisse dein Stöhnen, dein selbstsicheres Lächeln bei allem, was du mit mir anstellst. Ich vermisse …«

Gott! Ich schließe die Augen und versuche, tief zu atmen.

Diese Worte und vor allem die Ehrlichkeit, die

dahintersteckt, machen mich verrückt. Meine Mitte pocht voller Verlangen und ehe ich weiter darüber nachdenken kann, werfe ich einen kurzen Blick auf das leere Kinderbett. Na, so ein glücklicher Zufall, dass Dylan heute nicht da ist … Dann ziehe ich mir das Nachthemd aus, greife nach meinem neuen, weinroten, knöchellangen Mantel und binde ihn lediglich mit einem Band zu.

Während Jonas mir ins Ohr flüstert, was er noch alles an meinem Körper vermisst, verlasse ich leise die Wohnung und eile barfuß die Stufen hinunter.

»Ich vermisse deinen perfekten Hintern, das Gefühl, wenn ich dich …«, spricht er und hält abrupt inne, da ich inzwischen direkt vor seiner Fahrertüre stehe.

»Holy Shit!«, flucht er und reißt überrascht die Augen auf.

Ich lächle ihn an. Mein Herz klopft vor Aufregung schnell und kräftig. So etwas habe ich noch nie zuvor getan und ich gebe zu, dass ich längst nicht so selbstsicher bin, wie Jonas eben angenommen hat. Aber scheiß drauf, jetzt bin ich hier, jetzt gibt es kein Zurück mehr. »Darf ich reinkommen?«, frage ich und öffne mit einem einzigen Handgriff den Mantel.

Kapitel Dreiundzwanzig

JONAS

Ohne alle Männer über einen Kamm scheren zu wollen, aber das hier ist vermutlich der heißeste Traum eines jeden Mannes. Meiner ganz bestimmt.

Linda steht direkt vor meinem Autofenster, zieht am Band ihres Mantels und zeigt mir mit einem verdammt verführerischen Lächeln, was sie darunter trägt. Beziehungsweise, was sie nicht trägt. Ihre nackte Haut leuchtet im Schein der Straßenlaterne und ich halte den Atem an, nur um ihn kurz darauf stoßweise aus meiner Lunge zu befördern.

Ich fühle mich ausgehungert und zittere vor Verlangen. Ein einziger Blick auf Linda genügt, um die Frage zu beantworten, warum ich sie nicht aus meinen Gedanken vertreiben konnte. Warum mich seitdem keine andere Frau mehr interessiert. Ich wiederhole mich, aber ja, sie ist mein wahr gewordener Traum.

»Was ist? Sprachlos?«, fragt sie, tritt noch näher und stellt sich auf die Zehenspitzen, sodass ihre Brüste die

Fensterscheibe berühren. Fuck! Ich werde dieses Bild nie wieder vergessen. Ich kann kaum noch atmen, Linda ist so verdammt heiß, so unglaublich sexy.

»Wenn du nicht bald die Tür öffnest, erfriere ich hier. Ich hoffe, das ist dir klar«, sagt sie ins Handy und ich schüttle endlich meine Starre ab. Natürlich. San Fran ist schließlich nicht gerade bekannt für heiße Sommernächte – eher für das Gegenteil.

Eilig stehe ich auf und klettere nach hinten, um die Schiebetür des Busses zu öffnen. Einen kurzen Moment lang halte ich inne und beobachte Linda. »Dylan braucht dich nicht?«, frage ich flüsternd, als könnte er uns von hier unten aus hören. Lindas Augen blitzen vergnügt auf.

»Er schläft bei meiner Mom. Sie bringt ihn morgen Früh gegen sieben zurück. Das müsste zeitlich machbar sein, oder?«

Ein Blick auf die Uhr verrät mir, dass es gerade Mal kurz nach zwei ist. O ja, das ist definitiv realisierbar. Ich grinse vielversprechend, reiche ihr die Hand und ziehe sie ruckartig zu mir auf die Matratze. Mit den Füßen schiebe ich die Tür zu und beuge mich grinsend über Lindas fantastischen Körper.

Behutsam fahre ich mit der Zungenspitze über ihre Brustwarze und genieße ihr freudiges Keuchen.

»Du bist wirklich verdammt kalt«, stelle ich fest und wiederhole es bei der anderen Brust. Linda zerrt an meinem Shirt und ich verstehe ihren Wink, ziehe es mit einer fließenden Bewegung über den Kopf und werfe es achtlos hinter mich.

»Hmhm, und ich werde diesen Bus erst wieder verlassen, wenn jede kleinste Zelle meines Körpers in

Flammen steht«, antwortet sie und stöhnt, während ich ihren Oberkörper mit Küssen bedecke und gleichzeitig an ihren Seiten entlanggleite. Lindas Haut ist so unglaublich weich und zart und ich atme tief ein, um ihren Duft zu inhalieren. Sie trägt diesmal kein Parfum, dennoch riecht sie himmlisch!

Zärtlich knabbere ich an Lindas Halsbeuge und spüre, wie sie den Knoten meiner Frisur löst und anschließend durch die Locks fährt, wobei einzelne Strähnen über meine Schultern fallen und ihr Gesicht berühren.

Ich stütze mich mit den Ellenbogen neben ihr ab und mustere sie atemlos.

»Was?«, fragt sie und ich schüttle nur den Kopf, weil ich es immer noch nicht fassen kann, dass sie tatsächlich gekommen ist. Mitten in der Nacht, nackt, um mich im Bus zu überraschen. Obwohl ich wie ein verdammter Stalker vor ihrem Haus stand. Dennoch ist sie hier.

Ich schlucke.

»Du bist einfach unglaublich«, sage ich ehrlich und küsse sie.

Der Kuss ist nicht leidenschaftlich und drängend. Meine Lippen berühren Lindas federleicht, bevor ich sie öffne, um sie einzulassen.

Ich genieße den vorsichtigen Tanz unserer Zungen, ihren wunderschönen Mund auf meinem. Gleichzeitig werde ich von einem unbeschreiblichen Gefühl übermannt. Mein Herz zieht sich schmerzhaft zusammen, es kribbelt und pocht und ich wünschte, dieser Kuss würde niemals enden. Lindas Handfläche liegt auf meiner Brust, direkt über meinem Herzen, als würde sie den wilden Herzschlag spüren wollen. Nein, als würde sie ähnlich empfinden.

Es fühlt sich an, wie … Liebe.

Erschrocken von meinen eigenen Gedanken unterbreche ich den Kuss und halte den Atem an.

Linda räkelt sich unter mir und ich erkenne ein Funkeln in ihren Augen. »Du wagst es nicht, jetzt aufzuhören!«, sagt sie, bohrt die Fingernägel der Hand, die kurz zuvor über meinem Herzen lag, in meine Haut und fährt an meinem Oberkörper nach unten.

Fuck! Es brennt höllisch. Trotzdem – ich will mehr davon! Ohne einen weiteren Gedanken an die Gefühle von eben zu verschwenden, öffne ich den Gürtel meiner Chino und halte erst inne, als ich Lindas Hände auf meiner Härte spüre. Selbst durch den Stoff beider Hosen hindurch genieße ich ihre Massage und stöhne laut auf.

Linda öffnet den Knopf meiner Hose und zieht sowohl die Chino als auch die Boxer-Briefs mit einem Ruck über meinen Hintern. Das anschließende Glänzen in ihren Augen ist fast zu viel für mich.

»Endlich«, sagt sie, richtet den Oberkörper etwas auf und keine zwei Sekunden später gleiten ihre heißen, unglaublichen Lippen und ihre Zunge meinen Schaft entlang.

Von diesem Mund träume ich seit exakt einer Woche. Jede verdammte Nacht. Linda trägt noch immer den geöffneten Mantel, und der Anblick turnt mich nur noch mehr an. Es sieht so verboten heiß aus, wie sie mir in diesem Outfit einen bläst.

Fuck! Ich halte den Atem an und drücke Linda von mir weg, die mich irritiert anblickt.

»Was?«, fragt sie und ich lache leise.

»Ich halte bei dir nie lange durch«, gebe ich zu und beuge mich erneut zu ihr, um sie zu küssen. Kurz darauf halte ich inne und lege meine Stirn gegen ihre. »Daran muss ich noch arbeiten, schätze ich.«

Lindas Finger wandern über meinen Rücken bis zu meinem Hintern. »Ich bin gern deine Trainingspartnerin«, antwortet sie und wölbt mir ihren Oberkörper entgegen, als würde sie den Hautkontakt genauso benötigen wie ich.

Diese Frau macht mich verrückt. Verrückt vor Glück, vor Verlangen, vor …

Bevor ich einen weiteren Gedanken an das beängstigende andere Gefühl namens Liebe verschwende, gehe ich zurück auf die Knie und öffne Lindas Beine. Ich weiß, ich wiederhole mich, aber dieser Anblick ist verflucht sexy! Ihre helle Haut leuchtet in der Dunkelheit der Nacht beinahe weiß, kombiniert mit dem Mantel, den sie trägt, bildet das einen krassen und wunderschönen Kontrast.

Ich küsse mich von ihren Innenschenkeln immer höher, doch bevor ich ihre feucht glänzende Mitte erreiche, zieht mich Linda an den Haaren nach oben und schüttelt keuchend den Kopf.

»Scheiß auf Ausdauer und Vorspiel!«, raunt sie. »Ich muss dich jetzt sofort in mir spüren! Wo sind die Kondome?«

Gibt es schönere Worte?

Zielsicher greife ich in eines der vielen Fächer im Bus, hole ein Gummi hervor und reiche es Linda, die es auspackt und es mir mit einem lodernden Blick überrollt. Anschließend schlingt sie Arme und Beine um mich, und es gibt wohl kaum ein deutlicheres nonverbales Zeichen, daher folge ich ihrer Aufforderung und dringe mit einem lauten Stöhnen in sie ein.

Wenige Minuten später liege ich atemlos und grenzenlos glücklich mit dem Rücken auf der harten Matratze und spiele mit Lindas weichem Haar, deren Kopf auf meiner Brust ruht.

»Du glaubst gar nicht, wie sehr ich mich danach gesehnt habe«, murmle ich erschöpft, da mich nun endlich die Müdigkeit zu überrollen scheint.

»Hmm?«, höre ich Lindas ebenfalls träge und schlaftrunkene Antwort. »Sah aber auf Insta nicht so aus«, fügt sie hinzu und ich schmunzle.

»Eifersüchtig?«, frage ich und kraule nun ihren Rücken, woraufhin sie genüsslich schnurrt. Fast wie eine Katze. Gefällt mir.

»Natürlich. Ich sagte doch, ich teile nicht gern«, antwortet sie.

Stimmt, ich erinnere mich an ihre Worte, als ich sie einladen wollte, gemeinsam mit Mary und Kathleen in den Bus zu steigen.

»Na, dann solltest du wissen, dass du die einzige Frau bist, mit der ich in den letzten Wochen geschlafen habe.«

Linda richtet sich auf und legt das Kinn auf ihren Handflächen, die immer noch auf meiner Brust ruhen, ab.

»Wirklich? Wieso?«, fragt sie, als wäre sie tatsächlich verwirrt. Andererseits kann ich es ihr nicht verübeln, ich kenne meinen Ruf, der zu meinem Leidwesen sehr nahe an der Realität liegt. Ja, ich habe gern Sex. Mit vielen Frauen.

Zumindest war das bisher so.

Ich zucke mit den Schultern.

»Du hast mich für alle anderen Frauen verdorben«, antworte ich ehrlich. »Keine ist wie du.«

Linda grinst und setzt sich auf mich, indem sie ein Bein auf die andere Seite schwingt. Anschließend beugt sie sich über mich. Ich spüre ihre Fingernägel an meiner Brust, und gleichzeitig ihre Zunge an meiner Halsbeuge.

Holy hell! Mein Schwanz zuckt schon wieder voller Vorfreude.

»Heißt das, ich habe ein Exklusivrecht auf diesen Körper?«, fragt sie und reibt sich an mir. Ich bin wohl nicht die einzige Person hier, die Lust auf eine zweite Runde verspürt.

»Willst du das denn?«, frage ich, obwohl ich ihre Antwort darauf längst kenne. Linda lehnt sich zurück, da sie sich offensichtlich gemerkt hat, wo wir die Kondome aufbewahren, zieht es mir innerhalb eines Wimpernschlags über und setzt sich stöhnend auf meine Härte.

»Keine anderen Partner, weder du noch ich?«, fragt sie und reitet mich quälend langsam, dafür nimmt sie mich mit jeder Bewegung tiefer auf. Fuck! Diese Frau ist der Wahnsinn!

»Auch keine Küsse!«, betont sie, beugt sich zu mir herunter und küsst mich drängend.

»Dieser Mund gehört nun ausschließlich mir«, fährt sie fort und beißt in meine Unterlippe, gleichzeitig hebt sie ihr Becken an und stößt es hart zurück. »Und das

Exklusivrecht gilt nur für Sex. Nicht mehr, und nicht weniger.«

Ich bin dieser Frau gnadenlos ausgeliefert. Sie könnte meine Seele fordern, ich würde sie ihr schenken.

»Einverstanden«, stöhne ich atemlos und lasse Linda gewähren.

Denn mein Körper gehört ihr längst.

Es dauert nicht lange, dann kralle ich meine Finger in Lindas Hintern, werfe ihr einen flehenden Blick zu und genieße die Wellen der Lust, die mich zum Höhepunkt katapultieren. Immer und immer wieder.

Nur am Rande höre ich Lindas Stöhnen, spüre ihren bebenden Körper, bevor sie sich kraftlos auf mich sinken lässt.

Ich zwinkere ein paarmal und betrachte mit Erschrecken die immer heller werdenden Konturen außerhalb des Busses. Es dämmert bereits.

Vorsichtig rüttle ich an Lindas Schultern.

»Ich schätze, du solltest zurückgehen«, flüstere ich in ihr Ohr und streiche das blonde Haar zurück.

Ruckartig setzt sie sich auf und blickt mit aufgerissenen Augen nach draußen. Dann schnappt sie sich ihren Mantel und greift nervös in ihre Manteltaschen.

»Scheiße!«, ruft sie und blickt langsam an ihrem nackten Körper herab. »Ich habe den Schlüssel vergessen.«

Kapitel Vierundzwanzig

LINDA

Jonas' polterndes Lachen erfüllt den gesamten Tourbus. Ich lege die Stirn gegen meine angezogenen Knie, während er völlig entspannt auf der Matratze liegt, die Beine weit von sich gestreckt.

»Du behauptest allen Ernstes, dass du heute Nacht splitterfasernackt die Wohnung verlassen hast, um mich hier im Bus zu besuchen, ohne einen Schlüssel mitzunehmen? Ausgerechnet du, das Allround-Organisationstalent, das gefühlt tausend Dinge gleichzeitig erledigen kann, ohne auch nur einen Termin zu vergessen?«

»Ich war nicht splitterfasernackt«, entgegne ich und schlüpfe in den Mantel, da mir allmählich kalt wird. »Außerdem vergesse ich sehr wohl hin und wieder Termine.«

Jonas prustet ungläubig aus, dreht sich auf den Bauch und legt den Kopf auf seine angewinkelten Arme. »Ray hat mir erzählt, dass du sowohl Ellies

Arbeits-, als auch unsere Probentermine allesamt in deinem wunderschönen Kopf gespeichert hast. Neben Dylans Kita-Zeiten und deiner eigentlichen Arbeit. Außerdem organisierst du das gesamte WG-Leben, nicht wahr?«

Ich verdrehe die Augen. »Das liegt nur daran, dass Ellie sich noch nie Termine merken konnte und Ray dazu neigt, Uhrzeiten völlig auszublenden, sobald er in seiner Musikwolke gefangen ist. Dasselbe gilt für Ellie, wenn er schreibt. Sie wären ohne mich vermutlich längst verhungert, weil sie schlichtweg vergessen hätten, zu essen.«

Jonas rappelt sich auf die Knie und fährt mit ausgestrecktem Zeigefinger über meinen nackten Oberkörper, bevor er mit grazilen Bewegungen die großen Mantelknöpfe schließt. Es ist eine völlig unscheinbare Handlung, verglichen mit all den Zärtlichkeiten, die wir in den letzten Stunden ausgetauscht haben, dennoch wird mein Mund staubtrocken und ich spüre einen Schauer über meinen gesamten Körper wandern. Nur weil er verdammte Knöpfe schließt! Aus irgendeinem Grund fühlt es sich intimer an als alles andere, was wir heute Nacht erlebt haben. Anschließend verknotet er das Band um meine Taille und wirft mir einen liebevollen Blick zu.

»Umso geehrter fühle ich mich gerade, weil du nicht einmal an deinen Haustürschlüssel gedacht hast, als du zu mir gekommen bist«, sagt er und haucht mir einen Kuss auf die Lippen.

»Bilde dir nur nichts darauf ein!«, fahre ich ihn an, um das seltsam warme Gefühl in meinem Herzen zu vertreiben, das dieser Kuss ausgelöst hat.

Jonas lacht kopfschüttelnd. »Oh, doch, genau das tue ich. Sehr geehrte Damen und Herren, ich bitte um Applaus für Jonas Miller! Denn mein gestählter Körper und meine gigantischen sexuellen Fertigkeiten sorgten dafür, dass eine Powerfrau wie Linda an nichts anderes mehr denken konnte, als an mein Sixpack …«

Er gleitet mit den Fingerkuppen über seinen Körper, doch ich verdrehe ein weiteres Mal die Augen. »Das ist kein Sixpack«, unterbreche ich ihn.

»Dann eben ein Fourpack, oder Twopack … verflucht heiß aussehende Bauchmuskeln«, meint er und ich lache amüsiert, während Jonas' Fingerspitzen weiter nach oben zu seinen Brustmuskeln wandern. »Diese fantastische Brust, und nicht zu vergessen«, fährt er fort und deutet nach unten auf sein bestes Stück. »Der schönste, absolut perfekte, atemberaubende, …«

»Du bist mutig, ihn in diesem Zustand anzupreisen«, sage ich und Jonas lacht noch lauter.

»Was hast du gegen einen hübschen Penis im Ruhezustand? Es kommt schließlich nicht auf die Größe, sondern allein auf die Fertigkeiten an, oder?« Er robbt noch einen Schritt näher zu mir und legt beide Hände auf meine Schultern. »Und Fakt ist, meine Fertigkeiten haben deinen Verstand vernebelt. Vernebelt, wie dieser Nebel da draußen.« Er grinst breit und wackelt mit den Augenbrauen. »Sag es, Linda. Gib es zu.«

»Ich sage gar nichts ohne meinen Anwalt.« Ich beiße auf die Innenseite meiner Wange, um das Grinsen zu unterdrücken.

»Linda, ich will es aus deinem Mund hören. Sag es!« Jonas' Hände gleiten über meinen Mantel, schlüpfen gezielt darunter und schon spüre ich sie auf meinem Hintern.

»Was willst du hören? Dass du ein Sexgott bist?«, frage ich und fahre nun meinerseits mit den Fingernägeln über seine Brust. Ein genauer Blick zeigt mir dicke dunkelrote Striemen rechts und links von seiner Brustwarze, für die vermutlich ich verantwortlich bin. Ups, ich war wohl etwas zu enthusiastisch. Dem Glanz in Jonas' Augen zufolge hat es ihm allerdings gefallen, daher verzichte ich auf ein schlechtes Gewissen.

»Ja, das wäre angemessen, finde ich«, antwortet Jonas und presst mich näher an seinen immer noch splitterfasernackten Körper.

Ich neige den Kopf, küsse ihn und beiße in seine Unterlippe, während ich eine Hand zwischen seine Beine gleiten lasse, und mit der anderen seinen Hintern packe.

»Dann vergiss nie, dass ich ebenfalls eine Göttin bin«, hauche ich in seinen Mund und fahre mit dem Daumen über die Spitze seines Penis, woraufhin er scharf einatmet. »Eine unersättliche Göttin.«

»Das werde ich niemals vergessen«, antwortet er mit erstickter Stimme.

Der Blick nach draußen und die Nebelschlieren, die sich immer heller zwischen den Hochhäusern hindurchschlängeln, erinnern mich allerdings an Dylan und daran, dass er vermutlich bald auftauchen wird. Zusammen mit Mom. Himmel! Sie ist garantiert die letzte Person, die mich in diesem Zustand sehen sollte! Daher lasse ich Jonas' erneut wachsende Erregung los, atme tief durch und lege die Hand an den Türgriff des

Busses. Das wird jetzt gleich peinlich werden. Verdammt peinlich, um genau zu sein.

Ein letztes Mal drehe ich mich zu Jonas und winke ihm zu. »Man sieht sich, hoffentlich«, sage ich, richte meinen Mantel und steige anschließend ohne ein weiteres Wort aus dem Bus.

Ich muss ganze vier Mal sturmklingeln, bevor das erlösende Surren ertönt. Bibbernd vor Kälte öffne ich die Haustür und tapse mit eiskalten Füßen die Stufen hinauf zu unserer Wohnung.

Im Türrahmen erkenne ich Ray in schwarzen Boxershorts mit einem – o mein Gott, ist das darauf ein rosa Pummeleinhorn? Seine Haare stehen in sämtliche Richtungen ab. Ray zwinkert mehrmals, reibt sich den Schlaf aus den Augen und mustert mich anschließend genauso irritiert, wie ich seine Unterhose. Langsam wandert sein Blick von meinem geschlossenen Mantel nach unten zu den nackten Füßen und wieder zurück. Dummerweise beginnt die Knopfreihe des Mantels äußerst weit unten, sodass kaum zu übersehen ist, was ich darunter, beziehungsweise was ich nicht drunter trage. Viel zu spät ergreife ich den Ausschnitt und verdecke damit mein Dekolleté.

»Äh«, beginnt er und schüttelt den Kopf.

»Ich werde dich nicht auf das hier ansprechen«, beginne ich und deute auf das rosa Einhorn, »dafür stellst du keine Fragen, einverstanden? Und danke fürs Öffnen«, füge ich hinzu, als Ray schweigend nickt und mich immer noch völlig verdattert anstarrt. Ich will gerade an ihm vorbei schlüpfen, da erscheint mein

Zwillingsbruder im Flur. Er trägt im Gegensatz zu Ray ein schwarzes Schlafshirt. Dem Bandaufdruck nach schätze ich mal, es gehört Ray. Ellie schlurft schlaftrunken und gähnend zu Ray und küsst ihn auf die Wange, während ich versuche, möglichst unauffällig zurück in mein Zimmer zu schleichen.

»Ich hoffe, es gab einen triftigen Grund, warum dich Jonas um halb sechs aus dem Bett geklingelt hat«, meint Ellie und ich bleibe abrupt stehen. Verdammt!

»Jonas?«, wiederholt Ray ungläubig und Ellie zuckt mit den Schultern und deutet in die Richtung ihres Zimmers, wo er vermutlich kurz zuvor aus dem Fenster gesehen hat.

So viel zu meinem Plan, möglichst unauffällig zurückzukehren. Hat ja fantastisch funktioniert. Nicht.

»Habe den Bus gerade wegfahren sehen«, bestätigt Ellie meine Vermutung und ich beobachte, wie es Ray dämmert, er die Augen aufreißt und mir anschließend ein wissendes Grinsen zuwirft. Erst jetzt scheint mich mein Bruder wahrzunehmen, da er Rays Blick folgt und erst recht irritiert den Kopf schüttelt.

»Linda? Warum bist du denn schon auf? Und was, zum Henker, trägst du da?«

Ja, Ellie ist um diese Uhrzeit und vor dem ersten Kaffee zu meinem Glück noch nicht in der Lage, eins und eins zusammenzuzählen. Doch bevor ich dazu komme, mir eine ansatzweise glaubwürdige Ausrede einfallen zu lassen, beobachte ich, wie Ray die Arme um Ellie schlingt und ihn küsst.

»Was hältst du von einer Guten-Morgen-Dusche?«, fragt er meinen Bruder mit rauer Stimme und fährt durch sein abstehendes Haar. »Ich meine, es kommt selten vor, dass wir so früh wach sind. Die Zeit sollten wir nutzen, oder?«

Noch bevor er Ellie ins Bad zerrt, spüre ich Rays Blick auf mir ruhen und formuliere pantomimisch das Wort „Danke" in seine Richtung, woraufhin er mir verschmitzt zuzwinkert.

Kurze Zeit später öffne ich meine Zimmertür und schleiche hinein. Ein Blick auf das Handy zeigt mir, dass ich noch eine Stunde Zeit habe, bis Mom Dylan vorbeibringt, und ich lasse mich ins Bett fallen, ohne den Mantel auszuziehen.

Himmel! Was war das für eine fantastische Nacht!

Ich schlüpfe unter die Bettdecke und kurze Zeit später drifte ich, begleitet von den Bildern der vergangenen Stunden und den sehr leisen, aber unüberhörbaren Geräuschen aus dem Badezimmer, in einen entspannten, zufriedenen Schlaf.

Kapitel Fünfundzwanzig

JONAS

Die Noten verschwimmen vor meinen Augen und es fällt mir schwer, die Melodie und den Rhythmus von Alecs Intro aufzuschreiben. Normalerweise gelingt mir das auf Anhieb, was der Grund ist, warum ich immer dafür zuständig bin, neue Noten zu notieren – obwohl ich nur der Drummer der Band bin. Ich muss selten überprüfen, welcher Ton gespielt wird, da ich das problemlos heraushöre, sowohl die Tonarten, als auch die unterschiedlichen Tempi. Nur heute nicht. Alec spielt das Intro inzwischen zum zehnten Mal, doch ich kann mich einfach nicht konzentrieren.

Ich lege Bleistift und Papier beiseite und fahre mir mit dem Handballen über die Augen.

»Lange Nacht gehabt, was?«, höre ich Rays Stimme, der sich neben mir auf das Sofa fallen lässt und mir einen wissenden Blick zuwirft.

»Was? Mit der blonden Frau aus dem Pub?«, wirft nun Alec ein und greift über meine Schultern nach dem

Papier. »In Takt vier spiele ich übrigens e-Moll, und danach folgt keine punktierte Achtel, sondert eine Triole«, meint er und ich reiche ihm schweigend Bleistift und Radiergummi, damit er es ausbessern kann.

»Blond war sie schon«, antwortet Ray grinsend. »Nur war sie meines Wissens nicht im Pub gestern Nacht. Zumindest hoffe ich das. In diesem Outfit«, fügt er hinzu und ich huste ein paarmal in der Hoffnung, die Verlegenheit zu vertuschen. Verdammt, wieso schäme ich mich überhaupt dafür? Das war mit Abstand die geilste Nacht meines Lebens!

Alec radiert die letzten Takte weg, hält bei Rays Worten jedoch inne. Ich spüre seinen bohrenden Blick auf mir, obwohl er hinter mir steht.

»Echt jetzt? Linda?«, kombiniert er genau richtig und Ray dreht sich zu ihm um.

»Sie hat mich heute um halb sechs aus dem Bett geklingelt. Und sie trug lediglich einen roten, langen Mantel.«

Alec steigt direkt neben mir über die Lehne des Sofas, lässt Stift und Papier auf seinen Schoß sinken und sieht sowohl Ray als auch mich mit verwirrt an.

»Moment, ich komme nicht mit. Linda hat dich nackt, oder in einem roten Mantel, aus dem Bett geklingelt? Und aus diesem Grund konnte Jonas nicht schlafen? Hä? Muss ich das verstehen? Betreibt ihr so etwas wie Paar-Sharing?«

Ja, das klang selbst in meinen Ohren schräg. Ich lache auf und klopfe ihm auf die Schultern.

»Das liegt nur daran, dass sie den Haustürschlüssel vergessen hat. Die Stunden davor verbrachte sie ausschließlich mit mir im Bus. Und keine Sorge, diese Frau teile ich garantiert mit niemanden. Selbst mit meinem besten Freund nicht«, sage ich. »Außerdem könntest du alle Victoria-Secret-Models gleichzeitig zu Ray schicken, und er würde nicht mal mit der Wimper zucken, geschweige denn mit einem anderen Körperteil«, füge ich hinzu und blicke zu Ray, der nun zustimmend nickt.

»Na ja, ansehen würde ich sie mir schon«, meint er und hebt die Schultern an. »Aber dann würde ich sie hinauswerfen und den restlichen Tag mit Ellie verbringen. Vorzugsweise nackt.«

»Im … Bus«, wiederholt Alec währenddessen den Anfang meiner Erzählung, ohne auf Rays Worte einzugehen, und verzieht anschließend das Gesicht. »Im Bus? Ernsthaft? Du hast aber hoffentlich aufgepasst, keine Flecken zu machen, oder?«

»Meine Fresse! Schon mal was von Waschmaschinen gehört?«, antworte ich und verziehe das Gesicht, weil Alec nun mal Alec ist. Penibel, ordentlich, mit einem leichten Hang zum Sauberkeitswahn. Allerdings will ich mich nicht beschweren, ohne ihn sähen sowohl das kleine Studio als auch der Bus vermutlich unter aller Sau aus.

Eine Zeit lang herrscht ein gespanntes Schweigen zwischen uns und Alec greift erneut zum Notenblatt.

»Du hast also die Nacht mit heißem Sex in unserem Tourbus verbracht. Verstehe. Das erklärt die ganzen Fehler hier. Jonas, der Song ist in G-Dur geschrieben, wie kommst du auf diese Noten? Außerdem ist es ein langsamer Dreiviertel-Takt, ohne Taktwechsel. Das kann nicht stimmen! Und erst bei der

Bridge, ab ›you are the only one‹ kommt der Tonartwechsel.«

Ich folge Alecs Fingerzeig, und grummle genervt über mich selbst. Es ist absolut untypisch für mich, dass mir solche derartigen Fehler unterlaufen. Gleichzeitig höre ich erneut Rays Kichern.

»Dich hat es ganz schön erwischt, was?«, fragt er und stößt mich mit den Ellenbogen in die Seite, was mich wieder zum Stöhnen bringt – im negativen Sinne.

»Ich hatte lediglich die halbe Nacht verdammt guten Sex. Nicht mehr und nicht weniger«, antworte ich und ignoriere gleichzeitig die Erinnerung an Lindas glockenhelles Lachen, an ihren Kopf, der ruhig und entspannt auf meiner Brust lag, während sie leise geschnarcht hat. Ich ignoriere die Erinnerung an all die schlagfertigen und wunderbaren Wortgefechte, die ich mit ihr bereits geführt habe oder an die Wärme in meiner Brust, als sie mich umarmt hat. An das Glänzen in ihren stahlblauen Augen oder an das verschmitzte Lächeln, an den Schauer, ausgelöst durch den Kuss, den sie auf meine Lippen gehaucht hat. Ganz zu schweigen von Dylan, dem kleinen Zuckerzwerg. Es kostete mich heute Morgen einiges an Überwindung, nicht mit Linda zusammen nach oben zu gehen, und mit ihr gemeinsam auf Dylan zu warten. Gott, ich vermisse dieses Kerlchen!

Erst jetzt bemerke ich die seltsame Stimmung im Raum und spüre sowohl Rays als auch Alecs wissendes Lächeln auf mir.

»Was?«, frage ich lauter als beabsichtigt. »Ich bin nicht verliebt, okay?«

Alec gluckst leise und schüttelt seine Lockenmähne.

»Wir geben wirklich das perfekte Bild einer typischen Rockband ab: Der eine schwul, beziehungsweise pan und heiratet bald, der andere ist in eine junge Mom verknallt, und der letzte ist demisexuell. Wir sind wahre Bad Boys, wie es im Buche steht«, sagt er sarkastisch. »Scott und Peter würden uns auslachen, sähen sie uns jetzt gerade«, fügt er hinzu, und meint damit sowohl unseren einstigen und homophoben Bassisten Scott, der neben seiner Musikalität nichts weiter als ein grandioses Arschloch ist, und unseren damaligen Manager Peter von *Sunset Music*, ebenfalls ein homophober Drecksack mit einem mittelalterlichen Männer- und Frauenbild. Allerdings stört mich die Tatsache, dass Scott und Peter uns auslachen würden, weniger als Alecs Worte von eben.

»Ich bin nicht in sie ver-«, fange ich an, werde jedoch von Ray unterbrochen, der sich vorbeugt, um Alec anzusehen.

»Was ist demisexuell?«, fragt er und ich verdrehe die Augen.

»Alter, ich weiß, ich wiederhole mich, aber du lebst wirklich hinter dem Mond, weißt du das?«

»Mein Verlangen nach körperlicher Intimität und Nähe kommt erst, wenn ich eine enge Beziehung zu einer Person aufgebaut habe. Vorher …«, erklärt Alec zeitgleich mit meinem Satz, hält dann jedoch inne, streckt seinen Zeigefinger nach oben und lässt ihn nach unten sinken, um zu verdeutlichen, dass er keinen hochbekommt.

Ray starrt einige Augenblicke auf Alecs Finger und verzieht anschließend das Gesicht.

»Dafür gibt es einen Begriff?«

Ich lache trocken auf. »Fragt der Mann, der seine eigene Sexualität erst mal googeln musste.«

Es ist noch keine zwei Jahre her, als Ray mir verzweifelt und völlig verunsichert von seinen Gefühlen zu Ellie erzählt hat, nicht wissend, wie er sie einordnen sollte. Als ich ihm daraufhin den Begriff pansexuell nannte, musste er tatsächlich googeln, um zu kapieren, dass für ihn die geschlechtliche Identifikation eines Menschen zweitrangig ist.

»Entschuldigung, aber es gibt nun mal Leute, die keinen großen Wert darauf legen, sich zu labeln. Und ja, ich wüsste bis heute nicht, wer oder was ich bin, wenn du nicht gewesen wärst«, sagt Ray zu mir und zuckt mit den Schultern. »Aber ich hätte mich trotzdem in Ellie verliebt. Ich brauche dafür keinen Begriff. Auch kein Label.«

Alec seufzt neben mir und schlägt die Beine übereinander. »Mir persönlich hat die Einordnung sehr wohl geholfen.« Er wirft mir ein schwaches Lächeln zu und zuckt mit den Schultern. »Nichts für ungut, Jonas, aber neben dir kam ich mir jahrelang krank vor. Als würde etwas nicht mit mir stimmen. Ganz zu schweigen vom Druck von außen, da Männer im öffentlichen Leben oder allgemein Musiker dafür bekannt sind, nichts anbrennen zu lassen.«

Es ist das erste Mal, dass Alec vollkommen offen und ehrlich mit uns beiden spricht, und ein Blick zu Ray zeigt mir, dass er gerade einen ähnlichen Gedanken hatte. Er lächelt mitfühlend und presst die Lippen aufeinander. Ich schätze, Alec ist nicht nur in sexueller Hinsicht ein Mensch, der lange braucht, um sich zu öffnen. Umso wertvoller fühlt sich dieser Moment gerade an.

»Zu wissen, dass es für meine Gefühle einen Begriff gibt und dass ich nicht der einzige Mensch bin, der so empfindet, hat mir sehr dabei geholfen, mich zu akzeptieren, so wie ich bin.«

Ray streckt die Hand aus, um Alecs Hand auf meiner anderen Seite zu ergreifen. Dann lacht er leise.

»Seien wir ehrlich, das, was Jonas in den letzten Jahren getrieben hat, war alles, nur nicht normal. Und wirklich erstrebenswert ist das auch nicht, oder? Image hin oder her, es ist verdammt anstrengend, sich jeden zweiten Tag auf eine andere Person einzulassen. Ganz zu schweigen von all den Krankheiten, die man sich dabei einfangen kann.«

»Hey!«, rufe ich und rüttle an Rays Arm, damit er den lachenden Alec loslässt. »Safer Sex steht bei mir immer an erster Stelle. Ich habe gern Spaß, aber niemals ohne Gummi! So blöd bin ich nicht!«

»Stimmt. Du bist nur ein Mann, der Angst vor der Liebe hat«, antwortet Ray leise und ist wieder ernst. Ich spüre seinen Blick auf mir. »Du bist ein Mann, der Angst davor hat, verlassen zu werden.«

Ich starre Ray einige Atemzüge lang schweigend an. Immer wieder öffne ich den Mund und schließe ihn, ohne etwas zu sagen.

In meinem Inneren brodelt es, weil ich es abstreiten will. Weil ich ihm laut ins Gesicht lachen will. Doch ein stechender Schmerz in meinem Herzen hindert mich daran. Mit einem Mal befinde ich mich wieder auf der Straße. Ich bin wieder ein kleiner Junge, verzweifelt und allein, weil mich meine Mom irgendwo abgesetzt und vergessen hat. Zu vollgedröhnt, um sich daran zu erinnern, dass sie ihrem Sohn eine neue Hose kaufen wollte. Ich sehe mich selbst, wie ich vor unserem damaligen versifften Wohnblock sitze, während Mom über Dad schimpft, die Kippe seitlich am Mund und die Wodkaflasche zu ihren Füßen, weil er uns verlassen hat. Verschwunden, von einem Tag auf den anderen, und nie wieder zurückgekehrt. Ich höre ihr verzweifeltes Schluchzen, während sie zitternd im Bett liegt, die Hände nach mir ausgestreckt, und mich anfleht, sie niemals zu verlassen. *»Alle verlassen uns, Jonas. Weil wir Schwarz sind. Weil wir arm sind. Wir sind verflucht, Jonas. Verdammt dazu, immer und immer wieder verlassen zu werden. Sie reißen uns das Herz aus der Brust und trampeln darauf herum, bis nichts als ein blutiger Klumpen übrigbleibt. Alle tun das. Siehst du das nicht? Spürst du das nicht? Du kannst niemandem vertrauen, glaube mir. Niemandem! Aber du … du verlässt mich niemals, nicht wahr? Versprich mir das!«*, hat sie gesagt. Ich war nicht mal zehn Jahre alt, aber ich habe den Sinn ihrer Worte dennoch verstanden. Den Sinn und vor allem ihre Angst, verlassen zu werden. Damals habe ich mir geschworen, mich nie auf eine Beziehung einzulassen, nie mein Herz zu verschenken, damit ich niemals so eine Panik und so einen Schmerz empfinden muss wie Mom. Ich würde mein Leben allein bestreiten und würde es genießen. Dies war mein kindlicher Plan. Und ich verfolge ihn noch heute. Nicht, weil ich nicht an die Liebe glaube, beziehungsweise daran, dass Paare über Jahre hinweg glücklich zusammen sein können. Nein, ich weiß, dass es möglich ist und dass es Menschen gibt, für die eine Partnerschaft nach dem Motto ›sie lebten glücklich bis ans Ende‹ das

Nonplusultra ist. Nur zähle ich nicht zu diesen Menschen. Ich mag mein Leben so, wie es ist. Ich liebe meine Freiheit. Und ja, möglicherweise habe ich auch Angst davor, verlassen zu werden. Weil ich immer meine Mutter vor Augen haben werde.

»Vielleicht hast du recht«, antworte ich daher nach einer gefühlten Ewigkeit. »Aber ich werde mich nicht ändern. Niemals. Auch nicht für Linda.« Ganz sicher nicht für Linda. Schließlich hat sie mir mehr als deutlich gemacht, was sie will und was nicht. Sie möchte ein Exklusivrecht an meinem Körper. Zweisamkeit im Bett auf unbestimmte Zeit. Linda könnte mich zerstören, würde ich ihr mein Herz schenken. Sie würde mein Herz herausreißen und irgendwann darauf herumtrampeln, und das lasse ich nicht zu. Ich werde niemals so enden wie Mom.

Niemals.

Ich spüre Alecs Hand auf meiner Schulter und erkenne ein verschmitztes Lächeln auf seinem Gesicht.

»Ein Glück für uns, dass immerhin einer das Image eines Rockstars beibehält. Obwohl uns für diesen Begriff meiner Meinung immer noch die Tiefe in den Songs fehlt. Rockmusik braucht Bass, Leute!«

Ich rolle mit den Augen. Jetzt geht das Thema schon wieder los.

»Du kennst meine Meinung, Alec. Wir sind ein perfektes Team. Jede weitere Person könnte diese harmonische Beziehung zerstören«, antwortet Ray, als hätten sie dieses Gespräch nicht schon tausendmal geführt. Er steht auf und ergreift das radierte halb fertige Notenblatt.

»Außerdem ist jetzt nicht der richtige Zeitpunkt,

darüber zu diskutieren. Wenn wir Musiker bleiben wollen, sollten wir uns endlich an die Arbeit machen. Jungs, wir haben gerade mal drei Tracks aufgenommen. Wir müssen uns ranhalten, wenn wir die Promo-Tour im Februar einhalten und bis dahin ein neues Album präsentieren wollen. Ich treffe mich um zwei Uhr mit der Werbeagentur, das heißt, uns bleiben jetzt noch vier Stunden, um ›*The bad reason*‹ fertigzustellen. Auf geht's, Alec, spiel noch mal das Intro, und du, Jonas, konzentrier dich bitte!«

Er drückt mir die Noten in die Hand, klatscht in die Hände und greift nach einer Gitarre. Wenige Augenblicke später ertönen die ersten Akkorde und ich wandle fleißig die Melodie in Noten um. Diesmal korrekt, ohne Ablenkung und Gedanken an Linda.

Kapitel Sechsundzwanzig

LINDA

Ich schließe den Laptop, setze mich im Schneidersitz vor unser Sofa und starre gebannt auf den Fernseher. Mir ist schlecht, mein Magen fühlt sich an, als hätte ich Steine verschluckt, dennoch schaffe ich es nicht, die Fernbedienung zu holen und auszuschalten.

Stattdessen betrachte ich ihn und schlucke. Ian Graham erklärt dem Reporter gerade, wie sich das Heimkommen für ihn anfühlt.

»Es ist ein seltsames Gefühl, wenn ich ehrlich bin«, sagt er mit einem verschmitzten Lächeln. *»Das Stadion in San Fran ist eine Art Heimat für mich. Hier bin ich groß geworden. Ich kenne jeden Winkel, jeden Grashalm, wenn Sie verstehen, was ich meine.«* Er räuspert sich und fährt sich über das blonde Haar, das exakt dieselbe Farbe hat wie Dylans. *»Außerdem lebt meine Familie hier, Freunde, die ich schon lange nicht mehr gesehen habe. Ich freue mich daher nicht nur auf das Spiel am Wochenende, sondern auch auf all die Momente und Augenblicke dazwischen.«*

Ich schlucke. Seine Augen sind Dylans so unglaublich ähnlich. Und sein Lächeln …

Die Wohnzimmertür öffnet sich und ich muss mich nicht umdrehen, um zu wissen, dass Ellie in der Nähe ist. Ich spüre die Anwesenheit meines Bruders immer und überall.

»Hey, weißt du, ob die Buntwäsche schon fer- … Scheiße! Ist das etwa Ian?«, unterbricht er sich selbst und steigt über die Sofalehne, um sich neben mich auf den Fußboden zu setzen.

Ich grummle eine Zustimmung, ohne den Blick vom Fernseher zu lösen. Inzwischen spricht mein Ex über die Spielzüge und seinen Plan, das nächste Spiel zu gewinnen.

»Die New York Giants spielen am Wochenende in San Fran«, erkläre ich tonlos. »Sie sind bereits hier.«

»Krass«, meint Ellie und ich spüre seine warme Hand auf meinen eiskalten Fingern. »Er kann definitiv nicht abstreiten, Dylans Vater zu sein. Diese Ähnlichkeit ist enorm, das hätte ich fast vergessen.«

Ich nicke schweigend. Denn ja, Dylan sieht bereits jetzt seinem Vater unglaublich ähnlich. Nur vergessen habe ich diese Tatsache nie. Normalerweise stört mich das nicht und ich liebe Dylan trotz der optischen Ähnlichkeit aus ganzem Herzen, ohne dabei jedes Mal an Ian zu denken.

Doch nun … Ich betrachte Ian, der sich in Richtung des Spielfelds dreht und zu seiner Mannschaft läuft. Er trägt das Trikot der Gians und die dazu passenden kurzen Shorts, sodass seine ausgeprägten Beinmuskeln unübersehbar sind. Ich betrachte seine breiten

Schultern und seinen Körperbau. Er sieht verdammt gut aus.

Dylans Dad ist hier.

Ganz in der Nähe.

Zum ersten Mal seit zwei Jahren.

»Willst du ihn treffen?«, fragt Ellie, der wie immer genau weiß, was ich denke und fühle.

Ich seufze und lehne den Kopf gegen die Sitzfläche des Sofas. »Ich weiß es nicht. Eigentlich will ich es nicht. Aber Dylan hat ein Recht darauf, seinen Vater zu sehen, oder nicht?«

Außerdem existiert immer noch der klitzekleine Hoffnungsschimmer, dass Ian sich für seinen Sohn interessieren würde, sobald er ihn einmal zu Gesicht bekommt. Wer weiß, vielleicht verliebt er sich sogar in ihn, wenn er zudem all die Ähnlichkeiten erkennt? Womöglich will er endlich Zeit mit ihm verbringen? Wie ein richtiger Vater? Völlig egal, wie übel das mit uns beiden ausgegangen ist, inzwischen sind wir doch alt genug, dass wir darüberstehen können, um uns um eine gemeinsame Erziehung zu sorgen, oder?

All die Fragen formuliere ich nur in Gedanken, doch am Händedruck meines Bruders spüre ich, dass er sie dennoch gehört hat. Er ist und bleibt eben mein Zwilling, meine zweite Hälfte.

»Soll ich dich begleiten?«, fragt er, doch ich schüttle den Kopf.

»Ich schaffe das allein«, sage ich und sehe auf die Uhr. »Außerdem hast du gar keine Zeit. Ich hole Dylan um vier aus der Kita und versuche, Ian nach seinem Training abzufangen, das müsste zeitlich gut klappen. Um diese Zeit bist du mit Lexi beim Anzug shoppen.«

Ellie stößt ein Geräusch aus, das wie eine Mischung aus Grunzen und Seufzen klingt, und lässt den Kopf ebenfalls nach hinten auf die Sitzfläche des Sofas sinken. »Mist, das ist heute?«

Ich lache amüsiert auf. »Was würdet ihr alle nur ohne mich tun?«, frage ich, schalte den Fernseher aus und erhebe mich ächzend. »Es ist doch nicht so schwer, sich ein paar Termine zu merken.«

Ellie zuckt mit den Schultern. »Ja, aber es sind zurzeit so extrem viele. Ich hätte niemals gedacht, dass Heiraten so anstrengend sein kann«, fügt er hinzu und dreht sich zu mir, indem er ein Bein heranzieht und sich daraufsetzt. »Hast du gewusst, dass es Floristen gibt, die ausschließlich Hochzeitsarrangements stecken? Das ist doch verrückt! Ganz zu schweigen von den unterschiedlichen Einladungskarten. Weißt du, wie viele Arten von Weiß existieren? Du kannst nicht einfach eine weiße Karte mit grünen Blättern darauf bestellen, nein. Es gibt perlmuttweiß, creméweiß, Elfenbein, Alabaster, naturweiß und was weiß ich noch alles. Dabei will ich doch einfach nur eine schlichte, weiße Einladungskarte!«

Ich grinse breit. »Sei froh, dass du kein weißes Kleid kaufst. Da ist die Auswahl vermutlich noch größer.«

Ellie fährt sich mit den Handflächen über das Gesicht. »Denkst du, ihm würde ein weißer Anzug gefallen?«, fragt er und betrachtet seine helle, sommersprossige Haut. »Oder sehe ich darin aus wie ein Gespenst?«

»Na, das kommt drauf an, ob du einen Anzug in Alabaster-, in Elfenbein- oder in Perlmuttweiß trägst«, antworte ich und Ellie verdreht die Augen.

»Ganz ehrlich? Ray würde dich sogar in einem pinken Einhornkostüm heiraten, so wie ich ihn kenne. Genieße den Tag heute mit Lexi, lass dich beraten und kaufe den Anzug, der dir am besten gefällt. Du musst dich wohlfühlen. Und ich bin mir sicher, du wirst in jedem Anzug verflucht heiß aussehen.«

Ellie seufzt und ergreift meine Hand, ehe ich das Wohnzimmer verlassen kann.

»Hab dich lieb, Schwesterherz«, sagt er und wirft mir einen Luftkuss zu.

»Mich oder nur meine Existenz als lebender Terminkalender?«

»Ich liebe alles an dir! Das weißt du doch.« Er steht ebenfalls auf und sieht mich wieder ernst an. »Ruf an, wenn du Hilfe brauchst. Anzüge können nämlich warten, das weißt du, nicht wahr?«

Ich schlucke ergriffen und nicke schließlich.

»Vergiss es!«, sage ich, nachdem ich den verfluchten Kloß im Hals vertrieben habe, »Du kaufst heute schön deinen Hochzeitsanzug. Und du trinkst dabei mindestens eine Flasche Sekt zusammen mit Lexi. Das gehört sich nämlich so. Ich komme zurecht. Du kennst mich.«

Mit diesen Worten klopfe ich ihm auf die Schulter und verlasse das Wohnzimmer, noch ehe Ellie die vielen Zweifel in meiner Mimik herauslesen kann.

Denn so zuversichtlich ich auch klingen mag, ich habe eine verdammte Angst davor, Ian wiederzusehen. Er hat mein Herz gebrochen. Auf die schrecklichste Art und Weise. Ich war schwanger, allein und verzweifelt und es hat eine Ewigkeit gedauert, um endlich wieder sicher auf eigenen Füßen stehen zu können. Nein, ich habe nicht die geringste Ahnung, ob ich der Herausforderung gewachsen bin, Ian in die Augen zu sehen.

Aber ich tue es nicht für mich, sondern für Dylan. Für ihn werde ich stark genug sein. Ich muss es schaffen.

Irgendwie.

Ich kann kaum noch atmen, während ich zusehe, wie die ersten Spieler der Mannschaft aus einem der Seitenausgänge des Stadions kommen und in die Richtung ihres dunkelblau lackierten Busses mit dem aufgedruckten Logo der Giants eilen. Ich höre ihr lautes Lachen und wie sie sich gegenseitig aufziehen, und betrachte die jungen Athleten. Auch ohne Sportoutfit kann man allein an ihrem Körperbau erkennen, dass es sich um Footballspieler handelt. So unterschiedlich sie auch aussehen mögen, sie sind alle extrem muskulös. Allerdings wundert mich das nicht, immerhin handelt es sich hier um das Team der Giants.

Ich höre das Kreischen einiger Fans, die aus sämtlichen Richtungen zum Bus strömen und um Autogramme und Selfies bitten, doch mein Blick hängt immer noch an der Tür des Stadions.

Tatsächlich ist er einer der Letzten, der gemeinsam mit dem Trainer des Teams das Stadion verlässt. Höflich, wie Ian ist, hält er seinem Coach die Tür auf und winkt kurz darauf fast schon automatisch zur Menschenmenge, als wäre er die Fans gewohnt.

»Ian! Ian Graham!«, höre ich die jubelnden Stimmen. Verständlich, immerhin ist das hier seine Heimatstadt.

Ich drücke Dylan mitsamt seinem Lieblingsstofftier an meine Brust, atme tief durch und betrachte die Fanmenge. Gott! Soll ich mich wirklich durch diese Ansammlung hindurchkämpfen? Ich werfe einen Blick auf Dylan, der sichtlich verunsichert zu mir hinaufsieht.

Nein.

Das war eine dumme Idee. Ich sollte zurückgehen. Ich sollte …

»Hey, möchtest du durch? Leute, geht mal aus dem Weg! Stellt euch nicht so an, sie trägt ein Kind auf dem Arm!«, unterbricht mich plötzlich eine freundliche Frau, die von Kopf bis Fuß in Giants-Tracht gekleidet ist. Selbst die Socken zeigen das Logo der Sportler. Ohne auf meine Antwort zu warten, hat sie bereits mit ihrer resoluten Art die Menge geteilt, sodass ich ohne Schwierigkeiten hindurchgehen kann.

»Vielen Dank«, sage ich und ernte ein ansteckendes Lächeln.

»Gern geschehen. Wir Giants-Fans halten doch zusammen! Hey, zur Seite mit dir, du Pfeife! Siehst du nicht, dass sie ein Kind dabei hat?!«, sagt sie und rüttelt an den Schultern eines Teenagers, der augenblicklich mit verlegener Miene zurücktritt.

Es ist unglaublich, doch durch die Hilfe der Frau haben wir es geschafft. Wir stehen ganz vorn am Absperrband. Ohne Gedränge, ohne Rempeln. Dafür sorgt die Frau, die – womöglich nicht ganz selbstlos – neben mir steht und nun begeistert den Namen des Sportlers kreischt, der auf uns zukommt.

»Mommy? Die auch Musiker?«, fragt Dylan, der sich aus seiner Umklammerung gelöst hat und nun neugierig die Männer mustert, die auf uns zukommen und Autogramme verteilen. Ich schmunzle. Klar, Dylan kennt ein Gedränge dieser Art nur von Rays Band – hauptsächlich aus Videos, die er liebend gern auf meinem Handy ansieht.

»Nein, mein Liebling. Das sind keine Musiker, sondern Sportler«, antworte ich und höre, wie meine Stimme zittert. Gott! Wieso kann ich diese Nervosität nicht abschalten?

»Hey, Kleiner!«, sagt einer der Spieler freundlich und betrachtet Dylan. »Auch schon ein Giants-Fan, was? Willst du ein Autogramm?«

Der Blick seiner dunklen Augen wandert von meinem plötzlich eingeschüchterten Sohn, der sich in meiner Halsbeuge verkriechen will, weil ihn ein fremder Mensch angesprochen hat, zu mir. Anschließend grinst er breit.

»Hübsche Mom«, meint er und wackelt mit den Augenbrauen. »Wo möchtest du das Autogramm haben?«

Aus den Augenwinkeln sehe ich, dass Ian genau dasselbe, einige Meter von mir entfernt, macht, daher nicke ich knapp, halte jedoch mein Handy hoch.

»Ein Selfie wäre mir lieber«, erkläre ich und knipse zusammen mit einem mir unbekannten Footballstar ein Foto. Ich bedanke und verabschiede mich, ehe ich mich dem nächsten Sportler zuwende.

Diesen Vorgang wiederhole ich noch drei Mal, bis mir plötzlich kotzübel ist.

Ian steht direkt vor mir.

»Hey, willst du ein Autogramm?«, fragt er freundlich und gleichzeitig distanziert, ohne den Blick zu heben.

»Eigentlich nicht«, antworte ich und fühle mich mit einem Mal zeitversetzt.

Ich sehe mich wieder, verzweifelt und weinend vor Ians Elternhaus. Ich sehe mich, wie ich in anflehe, zu bleiben. Ich höre all die Liebesbekundungen aus meinem Mund, spüre den Schmerz, als wäre er taufrisch. Und ich fühle mich plötzlich genauso klein und hilflos wie damals.

Mit zitternden Händen presse ich Dylan enger an mich und blinzle die Erinnerungen fort. Nein! Ich bin nicht mehr das junge, ängstliche Mädchen von damals. Ich bin erwachsen geworden. Und verdammt selbstsicher. Ian wird daran nichts ändern. Ich schaffe das! Außerdem tue ich das für Dylan.

Aus diesem Grund räuspere ich mich und noch bevor Ian sich dem nächsten Fan zuwenden kann, strecke ich die Hand nach ihm aus und lege sie auf seinen Unterarm.

»Ian«, sage ich leise. »Ich bin es.«

Erst jetzt hebt er den Kopf an und sieht mich an. Dieselben blauen großen Augen wie Dylans, mit denselben langen Wimpern, mustern mich. Mein Herz trommelt schmerzhaft gegen meine Brust, während ich Ian beobachte. Ganz langsam wandert sein Blick von mir zu seinem Sohn.

Er reißt kurz die Augen auf und seine freundliche Miene verrutscht für einen Bruchteil. Doch der Moment vergeht genauso schnell, wie er gekommen ist. Stattdessen räuspert Ian sich und lächelt dasselbe

Lächeln, das ich wenige Stunden zuvor im Fernseher gesehen habe.

»Linda, wie unerwartet, dich hier zu treffen. Du warst doch nie ein großer Sportfan, oder?«, fragt er, als wären wir lediglich zwei alte Schulfreunde, die nie etwas miteinander zu tun hatten.

Ich schlucke. »Willst du ihn gar nicht kennenlernen?«, frage ich und verfluche das Zittern in meiner Stimme. Verdammt! Ich will nicht ängstlich klingen. Und schon gar nicht verzweifelt.

Ian hebt die Augenbrauen nach oben und zuckt mit den Schultern. »Von wem sprichst du?«

Ich neige mein Gesicht hinunter zu Dylan und hauche ihm einen Kuss auf den Kopf. »Das ist Dylan, Ian«, erkläre ich, doch Ian zuckt nur ein weiteres Mal mit den Schultern.

»Und?«

O mein Gott. Wie konnte ich nur glauben, er würde sich für seinen Sohn interessieren? Ich war so verflucht dämlich! Wieso hat mich Ellie nicht davon abgehalten, herzukommen? Es war ein Fehler. Ein verdammter Fehler!

»Willst du nicht …«, fange ich trotzdem an, obwohl Ian deutlich gezeigt hat, dass er kein Interesse an Dylan hat.

Allerdings sieht Ian mich jetzt mit einem Blick an, der gefährlich, fast drohend wirkt. Er ergreift meinen am Arm und führt mich ein paar Meter in Richtung des Osteingangs. Erst als wir weit genug entfernt von den anderen Fans und Kollegen stehen, lässt er mich los. Dann stöhnt er und fährt sich durch das blonde Haar, das vom Duschen noch feucht ist.

»Hör mal, Linda«, beginnt er flüsternd, mit ängstlichem Blick zu der Menge aus Fans und Zuschauern. »Wenn du Geld willst, melde dich bei meinem Manager.« Er greift in seine Hosentasche und reicht mir eine Visitenkarte. »Aber ich schwöre dir, sollte das hier öffentlich werden, mache ich dein Leben zur Hölle!«

»Aber …«, sage ich, werde allerdings sofort unterbrochen.

»Nein, Linda. Ich sagte es damals und ich sage es heute noch einmal: Nein, ich will ihn nicht kennenlernen. Nicht heute. Nicht morgen. Nicht in einhundert Jahren. Wir haben einen Fehler gemacht, ja. Aber es war deine Entscheidung, ihn zu behalten, nicht meine.«

Mit diesen Worten dreht er sich um, lässt mich stehen und widmet sich den nächsten Fans.

Zurück bleibe ich, mit Dylan auf dem Arm und Tränen in den Augen, die ich einfach nicht fortblinzeln kann.

»Mommy traurig?«, höre ich die sanfte Stimme meines Sohnes und spüre kurz darauf seine warmen Finger im Gesicht, die einzelne Tränen auffangen. Mein Herz verkrampft sich und fühlt sich zeitgleich riesengroß an.

Weil Dylan alles für mich ist.

Er ist kein Fehler. Das war er noch nie.

Er ist mein Sohn, das Licht in meinem Leben. Dylan ist die Liebe meines Lebens und die Entscheidung, ihn zu behalten, war die einzig richtige für mich.

Scheiß auf Ian!

Scheiß auf seine erneute Abweisung!

Ich brauche ihn nicht. Dylan braucht ihn nicht.

Wir schaffen das auch allein. Ich hatte auch keinen Vater, der sich um mich gekümmert hat, und ich bin dennoch erwachsen geworden. Dylan wird es gut gehen. Auch ohne Dad. Er …

Ach, verdammt! Die Tränen wollen einfach nicht aufhören! Aus der Ferne sehe ich Ian, der nun ein Selfie mit der Giants-Frau knipst, die ihn anschließend freudestrahlend auf die Wange küsst. Ich höre ihr polterndes Lachen und beobachte Ians Haltung. Er lacht ebenfalls herzlich. Ich beobachte, wie er einem seiner Kollegen gegen die Schulter boxt, nachdem dieser ohne Vorwarnung auf seinen Rücken gesprungen ist. Ian wirkt glücklich. Fast so, als hätte es diesen Moment eben gar nicht gegeben. Als hätte er nicht wenige Minuten zuvor zum ersten Mal seinen eigenen Sohn gesehen. Als würde es ihn wirklich absolut nicht interessieren. Gott! Warum tut das so weh?

Ich drücke Dylan noch enger an mich, eine Hand auf meinen Mund gepresst, um nicht laut zu schluchzen, und suche halb blind einen Weg etwas abseits der Menge zurück zur U-Bahn-Station.

Die irritierten Gesichter der Fans ignoriere ich, allerdings windet sich Dylan in meinem Arm und fängt urplötzlich an, laut zu quietschen. Als ich Dylans Worte verstehe, bleibe ich abrupt stehen und höre nur noch meinen eigenen Herzschlag.

»Joni da! Mama, runter! Joni gehen!«

Ich folge Dylans Fingerzeig und erstarre. Tatsächlich steht Jonas vor einer Parkbank, nur wenige Meter von der Menschenmenge entfernt, die Hände in den Hosentaschen vergraben, während sein unergründlicher Blick ausschließlich auf mir ruht. Und ich verstehe:

Jonas ist hier. Aber nicht wegen der New York Giants. Sondern wegen mir.

Kapitel Siebenundzwanzig

JONAS

Ich weiß nicht, warum ich Ray wenige Stunden zuvor erklärt habe, dass ich ins Levi's Stadium fahren werde, um ein Auge auf Linda zu haben. Ellie hat Ray während unserer Aufnahmen angerufen, ihm von Lindas Plänen berichtet und gleichzeitig betont, dass er sich Sorgen mache und sie dort nicht allein sein sollte. Vermutlich ist das so ein Zwillingsding, denn spätestens jetzt weiß ich, dass Ellie recht hatte. Linda wirkt völlig verzweifelt und ja, sie sollte in diesem Augenblick auf gar keinen Fall alleine sein.

Es war eine Art Kurzschlussreaktion, Ray zu sagen, ich würde mich um sie kümmern, und ich finde keinen plausiblen Grund dafür, warum ich hier stehe. Oder warum ich gerade nirgendwo lieber wäre als in ihrer Nähe.

Noch immer spüre ich das Bedürfnis, dem blonden Scheißkerl eine Faust ins Gesicht zu rammen, weil er sie zum Weinen gebracht hat. Selbst von meinem Platz aus ist nicht zu übersehen, dass Ian Graham der leibliche Vater von Dylan ist. Ein Dad, der sich offensichtlich einen Dreck für sein eigen Fleisch und Blut interessiert.

Fuck! Ich bohre meine kurzen Fingernägel in die Handinnenflächen, bis es schmerzt. Es kostet mich die größte Mühe, mich nicht durch die Menge zu drängen, ihn am Kragen zu packen und zur Rede zu stellen, und ihn dazu zu zwingen, Verantwortung zu übernehmen.

Stattdessen fixiere ich Linda und Dylan. Letzterer hat sich just in diesem Moment aus Lindas Armen losgerissen und läuft fröhlich quietschend auf mich zu. In der Hand hält er, wie so oft, sein ausgefranstes Schaf, das er am Boden entlang schleift.

»Joooni!«, höre ich ihn kreischen und mein Herz läuft über. Gott, ich liebe diesen Zwerg.

Ohne weiter nachzudenken, gehe ich auf die Knie und schlinge die Arme um Dylan. Dabei steigt mir sein unverwechselbarer süßlicher Geruch - eine Mischung aus Babyshampoo, Vanille und Dylan – in die Nase und mir wird ganz warm ums Herz.

»Hey, kleiner Mann. Schön, dich zu sehen«, raune ich und halte mich im allerletzten Moment davon ab, einen Kuss auf seine Haare zu hauchen. Dylan ist nicht mein Kind, so etwas steht mir nicht zu. Räuspernd wende ich mich ab und kitzle stattdessen den kleinen Wicht am Bauch, woraufhin er erneut laut quietscht und mit den Beinen strampelt.

Erst als ich Linda direkt vor mir sehe, stelle ich Dylan auf den Boden, damit er zurück zu seiner Mom gehen kann. Allerdings bleibt er bei mir und hält mein linkes Bein fest umklammert.

»Mommy traurig«, erklärt er mir und ich spüre

augenblicklich einen Stich im Herzen. So klein, so jung und doch so einfühlsam. Wie ist es möglich, dass ein leiblicher Vater kein Interesse an so einem kleinen Wunder hat? Es ist unvorstellbar, ihn nicht ins Herz zu schließen.

Linda schnieft und verzieht das Gesicht, als wolle sie verhindern, laut zu schluchzen. Dabei bebt ihr gesamter Körper und ihre Hände zittern. Ich sehe ihr an, wie unangenehm ihr die Situation ist. Immer wieder weicht sie meinem Blick aus und wischt sich die Tränen mit dem Handrücken von den Wangen.

Nie zuvor habe ich Linda so verwundbar erlebt. So unglaublich traurig und verzweifelt. Nicht einmal damals, als sie mich wegen ihrer Grippe angerufen und um Hilfe gebeten hatte. Und doch steht sie aufrecht vor mir, beide Beine durchgedrückt, und ich begreife, wie stark Linda tatsächlich ist. Sie ist eine Powerfrau, die viel zu viel Scheiße durchmachen musste.

Mein Herz zieht sich schmerzhaft zusammen und ehe ich weiter darüber nachdenke, gehe ich, trotz Dylans Klammergriff, einen Schritt auf Linda zu und schließe sie in die Arme.

Zunächst steht sie stocksteif da, als wäre sie zur Salzsäule erstarrt, doch ein, zwei Atemzüge später spüre ich, wie ihre bebenden Hände meinen Rücken entlanggleiten, und mich fest umarmen. Ich lege das Kinn auf ihrem Kopf ab, schließe die Augen und beiße auf das Piercing meiner Lippe, um den Schmerz in meinem Innersten zu unterdrücken. Weil es sich so anfühlt, als würde ich ihre Gefühle in mir aufnehmen. Ich denke an all das Leid, das Linda bereits erleben musste. Ungeplant schwanger, allein gelassen von diesem Arsch von Quarterback. Und dennoch hat sie sich ein eigenes, verdammt gutes Leben aufgebaut. Ian Graham hat kein Recht, das alles mit nur wenigen Worten zu zerstören.

Aus den Augenwinkeln sehe ich, wie der Bus der NY Giants losfährt und kurze Zeit später sind Linda, Dylan und ich bis auf ein paar Spaziergänger und letzte Fans die einzigen Personen am Osteingang des Stadions. Das Beben in Lindas Brust lässt nach, doch sie hält sich noch immer an mir fest, als hätte sie Angst davor, alleine zu stehen zu müssen. Ich atme tief durch und versuche, ihr den Halt zu geben, den sie braucht. Ohne Worte, einfach nur durch die Umarmung.

Es ist Dylan, der die Stille durchbricht, indem er sich von mir losreißt, laut »Käfer!«, schreit und hinter einem gelben Schmetterling herläuft.

Linda löst sich von mir und beobachtet mit einem sanften Lächeln ihren Sohn, der mit weit ausgebreiteten Armen immer wieder in die Luft springt, als könne er so ebenfalls fliegen. Allerdings fällt es mir schwer, Dylan zu beobachten, da ich von Lindas Lächeln abgelenkt bin.

Ich weiß, ich wiederhole mich, aber ich habe noch nie zuvor eine so starke Frau gesehen.

Als würde sie meinen Blick spüren, dreht sie sich zu mir und atmet tief durch.

»Du hattest übrigens recht«, sagt sie nach einem Räuspern und wischt sich die letzten Tränen aus dem Gesicht. Leider weiß ich überhaupt nicht, wovon sie spricht, und hebe daher nur eine Augenbraue.

Linda verzieht die Mundwinkel zu einem schiefen Lächeln und zuckt mit den Schultern. »Mitleid von anderen fühlt sich beschissen an.«

Ich grinse. Ja, das klingt nach der Linda, die ich kenne. Und ich weiß, worauf sie sich bezieht, denn augenblicklich denke ich zurück an ihren Blick, mit dem sie mich in der *Suppenküche* angesehen hat. Nur wird mir jetzt etwas bewusst.

»Ich glaube, wir mussten beide viel zu früh lernen, Verantwortung zu übernehmen und alleine klarzukommen«, fange ich an, strecke die Hand nach ihrer aus und verschlinge unsere Finger ineinander. »Aus dem Grund verwechseln wir Mitleid oft mit Hilfe. Aber es ist keine Schwäche, Hilfe anzunehmen, Linda.«

Linda rümpft die Nase und ich erkenne eine süße Falte oberhalb ihrer Stupsnase. »Es fühlt sich beides beschissen an. Ich will kein Mitleid. Und ich will nicht auf die Hilfe anderer angewiesen sein.«

Ich weiß so verflucht genau, was sie meint, dass ich lachen muss. Es ist, als spräche sie meine eigenen Gedanken aus.

Ohne weiter nachzudenken, ziehe ich sie an mich und drücke einen Kuss auf ihre Lippen. Anschließend rufe ich Dylan zu uns und bedeute den beiden, mir zum Bus zu folgen. Es ist Zeit, Linda etwas zu zeigen. Ich bekomme allein bei dem Gedanken daran, was ich gleich tun werde, einen Kloß im Hals. Beziehungsweise, was ich ihr zeigen werde. Ich habe absolut keine Ahnung, ob das sinnvoll ist, zumal Linda der erste Mensch in meinem neuen Leben wäre, dem ich davon erzähle.

Ich würde mich quasi nackt ausziehen, im übertragenen Sinne, denn sie sähe im Anschluss alles von mir.

Nein, ich werde nicht weiter darüber nachdenken,

was das für mich bedeutet. Oder darüber, was Linda mir bedeutet, weil ich diesen Schritt wage. Ich folge einfach einem Impuls und schalte den Verstand für die nächsten Stunden aus.

Ich muss das jetzt tun. Nicht nur, weil ich das Gefühl habe, dass es Linda gerade braucht. Nein, ich glaube, ich brauche es genauso. Weil es an der Zeit ist, darüber zu sprechen.

Auch, wenn mir der Arsch gerade auf Grundeis geht. So was von.

Fuck!

Kapitel Achtundzwanzig

LINDA

Jonas ist plötzlich sehr schweigsam und kaut immer wieder auf seinem Unterlippenpiercing herum. Aktuell wartet er darauf, dass die Ampel grün wird, und trommelt ungeduldig mit den Fingern der linken Hand auf dem Lenkrad. Dylan ist im Sitz zwischen uns eingeschlafen und hält sogar im Schlaf Jonas' Daumen fest umschlossen. Allein dieses Bild löst Gefühle in mir aus, die ich nicht einordnen kann. Sie sind zu groß, zu warm und zu beängstigend. Deshalb starre ich lieber aus dem Fenster und betrachte verwundert die Gegend, die Jonas ansteuert.

Die Hochhäuser sind verschwunden. Selbst die normalen Wohnhäuser mit ihren gepflegten Vorgärten sind nirgendwo mehr zu sehen. Stattdessen erheben sich vor mir heruntergekommene Wohnblöcke. Mit verkniffener Miene mustere ich graffitibeschmierte Hauswände, Müllsäcke und Obdachlosenzelte. Wohin ich auch blicke, erkenne ich Zerstörung. Alte, verwitterte

Spielplätze und vereinzelte Personengruppen, deren Auftreten selbst durch die Autoscheibe hindurch beängstigend wirken. Dies ist definitiv eine Gegend, in der ich niemals alleine herumlaufen würde.

Jonas biegt ein letztes Mal ab und bleibt schließlich vor einem dieser Häuserblocks stehen. Die meisten Fenster des Erdgeschosses sind eingeworfen, mit Pappe oder hilfsbedürftig mit Klebeband zugeklebt. Ein Mann in unserem Alter sitzt auf den Stufen vor dem Eingang und jagt sich just in diesem Augenblick eine Spritze in den Unterarm. Wenige Meter neben ihm spielt ein kleines Mädchen mit einem ramponierten, schrumpeligen Fußball, die Müllsäcke dienen ihr offensichtlich als Tore.

Ich presse die Lippen aufeinander und kann das Mitleid dennoch nicht abstellen, während ich dieses Kind betrachte. Ob es eine Zukunft hat? Irgendeine Möglichkeit, hier wegzukommen?

»Siehst du das Fenster links, mit dem grauen Pappkarton als Scheibe?«, unterbricht Jonas plötzlich meine Gedanken und ich starre ihn an. Er kaut noch immer auf dem Piercing herum und atmet flach, während er ausdruckslos hinaussieht. Nur mit Mühe reiße ich mich von seinem Anblick los und sehe in die Richtung, in die er gedeutet hat.

»Dahinter befand sich mein Zuhause. Ein Zimmer mit einer Matratze, einem einzelnen Herd, einem kaputten Tisch, und einem zusätzlichen Badezimmer. Das Fenster war damals schon kaputt«, fügt er hinzu und schluckt. »Warmwasser gab es nur in der Früh um sechs, maximal zehn Minuten lang.« Er hält inne und atmet verkrampft ein und aus. Dann verzieht er das

Gesicht zu einem schrägen Lächeln, das rein gar nichts mit Freude zu tun hat. »Hin und wieder stiegen Junkies durch das Fenster ein, in der Hoffnung, Stoff in den Schubladen meiner Mom zu finden.« Er lacht leise und schüttelt den Kopf. »Als hätte sie es jemals geschafft, irgendwelche Drogen aufzubewahren.«

Ich schlucke, doch der dicke Kloß in meinem Hals will nicht verschwinden. Ebenso wenig wie die Steine in meinem Magen. O mein Gott! Das hier ist wirklich der Ort seiner Kindheit? Ich betrachte das Mädchen, das nun jubelnd zwischen den Müllsacktoren herumhüpft. Es trägt ein viel zu weites Sommerkleid und dazu ausgefranste Stiefel – beides sichtlich abgenutzt und verdreckt. Ich sehe den jungen Mann, der sich nun mit einem seligen Lächeln gegen die Hauswand lehnt, die leere Spritze liegt unbeachtet auf den Stufen zwischen seinen Beinen, und ich kann kaum noch atmen. Hier hat er gelebt?

Jonas' Leben war gewiss die reinste Hölle auf Erden. Und ausgerechnet ich heule vor ihm! Nur, weil mich ein Arschloch abserviert hat!

Ich schäme mich so sehr.

»Mom war nicht in der Lage, für uns beide zu sorgen. Und mein Dad …« Jonas hält kurz inne, ich beobachte, wie er die Lippen aufeinanderpresst und nachdenklich den Kopf schüttelt. Offensichtlich ist der Gedanke an seinen Vater schmerzhaft. »Er hat uns in dieser Bruchbude sitzen gelassen, so wie Ian Dylan und dich«, fährt er fort und ich empfinde augenblicklich eine unbeschreibliche Wut auf Jonas' Vater. Ian hat mich auch allein gelassen, ja. Aber er wusste, dass Ellie für mich sorgen würde. Er wusste, dass meine Mom gut verdiente und mir helfen würde, sollte ich in finanzielle Not geraten. Es macht seine Tat nicht weniger beschissen, doch im Vergleich zu Jonas' Dad war Ian fast harmlos.

»Also habe ich schnell gelernt, auf mich selbst aufzupassen und mich zu versorgen«, erzählt Jonas weiter. »Ich habe gelernt, zu stehlen. Ich habe gelernt, mich zu verteidigen und mich zu prügeln. Auf diese Weise gab es im Hause Miller immer ausreichend zu essen und zu trinken.«

Jonas lehnt den Kopf gegen die Kopfstütze und seufzt leise.

»Als ich sechs oder sieben Jahre alt war, wollte ich das Portemonnaie eines älteren Herren stehlen, aber er hat mich erwischt, noch bevor ich den Geldbeutel aus seiner Hosentasche ziehen konnte. Anstatt mich zu bestrafen oder die Polizei zu rufen, machte er mir jedoch ein Arbeitsangebot und ich musste ihn von dort an jeden Nachmittag besuchen.«

Jonas lächelt sanft, bindet sich die Dreadlocks zurück und zwinkert ein paarmal. »Alle nannten ihn Bob, obwohl er eigentlich Benjiro hieß. Bob brachte uns Straßenkids jeden Nachmittag um fünf Uhr Judo bei. Für ihn war es wichtig, dass wir lernten, kontrolliert und innerhalb eines Rahmens mit festen Regeln zu kämpfen, damit wir unsere Aggressionen loswurden. Ich musste außerdem neben den Trainingseinheiten täglich als Wiedergutmachung seine Wohnung putzen. Allerdings durfte ich dabei sein wunderschönes, antikes Grammophon anwerfen. Auf diese Weise kam ich zur klassischen Musik. Ich hörte alles – angefangen von Bach, über Beethoven, zu Haydn, Mozart oder auch

Mahler. Ich habe jede Platte aufgesogen wie ein Schwamm.«

Jonas' gesamte Körperhaltung wirkt entspannt und glücklich, ganz anders als wenige Minuten zuvor. Sein Blick ist in die Ferne gerichtet, aber ich bin mir sicher, dass er gerade Bobs altes Grammophon vor sich sieht.

»Irgendwann erkannte auch Bob meine Liebe zu Musik und stellte einen Kontakt zu einem Freund von ihm her, der früher Percussionist bei den *California Symphonys* war. Auf diese Weise wurde ich Drummer.«

Eine Zeit lang herrscht ein angenehmes Schweigen zwischen uns, das lediglich von Dylans leisem Schnarchen begleitet wird. Schließlich atmet Jonas tief durch und richtet seinen Blick auf mich.

»Es gab in meinem Leben viele Menschen, die mir geholfen und die mich aus der Scheiße rausgezogen haben. Bob, der leider viel zu früh verstarb. Eliza kennst du ja schon, aber auch Doktor Brown, der mir bis heute mit meiner Mom hilft. Er hat den Aufenthalt in der Entzugsklinik ermöglicht und damals vermutlich auch den Großteil der Kosten übernommen, ohne es zu erwähnen. Wahrscheinlich hatte er auch diesmal seine Finger im Spiel, da Mom überraschend schnell, erst vor wenigen Tagen, einen Therapieplatz bekommen hat.« Er hält kurz inne und atmet hörbar durch. »Es gab noch einige andere Leute, die immer da waren. Und ich weiß, ich hätte nichts von alldem, wer ich bin und wie ich heute lebe, ohne deren Hilfe geschafft. Du siehst, ich weiß genau, wie es sich anfühlt, Hilfe zu benötigen, oder Hilfe anzunehmen.« Jonas schluckt und fährt sich über das Gesicht. »Und es fällt mir bis heute schwer.«

Ich schließe die Augen für einen Moment und versuche, das Beben in meinem Inneren zu verdrängen.

Zu viel. Da sind einfach zu viele Gefühle in mir.

»Ich fühle mich beschissen«, sage ich.

Jonas hebt schon wieder eine Augenbraue an, als würde er nicht verstehen, was ich sagen will, daher seufze ich leise.

»Ich heule vor dir wegen Ian, und du … du hast …«, stottere ich, werde aber von Jonas' weichen Lippen unterbrochen, die plötzlich auf meinen liegen.

Seine Hand umschließt meinen Nacken und zieht mich ein Stückchen näher an sich heran, ohne dass Dylan zwischen uns eingeklemmt wird. Es ist kein leidenschaftlicher Kuss, der eine Fortsetzung im Bett verheißt. Im Gegenteil, er ist zärtlich, seine Lippen sanft wie Schmetterlingsflügel. Und doch verspricht er so viel mehr.

Als Jonas sich von mir löst, schenkt er mir ein Lächeln, das sofort in meinem Innersten widerhallt.

»Ich habe dir das nicht erzählt, damit du Mitleid mit mir empfindest. Das ist dir hoffentlich bewusst, oder?«, fragt er und lehnt sich zurück in den Fahrersitz, wobei er gleichzeitig Dylans Kopf auf seinen Schoß bettet. »Denn falls dem so wäre, werde ich dich zukünftig nur noch bemitleiden. Als alleinerziehende junge Mutter, mit einem Fulltimejob, einer krass anstrengenden WG und …«

»Ja, ja, schon gut. Ich habe es kapiert. Kein Mitleid«, antworte ich und lasse ein letztes Mal den Blick nach draußen gleiten. Das kleine Mädchen spielt noch immer Fußball und ich sehe, wie ein paar Jugendliche eine Straße weiter lachend einen

Sechserpack Bier aufteilen. Gedanklich sehe ich Jonas vor mir, der womöglich das ein oder andere Haus mit Graffiti besprüht. Ich stelle ihn mir vor, wie er damals alleine Fußball zwischen Müllsäcken und Heroinspritzen gespielt hat. Es ist verdammt hart, dabei kein Mitleid zu empfinden, doch ich verstehe seinen Wunsch. Und akzeptiere ihn, egal, wie schwer es mir fällt.

»Hey, hast du Hunger? Wollen wir irgendwo etwas essen gehen?«, frage ich, um das Thema zu wechseln. Bevor Jonas darauf antworten kann, setzt sich Dylan schlagartig auf, blinzelt verschlafen und nickt.

»Essen?«, fragt er, und Jonas und ich müssen lauthals lachen.

Kapitel Neunundzwanzig

JONAS

Ich kann das Lächeln gar nicht mehr abstellen, obwohl meine Mundwinkel und mein Kiefer längst schmerzen. Doch die Bilder, die Linda mir schickt, sind einfach zu süß.

Ich zoome ein Foto von Dylan und mir heran, auf dem wir uns jeweils zwei Pommes als Vampirzähne in den Mund gesteckt haben und gruselig in die Kamera starren. Allerdings ist Dylans gesamtes Gesicht mit Ketchup verschmiert und sein Gruselgesicht ist etwa so angsterregend wie das Gesicht eines Kaninchens.

Dieser Zwerg ist mir so ans Herz gewachsen. Sein Lachen, seine Fröhlichkeit, dieser Wunsch nach Selbstständigkeit und der Ehrgeiz, alles allein zu schaffen, und nie aufzugeben, sind wunderbar. Außerdem erinnert er mich dabei an Linda, die sich regelmäßig genau über diese Charaktereigenschaft ihres Sohnes beschwert, vor allem, wenn er behauptet, ohne Windel oder allgemein ohne Kleidung auszukommen –

und das zu dieser Jahreszeit, Anfang September, bei strömenden Regen. Ich liebe ihre Empörung, wenn ich sie darauf hinweise, dass sie in gewissen Situationen exakt gleich reagiert – mit Ausnahme des wütenden Brüllens und auf den Boden Werfens vielleicht.

Mein Grinsen wird immer breiter, je weiter ich durch die Galerie scrolle. Ich betrachte Dylan, der versucht, einen Purzelbaum zu machen, ein Bein schief in die Luft gestreckt, der Kopf schräg auf dem Fußboden. Das nächste Bild zeigt die beiden auf dem Spielplatz. Das Foto habe ich geschossen, Dylan wollte mit Linda zusammen bis in den Himmel hinauf schaukeln, dabei lachen beide aus voller Brust. Es ist ein Bild, das ich mir ausdrucken und einrahmen sollte, da es so gute Laune verbreitet.

Der verstimmte G-Dur-Akkord einer Gitarre lässt mich aufblicken, und ich ernte ein belustigtes Lachen, sowohl von Alec als auch von Ray.

Letzterer streckt die Hand nach Alec aus, der ihm zehn Dollar reicht und anschließend den Kopf schüttelt.

»Da versuche ich zehn geschlagene Minuten, mit dir über den Song *lonely hearts* und die fehlende Textzeile zu sprechen und du sagst keinen einzigen Ton, und kaum spielt Ray mit der absichtlich verstimmten Gitarre einen Akkord und du reagierst. Nicht zu glauben!«

Ray kichert und dreht am Wirbel, um die D-Saite zu stimmen, und ich grummle verärgert.

»Habt ihr allen Ernstes um meine Aufmerksamkeit gewettet?«, frage ich und lege endlich das Handy beiseite. Besagtes Gerät, das ich eigentlich nur kurz in die Hand nehmen wollte, um Moms Nachricht zu lesen, die gemeinsam mit ihrer neuen Therapiegruppe für einige Tage aufs Land gefahren ist. Doch das war bestimmt schon vor fünf Minuten gewesen. Oder zehn. Glaube ich.

Ray zuckt mit den Schultern. »Du hättest Alec zuhören sollen. Er hat wirklich zehn Minuten lang auf dich eingeredet. Er hat auch mehrmals deinen Namen gerufen.« Ray lacht und lehnt die Gitarre gegen die Sofarückwand. »Ich wusste, dass du bei verstimmten Saiten nicht weghören kannst.«

»Das ist verrückt«, kommentiert Alec. »Wie verliebt muss man sein, dass es einem gelingt, die ganze Welt auszublenden?«, fragt er weiter, doch ehe ich zu einer Antwort ansetzen kann, unterbricht Ray ihn und legt gleichzeitig einen Arm um meine Schultern.

»Jonas ist nicht verliebt, Mann! Sie führen lediglich eine intensive Fick-Beziehung.«

Ich muss nicht erwähnen, wie sarkastisch seine Worte klingen, oder?

Alecs Lachen ist Antwort genug und ich verschränke die Arme. Was soll ich darauf auch antworten?

Dass ich mich sehr wohl verliebt habe?

Und zwar nicht nur in Linda, sondern auch in ihren Sohn?

Dass ich nicht mehr aufhören kann, an sie zu denken? Und das jede verfickte Minute am Tag? Und zwar nicht erst seit gestern, sondern genaugenommen seit Mai, seitdem ich zum ersten Mal mit ihr geschlafen habe. Dass ich süchtig nach ihrem Lachen bin, nach ihren Küssen, ihrem Körper? Dass mir Sex längst nicht mehr ausreicht und ich genauso darauf brenne, von ihrem Tag zu erfahren? Dass ich liebend gern mit ihr spazieren gehe, oder mit Dylan und Linda zusammen am Peer 39 entlanglaufe, um die Seelöwen zu beobachten? Weil Dylans Lachen einfach unbeschreiblich schön ist, sobald eines der Tiere zu brüllen beginnt? Dass ich es liebe, neben Linda auf dem Sofa zu sitzen und ihre Hand zu halten?

Himmel! Ich habe mich sogar damit abgefunden, regelmäßig Robert Hyde zu begegnen. Mein Hass auf ihn ist zwar immer noch unbegrenzt, dennoch schaffe ich es, ihn auszublenden, sobald ich mit Linda und Dylan zusammen bin.

Ich weiß nicht, wann das passiert ist. Ich weiß auch nicht, warum es geschehen ist. Es ist, wie Ellies Freundin Lexie es ganz zu Beginn unserer Sex-plus-Beziehung einmal erklärt hat: *Es entsteht immer eine Bindung. Der Unterschied ist, dass sie manches Mal nur den kurzen Moment über hält, ein anderes Mal bleibt die Bindung bestehen. Das entscheidet jedoch das Herz völlig ohne unser Zutun.*

Dies waren Lexis Worte, und allmählich erkenne ich den Wahrheitsgehalt darin. Es war nicht mein Plan und schon gar nicht mein Ziel. Aber es ist ein Fakt, den ich nicht mehr leugnen kann:

Ich habe mich in Linda verliebt.

»You're standig here in front of me,

nothing's between us,

but all these unspoken words«, spreche ich leise vor mich hin, wohl wissend, dass diese Zeilen nicht nur ein möglicher Songtext für *lonely hearts* sein könnten, sondern viel mehr bedeuten …

Du stehst hier vor mir,
zwischen uns nichts,
außer all den ungesagten Worten.

Ich weiß nicht, ob Linda ähnlich empfindet, oder ob sie einfach nur gerne Zeit mit mir verbringt. Ich habe keine Ahnung, wie sie reagieren würde, wenn ich ehrlich zu ihr wäre und ihr meine Gefühle gestehen würde. Immerhin haben wir beide im Vorfeld darüber gesprochen und ausgemacht, lediglich eine Art Freundschaft-plus-Beziehung zu führen. Genau genommen nicht einmal das, da ein Exklusivrecht am Körper des anderen eigentlich nur Sex beinhaltet. Ohne Hintergedanken und vor allem ohne Liebe. Das hat sie nicht nur einmal betont.

Die Tatsache, dass ich plötzlich anders empfinde, führt nicht nur zu regelmäßigem Herzklopfen und Schmetterlingen in meinem Bauch, sondern macht mir auch eine Scheißangst.

»Just one look in your eyes and I feel everything. You're my world, you're my soul, you're my eternity …

*Ein Blick in deine Augen reicht, und ich fühle
    alles.*
Viel zu viel.
*Du bist meine Welt, du bist meine Seele, du bist
    meine*
Zukunft. Mein Ein und Alles.
Doch das spreche ich nicht aus.
*Würde ich den Mund öffnen, käme ein Orkan
    heraus.*
*Blitz und Donner würden an dir rütteln, der
    Wind an*
deinen Haaren zerren,
*Regen würde auf dich prasseln, so lange, bis du
zusammenbrichst.*

Jede einzelne Songzeile hallt im Innersten meines Herzens wider. Denn sobald ich mir vorstelle, wie ich Linda meine Gefühle offenbare, sehe ich vor mir, wie sie Dylan auf dem Arm trägt und kopfschüttelnd und mit enttäuschter Miene die Tür vor meiner Nase zuknallt. Weil ich eine Grenze übertreten habe. Weil sie kein Interesse an einer Beziehung hat. Schon gar nicht mit mir, dem angeblichen Womanizer Nummer eins von San Francisco. Linda würde mich aus ihrem Leben verbannen, wenn ich ehrlich zu ihr wäre.

Und – so erbärmlich das auch klingen mag – das würde ich nicht überleben. Allein die Vorstellung, Dylan und Linda nie mehr wiederzusehen, fühlt sich wie ein brennender Dolch im Herzen an.

Aus diesem Grund schweige ich und murmle stattdessen einen komplett neuen Songtext vor mich hin.

»… but all these unspoken words«, beende ich ihn und bemerke erst im Anschluss die knisternde Stille in unserem kleinen Studio.

Ray und Alec starren mich völlig perplex an, was mich nicht sonderlich wundert, immerhin habe ich bisher nur mit einzelnen Wörtern ausgeholfen, aber nie zuvor einen kompletten Songtext kreiert. Scheinbar muss ich emotional völlig am Arsch sein, um dazu in der Lage zu sein.

Ray zwinkert einige Male und ich bin mir nicht

sicher, ob Alec sich gerade Tränen aus den Augen
wischt, da er im selben Moment aufsteht und zur
kleinen Anrichte läuft, die am anderen Ende des
Zimmers steht, und hauptsächlich zum Kaffeekochen
genutzt wird. Dort öffnet er eine Schublade, holt Stift
und Papier heraus, räuspert sich ein paarmal und
wedelt mit dem Bleistift herum.

»Kannst du das Ganze wiederholen?«

Kapitel Dreißig

LINDA

»Wir müssen die Säfte für die Cocktails besorgen. Und Eis. Gibt es im Studio eine Möglichkeit, Crushed Ice zu lagern? Ach ja, der Chef von der Catering-Firma hat sich gestern Abend noch gemeldet und er bietet uns tatsächlich zehn Prozent Vergünstigung an, inklusive Reinigung des Geschirrs. Ich musste zwar wirklich lange verhandeln, aber es hat sich gelohnt. Jetzt fehlt nur noch die Deko, aber da bin ich auch schon dran. Viele Tische gibt es ja nicht, aber ich dachte an Girlanden und Lichterketten. Außerdem …«

Jonas stoppt meine Rede, indem er mein Gesicht mit beiden Händen umfasst und mich küsst. Ich zwinkere irritiert und betrachte sein breites Grinsen.

»Weißt du eigentlich, dass du zu einer kleinen Diva mutierst, wenn du gestresst bist?«

»Ich bin nicht ges- …«, fange ich an und schon liegen Jonas' Lippen wieder auf meinen. Himmel aber auch, dieses Ablenkungsmanöver ist nicht fair! Sobald ich seinen herrlich weichen Mund auf mir spüre und das harte Metall des Piercings gegen meine Zungenspitze prallt, zieht sich mein Innerstes impulsartig zusammen und ich kann nicht mehr klar denken. Verräterischer Körper! Und ich dachte wirklich, ich hätte mich inzwischen daran gewöhnt. Pustekuchen. So wird das nie etwas mit der gemeinsamen Planung des Polterabends. Es gibt so viel zu tun und uns bleiben nur noch zwei Tage. Wir sollten uns konzentrieren. Und zwar ohne Unterbrechung.

Gott! Wem mache ich was vor? Immerhin schaffe ich es, ein Stöhnen zu unterdrücken, obwohl Jonas' Hand durch meine Haare gleitet und mich am Nacken noch enger an sich heranzieht. Doch dann wandern seine Fingerspitzen über meinen Rücken weiter nach unten und schlüpfen kurzerhand unter mein weißes Shirt. Ich spüre seine rauen Fingerkuppen an meiner Taille und – ich will mehr davon! Ich schlinge die Arme um ihn.

Dummerweise beendet Jonas den Kuss abrupt und lacht leise. »Dein Ich-stöhne-nicht-Widerstand hat ganze zehn Sekunden angehalten. Ich muss verdammt unwiderstehlich sein.«

»Du hast mitgezählt? Ernsthaft?«, frage ich. Was für ein Arsch!

Jonas lacht nur lauter und fährt mit dem Daumen unter den Bund meiner Jeans. »Wolltest du mich nicht zukünftig ›Sexgott‹ nennen?«, fragt er und ich bohre einen Finger in seine Brust.

»Bescheidenheit ist nicht so deine Stärke, was?«, frage ich und dränge ihn dazu, rückwärts zu gehen.

Scheiß auf Polterabend. Scheiß auf Planung und all die Dinge auf der To-do-Liste, die noch nicht erledigt sind.

Jonas streckt ergeben die Arme in die Höhe und weicht einige Schritte zurück, bis er die Wand unserer Wohnzimmertür berührt. Zu meinem Glück schläft Dylan längst, Rob hat Spätschicht im Restaurant und Ellie und Ray sind vor einer halben Stunde in ihr Zimmer gegangen, um sich einen Film anzusehen. Wir sind quasi allein. So allein, wie es in dieser WG eben möglich ist.

Ich stelle mich direkt vor Jonas und mustere ihn mit einem fiesen Lächeln. Er will sich über mich lustig machen, weil ich ihm verfallen bin? Er findet sich unwiderstehlich? *Na warte, Jonas! Was du kannst, kann ich auch.*

Ich trete noch einen Schritt näher und schiebe ein Bein zwischen Jonas' Schenkel. Dann betrachte ich seine Lippen gierig und gleite mit den Fingerspitzen über meinen Oberkörper, berühre meine Halskuhle, die Jonas so wahnsinnig gern küsst, wandere über das Schlüsselbein zurück in die Mitte meiner Brüste. Dabei lasse ich Jonas keinen einzigen Moment aus den Augen. Innerhalb kürzester Zeit verschwindet sein Grinsen und ich sehe die langsame Bewegung seines Adamsapfels. Oh ja, das gefällt ihm. Ich deute an, meine Brüste zu umfassen, halte jedoch kurz davor inne und stemme stattdessen beide Hände in die Hüften.

»Das waren nicht einmal zehn Sekunden«, sage ich. »Wenn hier jemand Göttin genannt werden soll, dann bin ich das.«

Anstelle eines lustigen Kommentars höre ich, wie er sich räuspert. Er fährt sich durch die Dreads, die er anschließend zusammenbindet. Eine Geste, die ich sehr häufig beobachte, meist dann, wenn er nervös ist. Ist es gemein, mich darüber zu freuen, der Grund seiner Nervosität zu sein? Zu wissen, dass ich ihn und seine Beherrschung ebenso fest im Griff habe, wie er meine? Nicht wirklich, oder?

»Da hast du wohl recht«, antwortet er verzögert und atmet tief durch.

»Ich … äh … ich glaube, ich muss noch eine Runde laufen, um den Kopf freizubekommen. Ansonsten wird das nichts mit dem Polterabend. Und als Trauzeugen sollten wir zumindest versuchen, den beiden die geilste Party zu organisieren, die es gibt. Oder?«

Verdammt! Jonas hat recht. Ellie und Ray haben einen perfekten Polterabend verdient. Auch wenn wir diesen Begriff für unsere Gegebenheiten etwas ausgedehnt haben. Denn besagter Abend findet nicht, wie erwartet, am Vorabend der Hochzeit statt, sondern einen Monat vorher. Da Ellie und Ray inzwischen denselben Freundeskreis haben, waren Jonas und ich uns einig, dass ein Junggesellenabschied für jeweils Ellie und Ray keinen Sinn macht. Daher der Polterabend – lange genug vor der eigentlichen Hochzeit, damit die zwei ausgiebig feiern können, ohne es an ihrem großen Tag zu bereuen. Allerdings bedarf solch eine Party einer intensiven Planung. Verflucht! Wie schafft es Jonas immer wieder, dass ich alles andere vergesse, sobald er in meiner Nähe ist? Ein Lächeln von ihm genügt, und ich bekomme weiche Knie. Ein Kuss, kombiniert mit diesem dunklen, gierigen Blick, und ich bin verloren – absolut verloren. Das muss aufhören. Je früher, desto besser.

Jonas zieht sich den Hoodie über den Kopf und wirft ihn schwungvoll aufs Sofa, anschließend holt er kleine weiße In-ear-Kopfhörer aus seiner Hosentasche und steckt sie sich in die Ohren. Dabei meidet er meinen Blick, und greift stattdessen nach seinem Handy, vermutlich, um eine Playlist zu starten.

Kurz bevor er das Wohnzimmer verlassen kann, löse ich mich aus meiner Starre.

»Warte«, rufe ich und lege eine Hand auf seinen nackten Oberarm. Himmel! Ich werde es doch schaffen, ihn ohne Hintergedanken zu berühren. Das ist nur ein Arm! Ein sehr trainierter Arm, der mich locker aufheben und gegen die nächste Wand pressen und … Gott! Verfluchtes Kopfkino! Jonas sieht mich mit hochgezogener Augenbraue und eingezogener Lippe an und ich zwinge mich, tief durchzuatmen.

»Darf ich mitkommen?«

»Du joggst?«

Ich zucke mit den Schultern. »Normalerweise in der Früh, nachdem ich Dylan in die Kita gebracht habe. Doch ich schätze, es würde mir jetzt gerade auch guttun.« Ich seufze leise. »Du verfluchter Sexgott«, füge ich schmunzelnd hinzu, was Jonas laut auflachen lässt.

»Ja!«, ruft er und breitet die Arme aus. »Sie hat es gesagt! Sie hat es tatsächlich gesagt!«

»Bilde dir nicht zu viel darauf ein«, sage ich und remple ihn mit der Schulter an. »Also, was ist jetzt? Kann ich mitkommen? Ich muss nur kurz Ellie fragen, ob er ein Auge auf Dylan hat.«

Jonas öffnet die Tür und lässt mir den Vortritt, was ich als ein ›Ja‹ interpretiere.

Bevor ich Ellies Zimmertür erreiche, räuspert er sich und hält mich zurück.

»Willst du da wirklich eintreten? Ich meine, ›Wir sehen uns einen Film an‹ klingt für mich eindeutig nach einer faden Ausrede für …«, fragt er, doch ich deute auf meine Ohren.

»Glaub mir, sie brauchen keine faden Ausreden, denn es wäre nicht zu überhören, wenn die beiden miteinander schlafen. Ein Hoch auf unsere hellhörige Wohnung«, erkläre ich, klopfe an und öffne die Zimmertür meines Zwillingsbruders.

Doch dann erstarre ich.

»Was zum …?«

Jonas linst über meine Schulter und kann sich ein Lachen nicht verkneifen.

Mein Bruder flucht, als er mich sieht, und ich höre noch, wie er laut »Alexa: Stopp!«, ruft, dabei über seine eigenen Beine stolpert und sich im letzten Moment abfängt, doch es ist zu spät: Ich habe alles gesehen. Das Bild auf dem riesigen Fernseher zeigt nun das Standbild einer älteren Dame in den Armen eines ebenso betagten Herrn im Smoking, darüber stehen die Worte: In nur zehn Minuten zum perfekten Hochzeitstanz.

Ellie steht mit zerknirschter Miene vor mir, während sich Ray mehrmals durch die Haare fährt und ein paar Schritte nach hinten weicht. Beide wirken wie ertappte Teenager, die etwas Verbotenes getan haben.

»Ich weiß nicht, was ich lustiger finde. Dass ihr euch dafür schämt, tanzen zu lernen, oder dass ihr es mithilfe eines Seniorenpaares versucht, das so aussieht, als würde es jede Woche Bingo spielen und eine Gehhilfe benutzen, um einkaufen zu gehen«, kommentiert Jonas.

»Die erklären es wenigstens so langsam und ausführlich, dass wir beide es verstehen.« Ellies Gesicht ist inzwischen dunkelrot und ich kann mein Kichern nicht mehr unterdrücken. »Das ist nicht so einfach!«

»Außerdem sind die zwei echt witzig. Allein ihre Kommentare in diesem Akzent«, fügt Ray hinzu und legt liebevoll einen Arm um Ellie.

Ich kann nicht anders, als die Spracherkennung zu nutzen und das Video von vorne starten zu lassen. Tatsächlich kommentiert die alte Frau im breiten britischen Englisch, wie die Haltung der Dame aussehen soll, wie die Arme abgewinkelt sein müssen, die Neigung des Kinns. Kurz darauf erscheint der bestimmt über achtzigjährige Herr, verbeugt sich vor ihr und reicht ihr mit zittrigen Fingern seinen Arm. Herrlich schräg. Ich komme mir allein beim Zusehen vor, als wäre ich in einer Bridgerton-Staffel gelandet. Jonas seufzt und drängt sich an mir vorbei.

»Sorry, Jungs, aber ich bezweifle, dass ihr auf diese Weise tanzen lernt. Obwohl du es doch eigentlich beherrschen müsstest«, sagt er an Ray gewandt. »Die hunderttausend Choreografien, die wir bei *Ray and the Kings* lernen mussten, waren allesamt komplizierter.«

Ray schüttelt den Kopf und seufzt. »Das ist was anderes. Zu zweit zu tanzen fühlt sich völlig anders an. Außerdem hat Ellie kein Taktgefühl.«

Während mein Bruder laut protestiert, zuckt Jonas mit den Schultern. »Dann musst du ihn einfach richtig führen. Warte, ich zeig's dir.« Er holt sein Handy aus der Hosentasche, verbindet es innerhalb kürzester Zeit mit Ellies Lautsprecher, stellt sich neben Ray auf und ergreift gleichzeitig die Hände meines Bruders.

»Aufgepasst. Du stehst hier, den linken Arm hälts du so gestreckt, siehst du? Mit der Rechten packst du Ellie hier und kannst ihn an dich heranziehen.«

Ellie stolpert in Jonas' Arme und quietscht erschrocken auf, als Jonas ihn an seinen Körper drückt.

»Du kannst tanzen? Also solche Tänze?«, fragt Ray verwundert, doch Jonas antwortet nicht, da im selben Augenblick seine Playlist mit irgendeiner klassischen Musik startet. Und schon dreht er meinen Bruder im Kreis herum.

Ich schätze, Rays Frage hat sich somit beantwortet, denn – Hölle!, ja, Jonas kann tanzen. Und es sieht verdammt gut aus. Zumindest, wenn man das Hampeln meines Bruders ignoriert, der wirklich absolut kein Taktgefühl hat. Jonas wirbelt ihn herum, als wäre es das Normalste auf der Welt, dabei zählt er laut und deutlich mit und erklärt dazwischen die Schrittfolge.

Ich betrachte ungeniert Jonas' sehnigen Körper, den herrlich knackigen Hintern, und mir läuft das Wasser im Mund zusammen.

»War das deine Laufmusik?«, frage ich, hauptsächlich, um meine Gedanken wieder in die richtige Spur zu bringen.

»Ein Strauss-Walzer zum Joggen? Es sähe bestimmt lustig aus, in diesem Takt zu laufen. Eins, zwei, drei, eins, zwei, drei«, meint er spöttisch, schüttelt den Kopf und wirbelt Ellie herum. »Nein, dafür höre ich eher etwas von Tschaikowsky.«

Ich verziehe das Gesicht und seufze leise. Warum habe ich auch gefragt? Leider habe ich absolut keine Ahnung von klassischer Musik, oder von irgendwelchen Takten, und ehrlich gesagt hätte es mich bis vor ein paar

Monaten noch überrascht, dass Jonas sich damit so gut auskennt. Einem Schlagzeuger einer Rock- und Popband hätte ich diesen Musikgeschmack nicht zugetraut. Allerdings werde ich die Geschichte von Bob niemals vergessen und ich sehe Jonas im Geiste vor mir, wie er allein zur Musik eines alten Grammophons tanzt. Erst letzte Woche hat er mir den Grabstein seines alten Freundes Benjiros gezeigt und mir im Anschluss von seiner Bob-Stiftung erzählt, die den Kindern seiner Heimatgegend ermöglicht, unter Aufsicht zu spielen und gemeinsame gewaltfreie Zeit zu verbringen. Und ich weiß jetzt schon, wohin ich zukünftig Geld spenden werde, wenn ich ein paar Dollar übrig habe.

»Gibt es irgendetwas, was dieser Mann nicht kann?«, murmelt Ray neben mir und stöhnt. Jonas beendet den Tanz und führt Ellie zurück zu seinem Verlobten.

»Wollt ihr es versuchen?«, fragt er und stoppt für einen Moment die Musik. »Ihr könntet aber auch mit einem langsamen Walzer beginnen. Der wäre einfacher. Und für meinen Geschmack passender für einen Hochzeitstanz. Irgendetwas von Jiruma, zum Beispiel.«

Ohne eine Antwort abzuwarten, tippt Jonas auf das Display seines Handys, und schon ertönt eine wunderschöne, langsame Klaviermusik. Ray ergreift die Hände meines Bruders und zieht ihn so nahe an sich heran, dass nicht einmal ein Blatt Papier dazwischen Platz hätte. Jonas erklärt ein paar Schritte und den Takt des Musikstückes. Dann gibt er den beiden mit einem sanften Schubs die Richtung an und schenkt mir ein Lächeln, das verboten gehört, so sexy sieht es aus.

»Darf ich?«, fragt er und ich schlucke.

»Äh … ich gebe es ungern zu, aber ich schätze, ich bin in etwa genauso talentiert und taktsicher wie mein Bruderherz«, antworte ich stotternd, doch da hat Jonas mich schon an sich herangezogen.

»Ich habe dich damals im *DNA* tanzen gesehen. Vergiss das nicht, ich weiß genau, dass du es kannst«, raunt er mir ins Ohr.

Ich spüre die Hitze seines Körpers, den festen Griff seiner Hand und seine Fingerspitzen an meiner Taille. Dann beginnt er zu tanzen.

Mein Mund ist staubtrocken. Ich sehe nur noch Jonas, der mich festhält. Der Rest der Welt verschwindet mit jeder Drehung ein Stückchen mehr. Bis nichts übrig ist, außer Jonas und ich. Vereint in einer wunderschönen Musik.

Ich spüre den Blick seiner dunklen Augen auf mir. Das breite, verschmitzte Lächeln ist verschwunden, dennoch wirkt seine Mimik nicht starr oder ausdruckslos. Im Gegenteil. Es fühlt sich so an, als würde ich direkt in das Innerste seiner Seele blicken. Als würde er mir alles zeigen wollen.

Jonas presst mich noch ein Stückchen enger an seinen Körper und ich fühle seinen warmen Atem auf meinem Gesicht. Ich spüre das Klopfen seines Herzens. Oder ist das etwa mein eigenes Herz, das wild gegen meinen Brustkorb hämmert?

Da ist ein Stechen, ein Ziehen in mir. Es fühlt sich an wie Sehnsucht. Eine Sehnsucht nach … mehr. Ich kann kaum noch atmen, meine Fingerspitzen kribbeln und ich höre ein leises Rauschen in meinen Ohren. Dann reiße ich mich ruckartig los.

Nein.

Das ist zu viel.

Viel zu viel.

Ich will das nicht fühlen. Ich kann nicht.

Ich darf nicht so viel für Jonas empfinden.

Ich habe mir geschworen, nie wieder so zu fühlen!

»Ich …«, beginne ich, als ich in Jonas' fragendes und verletzt wirkendes Gesicht blicke, und schüttle den Kopf. »Tut mir leid«, füge ich flüsternd hinzu und stürme aus dem Raum. Als ich mein Zimmer erreicht habe, schlüpfe ich lautlos in die Dunkelheit hinein, damit Dylan nicht aufwacht, schließe die Tür und lasse mich zitternd zu Boden sinken.

Ich ziehe die Knie an mich heran und ein stummer Schrei verlässt meine Lippen.

Fuck! Fuuuck!

Kapitel Einunddreißig

JONAS

Ich bin so bescheuert. Wieso musste ich auch mit ihr tanzen? Ich weiß doch, dass sie keine Beziehung möchte. Sich zu »Kiss the Rain« eng umschlungen durch den Raum zu drehen, bedeutet vieles, aber nicht: Ich will nur Sex. Im Gegenteil. Es bedeutet: Ich will alles. Alles von dir. Alles mit dir. Für immer.

Ich bin so ein verfluchter Arsch!

»Hey, Mann. Bist du okay?«, fragt Ray, legt eine Hand auf meine Schulter und mustert mich besorgt. Ich denke, er weiß ziemlich genau, dass ich es nicht bin, daher schnaube ich nur. Schließlich habe ich keinen Grund, traurig oder verletzt zu sein. Ich wusste, worauf ich mich mit Linda einlasse. Es war mir bewusst, dass ich nie mehr als eine platonische Freundschaft mit ihr führen würde. Denn genau das wollten wir beide. Ein paar heiße Augenblicke zu zweit, kombiniert mit atemberaubenden Orgasmen. Mehr nicht. Es war nie mein Plan, mich in sie zu verlieben. Schließlich habe ich mich in meinem ganzen Leben noch kein einziges Mal verliebt.

Fuck! Ich brauche einen Knopf, der diese bescheuerten Gefühle einfach wieder ausschaltet. Ich will sie doch gar nicht empfinden.

Plötzlich finde ich mich in Ellies Armen wieder, spüre Rays mitfühlenden Blick auf mir und erstarre.

»Scheiße, was genau habe ich alles laut ausgesprochen?«, frage ich und versuche zu lachen, so als wäre das alles nur ein Witz. Als würde Lindas Abweisung überhaupt nicht wehtun. Als hätte ich nicht das Gefühl, dass mir gerade ein Dolch ins Herz getrieben wurde, als sie fluchtartig den Raum verlassen hat. Wegen mir.

Ellie lächelt mich an. »Es ist okay, weißt du? Deine Gefühle sind okay«, meint er und seufzt leise, den Blick auf die Zimmerwand gerichtet, als könne er hindurchsehen – dorthin, wo Linda sich nun befindet. Ich frage mich, was sie wohl in diesem Moment tut? Vielleicht hält sie Dylan im Arm, möglicherweise küsst sie seine seidenweiche Haut, um mich zu vergessen. Mich und diesen dämlichen Tanz.

»Sie hat Angst, Jonas«, spricht Ellie weiter und lächelt erneut, doch diesmal wirkt es verkrampft und überhaupt nicht echt. »Ich weiß, jeder denkt, sie wäre eine knallharte Powerfrau, die nichts fühlt und ein Herz aus Eis besitzt. Aber das stimmt nicht. Das Gegenteil ist der Fall. Ich kenne niemanden, der so viel, so allumfassend fühlt wie sie. Linda ist nur verdammt gut darin, ihre Gefühle zu verstecken.«

Ich schlucke. Augenblicklich sehe ich sie wieder vor dem Football-Stadion, ich sehe das Zittern ihrer

Gliedmaßen, erkenne die Kraft, die sie aufwendet, um nicht zu weinen. Weil sie eine starke Mutter sein will. Oder weil sie ihrem Ex zeigen will, dass er keine Macht mehr über ihr Herz besitzt. Ich spüre ihre Verzweiflung, als wäre es meine eigene. Und ich kenne ihre Angst. Weil ich genau dasselbe empfinde.

Wir sind beide gebrochen, auf die ein oder andere Art.

»Wenn du es ernst meinst, gib ihr Zeit«, rät mir Ellie.

Ich ziehe mein Piercing ein und kaue darauf herum. Dabei flackert mein Blick immer wieder zu Ellie, der freundlich lächelt und seiner Zwillingsschwester so gar nicht gleicht. Weder optisch noch charakterlich. Während Ellies Körper mit Sommersprossen übersäht ist, wirkt Lindas Haut rein und weiß, wie Schnee. Ihre Haare sind weißblond und glatt, während Ellies dunkelblonde Mähne immer verstrubbelt aussieht. Selbst ihre Augenfarben sind verschieden, wobei man mit viel Fantasie eine Ähnlichkeit bei ihren Augen- und Mundpartien erkennen könnte. Aber charakterlich? Ellie hat recht, Linda wirkt nach außen wie ein gefühlskalter Stein, er ist dagegen wie ein offenes Buch und lässt jeden immerzu wissen, was er fühlt und warum.

Linda bewegt sich durchs Leben, als befände sie sich auf dem Laufsteg, wohingegen Ellie eher wie ein tollpatschiger Erpel durch den Alltag stolpert. Linda weiß genau, was sie will und wie sie es erreicht, während Ellie ein Träumer ist, der stundenlang dasitzen und ins Nichts starren kann. Das habe ich selbst schon mehrfach erlebt.

»Was?«, fragt er, vermutlich, weil ich ihn so lange angaffe.

Ich lache leise. »Nichts. Ich frage mich nur, wie es sein kann, dass ausgerechnet ihr beide Zwillinge seid.«

»Da bist du nicht der Erste«, meint Ray grinsend und zieht Ellie in seine Arme.

»Das ist wohl wahr. Früher haben wir immer ›Frozen‹ gespielt, Linda war Elsa, und ich Anna. Und ich finde, das trifft es ganz gut«, erklärt Ellie schulterzuckend, quiekt dann aber erschrocken auf, da Ray ihn tanzend durch das Zimmer wirbelt. Offensichtlich hat der kleine Kurs etwas gebracht, denn es sieht nicht mehr ganz so katastrophal aus wie noch wenige Minuten zuvor. Schließlich bleibt Ray stehen, streicht das verstrubbelte Haar aus Ellies Stirn und schenkt ihm ein Lächeln, das einzig und allein ihm vorbehalten ist. »Aber ich bin sehr glücklich, dass du bist, wie du bist«, sagt er zu seinem Verlobten und küsst ihn.

Ich schmunzle. Ja, Ellie ist ein toller Kerl. Und er passt perfekt zu Ray. Dennoch denke ich gleichzeitig an Linda, höre beinahe ihr Augenrollen nach Rays schmalziger Aussage, und verkneife mir ein Lachen. Nein, ich will keinen Ellie. Ich will kein offenes Buch, das immerzu gefühlvoll und ehrlich ist. Ich will keine Anna aus dem Film ›Frozen‹.

Nein. Ich will Elsa. Besser gesagt Linda. Ich will derjenige sein, der die Eisschicht um ihr Herz zum Schmelzen bringt. Weil ich genau weiß, was sich dahinter versteckt.

Aber Ellie hat recht, ich muss ihr Zeit geben.

Sie soll spüren, dass ich es ernst meine. Und vor

allem soll sie mir glauben, dass ich sie nicht aufgeben werde. Nicht heute. Nicht morgen. Nicht in hundert Jahren.

»Danke euch, Jungs«, murmle ich, obwohl keiner der beiden Notiz von mir nimmt. Daher schüttle ich amüsiert den Kopf und verlasse lautlos den Raum.

Für einen kurzen Moment bleibe ich vor Lindas Zimmer stehen und lausche. Doch es ist vollkommen still.

Ich presse die Lippen aufeinander, lege meine Handfläche gegen die Tür und schließe die Augen.

»Oh, Linda. Ich werde dir beweisen, dass du mir vertrauen kannst«, flüstere ich. »Ich verlasse dich und Dylan nicht. Das schwöre ich dir.«

Dann lasse ich die Hand sinken und mache mich auf den Weg nach Hause.

Kapitel Zweiunddreißig

LINDA

»Du weißt schon, dass das heute Abend keine Gala wird? Sie spielen uns nur die Songs der neuen Platte vor«, sagt mein Bruder, der im Türrahmen steht und mir dabei zuseht, wie ich die schwarze Bluse zuknöpfe. Heute findet endlich der Polterabend statt. Nur Ellie und Ray wissen das nicht, sie beide gehen davon aus, dass wir uns im engsten Kreis im kleinen Studio von *Nameless* treffen, um zum ersten Mal die fertigen Songs der neuen Platte anzuhören. Was sie nicht wissen, ist, dass sämtliche Freunde und Familienmitglieder – insgesamt knapp hundert Leute – kommen werden, um anschließend ihren Junggesellenabschied, aka Polterabend, gemeinsam zu feiern. Jonas und ich haben es in den letzten Tagen tatsächlich geschafft, den Ablauf zu planen, ohne dabei im Bett zu landen, und ich weiß jetzt schon, dass es eine gigantische Party wird. Daher die elegante Seidenbluse, die ich mit Minirock und

Highheels kombinieren werde – das Outfit ist definitiv angemessen. Nur verrate ich das Ellie nicht.

»Hmhmm«, antworte ich etwas abwesend. Gedanklich befinde ich mich schon in der leerstehenden Fabrikhalle, die sich neben dem Studio der Jungs befindet und die wir sowohl für das Konzert als auch für die Party gemietet haben. Mir fällt ein, dass ich noch den DJ informieren und ihm die aktualisierte Uhrzeit mitteilen muss. Außerdem wollte ich Jonas anrufen und ihn fragen, ob das Catering angekommen ist. Ich bin mir zudem nicht sicher, ob er verstanden hat, wie die Lichterketten an den Seitenwänden montiert werden sollen, damit es so aussieht, als würde es Glitzer regnen.

Ich ziehe die Jeans aus, öffne den Schrank und suche nach dem Minirock. Oh, verdammt! Hoffentlich liegt er nicht in der Wäsche! Wann habe ich zuletzt die schwarze Wäsche gewaschen? Das wäre so typisch für mich – an alles denke ich, nur nicht an mich selbst. Neben der Tatsache, dass ich meine Klamotten nicht finden kann, sollte ich noch meine Haare föhnen und frisieren und mich außerdem schminken – ich sehe aus, als käme ich frisch aus dem Bett, nicht gerade passend für eine Party.

»Wirklich? Irgendwie wirkst du … angespannt«, spricht Ellie weiter, tritt an meine Seite und findet mit wenigen Handgriffen den Rock, nach dem ich gesucht habe. Gott-sei-Dank! Das hübsche Schmuckstück ist sauber und – ich schnuppere daran und nicke zufrieden – er riecht auch so.

»Danke! Du bist ein Schatz!« Eilig schlüpfe ich hinein und drehe mich vor dem Spiegel. Kurz, eng und sexy – perfekt für einen Abend wie diesen!

Dass mich mein Zwillingsbruder noch immer skeptisch mustert, versuche ich zu ignorieren. Seit der bescheuerten Tanzeinlage mit Jonas und meinem emotionalen Abgang sieht er mich mit dieser sorgenvollen Miene an, sobald er in meine Nähe kommt. Ehrlich gesagt hatte ich gehofft, er würde die Szene irgendwann vergessen und mich in Ruhe lassen. Genau wie Jonas. Glücklicherweise hat er bisher kein Sterbenswörtchen über diesen Abend verloren. Wahrscheinlich ist ihm dieser Ausbruch genauso unangenehm, wie mir, weil wir beide kein Interesse an einer Beziehung haben. Nur Ellie scheint das nicht zu begreifen, daher seufze ich, lege meine Hände auf die Schultern meines Bruders und lächle ihn aufrichtig an.

»Es geht mir gut. Wirklich.«

Ein Blick in sein Gesicht zeigt mir, dass er mir kein Wort glaubt. Doch bevor er den Mund öffnet, um mir seine Einwände zu erläutern, ertönt Dylans Kreischen aus der Küche, der offenbar einen Joghurt essen möchte, und ich reiße die Augen auf.

»Rob, keinen Joghurt für Dylan!«, kreische ich ebenso laut und hektisch zurück, da mein Sohn im Gegensatz zu mir bereits fertig angezogen, gewaschen und frisiert ist und das einzige saubere Hemd trägt, das wir besitzen. Ohne Ellie weiter zu beachten, stürme ich in die Küche zu meinem nun zornig brüllenden Kind und beobachte, wie Rob mit unschuldiger Miene den Joghurtbecher zurück in den Kühlschrank stellt.

»Sorry«, murmelt er, doch ich winke ab und betrachte Dylan, der sich schreiend auf dem Fußboden herumwälzt. Bei meinem Pech findet er bestimmt eine Möglichkeit, sich komplett einzusauen, bevor wir die

Wohnung überhaupt verlassen haben. So viel zu meinem Plan, mich in aller Ruhe zu frisieren und zu schminken, um dann entspannt in die Halle zu fahren.

Was für ein herrlicher Start in den Polterabend, es kann eigentlich nur noch besser werden …

Aber es hat sich gelohnt.

Zwei Stunden später stehe ich in der noch leeren Fabrikhalle und betrachte mit einem zufriedenen Lächeln die Location. Die Lichterketten glänzen tatsächlich wie fallender Regen an den Wänden und tauchen die Halle in ein sanftes, orange schimmerndes Licht. An den Seiten befinden sich Stehtische, auf denen je eine dicke, weiße Kerze für ebenfalls flackerndes Licht sorgt und die bereitgestellten Häppchen appetitlich erstrahlen lassen. Der vordere Bereich der Halle wurde zu einer Art Bühne umfunktioniert. Jonas und Alec haben die Instrumente bereits aufgebaut und den Sound eingestellt, sodass sie sofort loslegen können, sobald Ray und Ellie zusammen mit den Gästen erscheinen. Aktuell sitzt Dylan auf Jonas' Schoß und spielt mit ihm gemeinsam Schlagzeug, während Alec dazu eine Kindermelodie auf dem Klavier erklingen lässt. Ich beobachte die Jungs einige Augenblicke schmunzelnd und ignoriere das warme Gefühl, das allein dieses Bild in mir auslöst.

Dylan sieht so glücklich aus. Er lacht laut, als Jonas seine Händchen ergreift und mit voller Wucht auf eine der Trommeln schlägt. Sie beide wirken unglaublich glücklich, denn im selben Moment erklingt Jonas' dunkles und polterndes Lachen, ein Geräusch, das mir eine Gänsehaut bereitet, so schön klingt es.

Ich fahre mit den Fingerspitzen über meine Oberarme, um das Kribbeln irgendwie zu vertreiben, doch augenblicklich finden sich unsere Blicke und ich erstarre. Jonas, der noch immer gemeinsam mit meinem Sohn musiziert, betrachtet mich. Das Lächeln in seinem Gesicht verändert sich schlagartig. Es wird sanfter, wärmer. Ich schlucke und presse die Lippen aufeinander.

Nein, ich will nicht darüber nachdenken, was der Blick bedeuten könnte. Ich will mir vor allem keine Gedanken machen, was er mir bedeutet. Ich habe mir geschworen, nie wieder Liebe für einen Mann zu empfinden, und ich werde mich daran halten. Jonas liebt mich nicht. Er ist ein Womanizer, der die Freiheit liebt. Genau wie ich. Aus diesem Grund harmonieren wir beide so gut – wir wollen nichts Ernstes.

Wir beide können keine Beziehung führen, allein der Gedanke daran ist lächerlich. Wir genießen die Zeit zusammen, solange es sich passend anfühlt, doch irgendwann wird es enden und wir ziehen weiter. Er wird wieder wöchentlich Fotos von Frauen posten, mit denen er das Bett teilt, und ich werde in meiner freien Zeit ausgehen und den ein oder anderen One-Night-Stand genießen. Weil es das ist, was wir beide uns vom Leben wünschen.

Das Stechen und Ziehen in meinem Innersten wird immer stärker und ich atme erleichtert aus, als mich Dylan ruft und ich den Blickkontakt zu Jonas abbreche.

»Hi, Mommy!«, kreischt er und winkt mir mit den Drumsticks zu. »Joni Musik!«

Ich winke zurück und applaudiere anschließend. Kurz darauf hüpft Dylan von Jonas' Schoß herunter und läuft zu Alec, der nun mit ihm gemeinsam »Twinkle, twinkle, little star« singt und spielt. Es klingt grauenvoll, weil mein Sohn dabei sämtliche Tasten gleichzeitig herunterdrückt, aber sie haben beide offensichtlich großen Spaß dabei.

Ich bin so darin versunken, den beiden zuzusehen, dass ich erschrocken aufschreie, als sich plötzlich Arme von hinten um meinen Körper schlingen.

»Habe ich dir eigentlich schon gesagt, wie verdammt heiß du heute aussiehst?«, raunt er in meine Halsbeuge und küsst mich anschließend auf dieselbe Stelle. Augenblicklich wandert ein Schauer über meinen Rücken.

»Diese durchscheinende Bluse«, beginnt er und ich spüre seine Hand an meiner Taille und einzelne Fingerspitzen, die behutsam unter den dünnen Stoff gleiten. »Ich wette, es war deine volle Absicht, darunter den roten Spitzen-BH anzuziehen, nur um mich später auf der Bühne abzulenken.«

Jonas zieht mich einige Schritte nach hinten, sodass wir in einem unbeleuchteten Winkel der Halle stehen.

»Eigentlich hatte ich geplant, nichts darunter zu tragen«, lüge ich, doch Jonas' scharfes Einatmen war das Flunkern wert.

»Oh, Linda«, haucht er, wandert mit den Fingerspitzen meinen Oberkörper entlang und streift in voller Absicht über meine Brustwarzen, die sofort reagieren und hart werden. Ich beiße mir auf die Unterlippe und lehne mich genüsslich an Jonas. Doch er lässt mich schlagartig los und ergreift stattdessen meine Hand.

»Komm mit!«

Aus dem Augenwinkel beobachte ich, wie Alec gemeinsam mit Dylan die Fabrikhalle verlässt, und dabei etwas von Fußballspielen faselt. Daher denke ich nicht weiter nach und folge Jonas im Schatten der Halle, der nun eine unscheinbare Tür öffnet und mich kurzerhand in eine Art Abstellkammer hineinzerrt.

»Ich weiß, das ist normalerweise nicht dein Stil«, sagt er, doch ich unterbreche ihn, indem ich die Arme um ihn schlinge und ihn küsse.

Scheiß auf meinen Stil! Scheiß auf die Tatsache, dass vermutlich der Großteil der Menschheit mich verurteilen würde, weil ich als junge Mom andere Bedürfnisse haben sollte. Weil ich sicher nicht um diese Uhrzeit einem Rockstar in eine Abstellkammer folgen sollte.

Aber hier stehe ich. Und, ja verdammt, ich genieße es! Jonas beendet den Kuss, dreht mich um, und reibt seine Härte an meinem Hintern.

»Fuck! Linda!«, raunt er und umschließt mit einer Hand meine Brust, während er mit der anderen unter meinen Rock schlüpft.

Wenige Augenblicke später bebt mein gesamter Körper und ich wäre vermutlich längst zu Boden gegangen, würde Jonas mich nicht festhalten. Meine Beine zittern und ich keuche atemlos, während der intensive Höhepunkt immer noch nachhallt.

»Das war … verdammt schnell und verdammt heiß«, meint Jonas, nachdem ich wieder einigermaßen zur Ruhe gekommen bin. Als wäre es das Natürlichste auf der Welt, richtet er meinen Slip, zieht den Rock zurück an Ort und Stelle und reicht mir anschließend die Hand.

»Bereit für einen unvergesslichen Polterabend?«, fragt er mit einem hinreißenden Lächeln.

Ich zwinkere perplex und bleibe vor ihm stehen. »Was ist mit dir?«, frage ich und lege eine Hand auf seine immer noch deutliche Härte. Gott! Ich kann es gar nicht erwarten, ihn in mir zu spüren. Aber Jonas schüttelt den Kopf.

»Ich hatte meinen Spaß, glaub mir. Und wer weiß, vielleicht bekommen wir später die Möglichkeit, in aller Ruhe dein Bett zu nutzen«, sagt er und küsst mich federleicht. »Hast du nicht erwähnt, deine Mom würde Dylan im Laufe des Abends mit zu sich nach Hause nehmen?«

Ich grinse breit. »Dann war das also nur ein Vorgeschmack auf die kommende Nacht? Oh, ich freue mich jetzt schon darauf!«

Ein letztes Mal presse ich mich an ihn und genieße sein dunkles Raunen und das Glänzen in seinen Augen, dann drehe ich mich um und öffne die Tür der Kammer.

Keinen Augenblick zu spät, denn im selben Moment betreten am anderen Ende Ray und Ellie die Halle und erstarren.

»Was zur …?«, fragt Ray stockend, der sich ungläubig umsieht.

Jonas stupst mich lächelnd in die Seite. »Let's get the Party started!«

Kapitel Dreiunddreißig

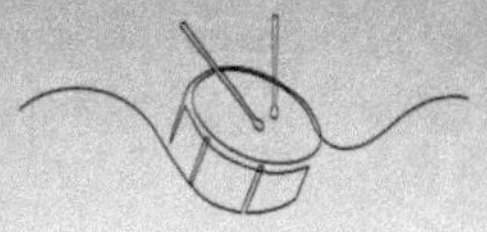

JONAS

»Ihr seid verrückt!«, ruft Ray gewiss zum zehnten Mal.

Inzwischen steht er auf der provisorischen Bühne und legt sich das Band seiner Gitarre um. Dabei sieht er immer wieder zu mir und zurück in die Halle, die mittlerweile gut gefüllt mit all unseren Freunden ist. Ich entdecke sogar Rays Cousinen, die sich aktuell mit Ellie unterhalten. Dylan springt, mit großen orangenen Lärmschutz-Kopfhörern auf dem Kopf, kreischend zwischen den Gästen umher und wird dabei von seiner besorgt wirkenden Oma, alias Lindas Mom, verfolgt.

»Absolut verrückt.«

»Na, wirklich verrückt sind die aktuellen Zahlen unseres Livestreams«, sagt Alec und zeigt uns den Bildschirm seines Handys. »Knapp neunhunderttausend Zuschauende in der Warteschlange.«

»Es gibt einen Livestream?!«

Ich schätze, viel blasser kann Ray nicht mehr

werden. Daher klopfe ich ihm mitfühlend auf die Schulter, bevor ich meinen Platz am Drumset einnehme.

»Eine bessere Werbung für das neue Album gibt es nicht, oder? Und die Aussicht, einen kleinen Blick auf das frisch verliebte und bald vermählte Paar werfen zu können, war wahrscheinlich ein zusätzlicher Anreiz für unsere Fans. Aber keine Sorge, die anschließende Party findet ohne Social Media statt.«

»Ich weiß gerade nicht, ob ich dich küssen oder dir eine reinhauen soll«, antwortet Ray, was mich erneut zum Lachen bringt.

»Spar dir das Küssen lieber für Ellie auf«, sage ich und werfe einen Blick auf mein Handy beziehungsweise die Uhrzeit darauf. Dann nicke ich Alec zu, damit er den Livestream startet. »Bereit?«, frage ich Ray und ernte ein Grummeln und seinen Mittelfinger als Antwort.

»Das übersetze ich als ein ›Ja‹. Los geht's, Jungs!«

Ohne weiter abzuwarten, schlage ich die Sticks aneinander und Alec folgt mit dem Intro des ersten Songs unseres neuen Albums. Augenblicklich verstummen die Gespräche in der Halle und ich spüre, wie gespannte, neugierige und freudige Blicke auf uns gerichtet werden.

Allerdings kann ich mich nur auf eine einzige Person konzentrieren.

Linda steht inzwischen neben ihrem Bruder und hält seine Hand, aber es ist ihr Lächeln, das mich kaum atmen lässt. Ihr Lächeln, das mir gilt.

Ich spüre ihren Blick, das Glänzen in ihren Augen, ich sehe ihre glühenden Wangen und die immer noch geröteten Lippen von unserem kurzen Abstecher in den Abstellraum. Ich bin so verdammt glücklich. Nicht, weil ich ihr vor wenigen Minuten einen Höhepunkt schenken konnte und ich mich jetzt schon auf das Nachspiel heute Nacht freue. Ich bin glücklich, weil Linda nicht davongelaufen ist, obwohl sie Angst vor einer Bindung hat. Ich bin glücklich, dass ich mich noch immer in ihrer Nähe aufhalten darf, obwohl sie inzwischen deutlich spüren müsste, dass ich mehr von ihr will als eine reine Fick-Beziehung. Und das lässt mich hoffen. Auf eine Zukunft, zusammen mit Dylan und Linda.

Der erste Song endet und unsere Freunde jubeln und applaudieren lautstark. Ray, Rampensau wie eh und je, ergreift das Mikro und begrüßt sowohl unsere Freunde als auch die Fans, die per Livestream dabei sind. Von seiner Nervosität und Unsicherheit ist spätestens jetzt rein gar nichts mehr zu sehen.

»Da plant man ein kleines, inoffizielles Albumrelease und wird mit einer unglaublichen Location, all unseren Freunden und euch allen«, sagt er und winkt in die Handykamera, »überrascht. Weil ihr nicht nur heiß auf taufrische Musik seid, sondern weil ihr mit uns gemeinsam feiern wollt. Ellie, komm doch bitte kurz zu mir!«, ruft er und ich kann mir das Grinsen nicht verkneifen, da sich Ellies Gesichtsfarbe schlagartig in ein dunkles Rot verfärbt. Er versucht, sich hinter Linda zu verstecken, die ihn jedoch freundlich, aber bestimmt in Richtung Bühne schubst.

Schon steht er vor Ray, der nun seine Hände ergreift und ihn in seine Arme zieht.

»Ihr seid hier, weil ich in naher Zukunft den

wunderbarsten, schönsten, liebevollsten und chaotischsten Mann der Welt heiraten darf!«

Jubel bricht aus, als Ray Ellie umarmt und ihn so innig küsst, als wäre alles andere unwichtig. Ich weiß, ich wiederhole mich, aber die beiden sind in meinen Augen ein wahrhaftes Traumpaar.

Ray löst sich von Ellie und wendet sich wieder dem Publikum zu. »Lasst uns gemeinsam feiern! Auf die Liebe, die keine Grenzen kennt. Und auf Musik, die die ganze Welt berühren wird!«

Mit diesen Worten entlässt er Ellie unter lautstarken Jubelrufen und wir starten den zweiten Song des neuen Albums. Ein Lied, das dazu auffordert, Mauern in unseren Köpfen aufzubrechen, um endlich frei zu leben.

Es ist ein sehr schneller Rhythmus und es dauert nicht lange, bis die ersten Gäste tanzen. Ich beobachte, wie Linda Dylan an die Hand nimmt und sich mit ihm gemeinsam im Kreis dreht. Selbst Lindas Mom bewegt sich selbstsicher über die Tanzfläche. Dabei sieht sie ihrer Tochter unglaublich ähnlich, sodass ich mein Schmunzeln nicht abstellen kann.

Das Konzert verläuft absolut gigantisch. Mit jedem weiteren neuen Song ernten wir lauteren Jubel und ich bin mir sicher, dass sich die Vorbestellungen des Albums spätestens heute Nacht mindestens verdreifacht haben werden.

Eine knappe Stunde später, nachdem wir zusätzlich ein paar unserer älteren Stücke gespielt haben, kündigt Ray den letzten Song an und ich halte die Luft an. Es handelt sich um ›These Unspoken Words‹, den ersten Song, dessen Text ich geschrieben habe. Denn statt nur eine fehlende Textzeile aufzufüllen, wie ursprünglich geplant, haben sowohl Ray als auch Alec beschlossen, den kompletten Text umzuschreiben. Das, was gleich kommen wird, sind meine Worte, meine Gedanken, meine Gefühle. Es ist meine Liebeserklärung an Linda und ich fürchte mich vor ihrer Reaktion.

Zum Glück erklärt Ray nicht die Hintergründe und die Entstehung des Songs, sondern erwähnt nur, dass es zum Abschluss etwas ernster und ruhiger wird. Kurz darauf ertönt auch schon das wunderschöne Intro auf dem Klavier. Als Rays tiefe Stimme einsetzt, schließe ich die Augen und lasse mich von meinen Gefühlen tragen.

Ray schafft es, meine Gedanken und Worte so auszudrücken, als wären es seine eigenen. Als wäre er derjenige, der sich nicht traut, ehrlich zu sein. Als hätte er Angst davor, seiner Traumfrau oder seinem Traummann seine Liebe zu gestehen …

Du stehst hier vor mir,
zwischen uns nichts,
außer all den ungesagten Worten.
Ein Blick in deine Augen reicht, und ich fühle
    alles.
Viel zu viel.
Du bist meine Welt, du bist meine Seele, du bist
    meine
Zukunft. Mein Ein und Alles.
Doch das spreche ich nicht aus.
Würde ich den Mund öffnen, käme ein Orkan
    heraus.
Blitz und Donner würden an dir rütteln, der
    Wind an
deinen Haaren zerren,

Regen würde auf dich prasseln, so lange, bis du
zusammenbrichst.
Darum bleibe ich still.
Und du stehst hier vor mir,
zwischen uns nichts,
außer all den ungesagten Worten.

Erst am Ende wage ich es, die Augen zu öffnen und zu Linda zu sehen. Doch das hätte ich nicht tun sollen. Sie ist wie erstarrt, hat die Lippen fest aufeinandergepresst und die Arme verschränkt. Und ihr Lächeln ist verschwunden.

Offensichtlich hat sie verstanden, wovon der Text handelt.

Und noch offensichtlicher ist: es gefällt ihr absolut nicht.

Das Letzte, das ich sehe, ist, wie Linda ohne einen weiteren Blick zu mir aus der Halle stürmt.

Fuck!

Kapitel Vierunddreißig

LINDA

Nein.

Nein, nein, nein.

Das kann nicht sein. Das darf nicht sein. Jonas darf mich nicht lieben. Ich kann das nicht. Ich will das nicht.

Mein Herz krampft sich schmerzhaft zusammen, obwohl Rays Stimme traumhaft schön klingt. Die Verzweiflung ist beinahe greifbar, so gefühlvoll singt er. Das restliche Publikum wirkt komplett verzaubert, ich sehe, wie sich einzelne Personen Tränen aus den Augen wischen, während andere mit seligem Gesichtsausdruck auf die Bühne blicken. Weil Rays Stimme berührt, aber auch, weil der Text so tief geht.

Schon von der ersten Zeile an wusste ich, dass Jonas den Text geschrieben hat. Dafür musste ich ihn nicht einmal ansehen. Seine geschlossenen Augen, das verkrampfte Lächeln und die steife Haltung haben es jedoch bestätigt. Jonas hat mir einen Song geschrieben. Einen verfluchten Lovesong!

Etwas, wovon vermutlich der Großteil aller weiblichen Fans träumt.

Aber ich hasse ihn dafür.

Weil der Text etwas in mir auslöst, dass ich nicht fühlen will. Verflucht! Wir hatten ausgemacht, nur Spaß miteinander zu haben, wieso tut er das?

Der Song endet und das Publikum bricht in Begeisterung aus. Ich höre Stimmen, die behaupten, dies sei der bisher schönste und emotionalste Song der Band, und andere Worte der Zustimmung. Selbst Mom, die meinen inzwischen schlafenden Sohn auf dem Arm trägt und bereits ihren Mantel angezogen hat, da sie eigentlich schon vor einer halben Stunde gehen wollte, nickt beeindruckt.

»Diesmal haben sie sich selbst übertroffen. Findest du nicht?«, fragt sie, doch ich presse die Lippen aufeinander. Ich kann das nicht hören. Ich will nicht.

Ich werfe einen Blick auf Dylan und seinen zufriedenen Gesichtsausdruck und hauche ihm einen Kuss auf die Wange. »Vergiss nicht sein Kuscheltier«, sage ich zu Mom, ohne auf ihre Frage einzugehen. Meine Stimme zittert und es fällt selbst Mom auf, da sie mich mit erhobener Augenbraue mustert. Doch ehe sie mich nach dem Grund meiner sichtlichen Verzweiflung fragen kann, küsse ich auch sie auf die Wange. »Wenn er aufwacht, sag ihm, dass ich ihn liebe«, presse ich noch hervor. Dann stürme ich, ohne weiter nachzudenken, aus der Halle. Ich reiße die riesigen Tore auf, renne weiter um das Gebäude herum, bis ich in völliger Dunkelheit verschwinde, und sinke anschließend auf die Knie.

Scheiße!

Noch immer höre ich Rays Stimme in meinem Kopf und sehe dabei Jonas vor mir.

Du bist meine Welt, du bist meine Seele, du bist meine Zukunft. Mein Ein und Alles.

Warum? Warum tust du das, Jonas? Nur Sex, genau das hast du mir, verdammt noch mal, versprochen!

Diese Worte sind nicht fair! Und sie tun so verflucht weh!

»Hey«, höre ich plötzlich Ellies Stimme neben mir und spüre seine Hand auf meiner. Verfluchtes Zwillingsgen! Wieso weiß er immer, wo ich bin und was ich fühle?

»Sag nichts!«, zische ich, ziehe die Hand fort und verschränke die Arme, um das Zittern in mein Innerstes zurückzudrängen.

Mein Bruder setzt sich zu mir auf den kalten Boden und schweigt für einige Atemzüge. Mit jeder Sekunde, in der er neben mir sitzt, wird die Stille in mir lauter. Das Zittern in mir wird zu einem Beben. Jonas' Songtext, den ich nicht vergessen kann, wird zu einem Orkan. Ironischerweise treffen die Zeilen genau zu, denn ich habe das Gefühl, gleich zusammenzubrechen.

Ich presse die Lippen aufeinander, kralle die Fingernägel in meine Oberarme und habe dennoch das Gefühl, zu fallen. In ein bodenloses Nichts.

Plötzlich bricht es aus mir heraus.

Ich heule, ich schluchze und finde mich in den Armen meines Bruders wieder.

Er lässt mich weinen, ohne ein Wort zu sagen. Dafür bin ich ihm von Herzen dankbar und fühle mich gleichzeitig unendlich schuldig. Es ist sein Abend. Er sollte in Rays Armen liegen, nicht in meinen. Was bin ich nur für eine schreckliche Schwester?

»Wovor hast du Angst?«, fragt er nach einer gefühlten Ewigkeit. »Ich weiß, Ian hat dein Herz gebrochen, aber Linda, nicht jeder Mann ist wie Ian.«

Ich beiße mir auf die Unterlippe, nur, damit ich einen anderen Schmerz fühle. Denn ja, Ian hat mein Herz gebrochen und ich werde und will diesen Schmerz nie wieder fühlen. Kein Mann der Welt ist es wert, so etwas noch einmal durchmachen zu müssen.

Auch nicht Jonas. Das würde ich nicht überleben.

Schon wieder höre ich den Text dieses verfluchten Songs und schüttle den Kopf. Ich will ihn vergessen. Den Text und vor allem die Gefühle, die er in mir ausgelöst hat! Ich kann das nicht fühlen.

Ich bin nicht so stark wie Ellie, der trotz des Leids in seinem Leben immer wieder von vorn beginnt und mit ganzem Herzen liebt. Auch wenn es ihm schon so oft gebrochen wurde. Ich denke nur an den Vollpfosten Cole, der ihn in den Jahren zuvor als Zeitvertreib ausgenutzt hat, ihm immer wieder seine Liebe geschworen hat, obwohl er nie vorhatte, sich öffentlich zu outen und zu Ellie zu stehen. Mein Bruder hat ihm immer verziehen. Und als er verstanden hat, dass er nur verarscht wird, hat er sein Herz dennoch nicht verschlossen, und es stattdessen Ray geschenkt, der ihn zu Beginn ihrer Beziehung ebenfalls belogen hat. Ich weiß nicht, wie mein Bruder das macht, wie er es schafft, weiterzumachen, ohne die latente Panik vor dem nächsten Schmerz zu fühlen. Aber ich kann das nicht.

Ellie nimmt mein Gesicht in die Hände, wischt mit

den Daumen die Tränen von meinen Wangen und sieht mich mit ernster Miene an.

»Linda, Jonas ist ein guter Mann. Und ich glaube, er meint es wirklich ernst. Mit dir. Und mit Dylan.«

Ich schlage Ellies Finger schnaubend fort und erhebe mich.

»Jonas ist ein guter Mann? Warst nicht du derjenige, der mich sogar vor ihm gewarnt hat? Weil er alles und jeden vögelt, der ihm über den Weg läuft?«

Ellie steht ebenfalls auf und folgt mir stolpernd in die Nacht. Ich habe keine Ahnung, wohin ich überhaupt gehe. Hauptsache weit weg von Jonas.

»Ja, aber Menschen können sich ändern. Und Jonas hat sich ge-«, erwidert Ellie, doch ich unterbreche ihn mit einem Lachen, das fast schon hysterisch klingt.

»Er hat sich nicht geändert! Und das wird er auch nie. Ich kenne seine Vergangenheit, Ellie. Jonas ist ein emotionales Wrack. Er kann nicht lieben. Seine verfickten Crack- oder Heroin-Eltern haben ihm das nie beigebracht. Er liebt mich nicht. Nicht mich und auch nicht Dylan.«

Für einen Moment herrscht eine seltsame Stille hier draußen, die nur von meinem wilden, polternden Herzschlag begleitet wird.

Doch dann knackt es, und ich höre Schritte hinter uns.

Als ich mich umdrehe, sehe ich Jonas, der zurück in die Fabrikhalle rennt.

Und mir ist mit einem Mal kotzübel.

O scheiße! Warum habe ich das nur gesagt?

Kapitel Fünfunddreißig

JONAS

Ich bin ein emotionales Wrack. Unfähig zu lieben.

Das also denkt sie über mich.

Das Kind eines Junkie-Paares, nicht in der Lage, Liebe zu empfinden. Gebrochen und kaputt.

Und ich dachte, sie hätte einfach Angst davor, sich zu verlieben. Ich dachte, es lag an Ian und daran, was er ihr angetan hat.

Wie konnte ich mich so täuschen? Es lag immer nur an mir. Weil ich kaputt bin.

Fuck!

Zum Glück ist das Konzert zu Ende, denn ich halte es keine Minute länger hier aus. Ich weiß, dass ich ein verdammt beschissener Trauzeuge bin, aber ich muss hier weg! Ohne auf die feiernden Leute zu achten, laufe ich zurück in die Halle, um meine Sachen zu holen. Doch noch bevor ich die Bühne und den Ort, an dem sich mein Handy und der Autoschlüssel befinden, erreiche, finde ich mich in Rays Armen wieder.

»Danke, Mann! Ich liebe dich, das weißt du, oder? Danke für diese geile Party, für das Konzert, für einfach alles!«

Es dröhnt in meinen Ohren und es bereitet mir unglaubliche Schmerzen, meinem besten Freund ein Lächeln zu schenken. Aber er hat es verdient. Er soll glücklich sein. Ich schlucke. Immer wieder, doch der verdammte Dolch, der in meiner Brust steckt, verschwindet nicht.

»Gern geschehen«, presse ich hervor und wende mich ab. Ray soll nicht sehen, wie es mir geht. Es ist sein Abend.

»Hey, wir trinken aber noch einen zusammen!«, sagt er und ich nicke abwesend.

»Später, okay?«, antworte ich und löse mich von Ray, der nun vergnügt in die Arme von Lexi und ihrer Freundin läuft und mit ihnen zu irgendeiner Musik tanzt.

Er ist ein emotionales Wrack. Er wird sich nie ändern.

Niemals hätte ich gedacht, dass Worte einen solchen Schmerz auslösen können. Ich habe ihr alles von mir gezeigt. Linda war die erste Person, der ich von meiner Vergangenheit erzählt habe. Weil ich dachte, sie würde es akzeptieren. Nein, ich dachte, sie hätte Verständnis dafür. Ein Schnauben verlässt meinen Mund. Ja, ich habe tatsächlich angenommen, sie könnte mich dennoch lieben. So, wie ich bin. Trotz meiner Vergangenheit. Trotz meiner Junkie-Eltern.

Wie ich mich doch getäuscht habe.

Ich bin ein Wrack. Kaputt.

Wieso tut das so verflucht weh?

Beinahe blind stolpere ich hinter unsere

provisorische Bühne. Ich hole den Hoodie, stecke das Handy und meinen Schlüsselbund ein und werfe einen Blick auf die Partygäste.

Ray lacht laut und ausgelassen und liegt inzwischen in Gordons Armen, der in der einen Hand ein Cocktailglas hält und gleichzeitig Ray im Kreis dreht, trinkt und dabei die Hälfte des Getränks über Rays Schultern vergießt. Am anderen Ende der Halle sehe ich Rays Cousinen, mit denen ich in den letzten Jahren immer verflucht viel Spaß hatte. Doch jetzt genügt ein Blick auf sie und mir wird schlecht. Nicht wegen ihnen, sondern wegen mir. Womöglich würden sie mich genauso verächtlich ansehen, wenn sie wüssten, woher ich komme.

Ich bin lediglich ein Mann, mit dem man kurz Spaß haben kann. Aber unfähig zu lieben. Ich schätze, aus diesem Grund habe ich es ihnen nie gesagt.

Ich schlucke, ziehe die Unterlippe ein und kaue so lange auf meinem Piercing herum, bis ich Blut schmecke. Gleichzeitig kämpfe ich mich durch die Gäste.

Ray wird mich nicht vermissen. Er feiert mit all unseren Freunden, mit unserer Familie. Ihm wird gar nicht auffallen, dass ich weg bin.

Nur noch wenige Schritte, dann habe ich es geschafft. Dann bin ich weg und kann mir den Schmerz aus der Seele herausbrüllen.

Ich sehe die Tür schon in Griffweite, da spüre ich eine Hand auf meiner Schulter.

»Jonas, hättest du vielleicht einen Augenblick Zeit für mich?«

Nein.

In meinen Ohren rauscht und dröhnt es. Mein Herzschlag geht doppelt so schnell und ich kann die geballte Faust kaum noch kontrollieren.

Nein.

Nicht jetzt.

Nicht hier.

»Bitte.«

In Zeitlupe drehe ich mich um und blicke voller Verachtung in das Gesicht meines Vaters.

Nein. Ich kann nicht mit ihm sprechen. Ich will nicht.

Er schenkt mir ein höfliches Lächeln, das noch viel mehr schmerzt als jedes Wort der Abneigung. Weil es mir zeigt, dass er mich wirklich nicht kennt. Er hat nicht den Hauch einer Ahnung, wer vor ihm steht.

»Robert, … nicht«, presse ich mit angespanntem Kiefer hervor.

Im selben Augenblick öffnet sich die Tür der Halle und Linda erscheint. Ich erkenne ihre rotgeweinten Augen und ihre blasse Haut, die noch heller wirkt als sonst.

Mein Herz krampft sich zusammen und ich habe das Gefühl zu platzen. Da ist so viel Schmerz, so viel Wut und Verzweiflung in mir und ich finde keine Möglichkeit, sie herauszulassen.

»Bitte, Jonas. Ich möchte doch nur verstehen, woher deine Feindseligkeit mir gegenüber kommt. Ich überlege bereits seit Wochen, aber ich weiß nicht, was ich falsch gemacht habe. Habe ich etwas zu dir gesagt, das dich verletzt hat? Ist es wegen damals, als du mit Dylan gekocht hast und ich helfen wollte? Das tut mir leid, wirklich. Oder ist es …«

»Hör auf!«, unterbreche ich ihn lauter als gedacht. Nur am Rande bemerke ich einige besorgte Blicke, doch ich ignoriere sie. Meine Hände zittern inzwischen, ich kann kaum noch atmen. Mir ist so verdammt schlecht. Ohne Linda zu beachten, laufe ich zum Ausgang und lege eine Hand auf den Türgriff. Ich muss hier weg. Bevor ich Worte sage, die ich nicht zurücknehmen kann.

»Bitte, Jonas. Ich möchte es nur verstehen.«

Ich halte inne und lache tonlos auf. Nur langsam drehe ich mich zu Robert Hyde um.

»Du willst es verstehen?«, frage ich mit sich überschlagender Stimme und gehe auf ihn zu. »Wirklich? Du willst wissen, was du mir angetan hast? Ernsthaft?«

Mein Vater nickt schweigend und ich verziehe das Gesicht zu einem falschen Lächeln. Okay, er will es nicht anders.

Ich komme ihm so nahe wie nie zuvor. Wir sind beinahe gleich groß und haben sogar dieselbe Statur. Dennoch packe ich ihn am Hemdkragen und ziehe ihn noch ein Stück näher zu mir heran.

»Wo soll ich da nur anfangen? Vielleicht damit, dass du mich im Drogenrausch gezeugt hast? Oder dass du mich und Mom anschließend in der versifften Drogenbude allein gelassen hast? Wie hast du Mom genannt, Barb? Sie kannte dich schließlich auch nur unter dem Namen Robby«, füge ich hinzu und erkenne an seinem schockierten Gesichtsausdruck, dass ihm der Kosename meiner Mutter tatsächlich etwas sagt. Dieser Wichser! »Vielleicht hasse ich dich, weil du der Grund bist, warum ich die ersten Jahre meines Lebens hauptsächlich auf der Straße verbracht habe? Weil ich zudem eine kranke Mutter versorgen musste und es heute noch tun muss, weil du dich aus dem Staub gemacht hast, *DAD*?«

Die Farbe weicht mit jedem meiner Worte ein Stück mehr aus dem Gesicht meines Vaters und am Ende ist er ein zitterndes Häufchen Elend. Doch das ist mir egal. Ich kann nicht mehr.

Ich will keine Rücksicht mehr auf andere nehmen. Jetzt bin ich an der Reihe. Dieser Mann hat mein Leben versaut, es ist an der Zeit, dass er die Verantwortung dafür übernimmt.

»Und weißt du, wofür ich dich am meisten hasse, Robert Hyde?« Ich hole tief Luft und verziehe das Gesicht zu einer Grimasse. »Ich hasse dich, weil du dich nicht einmal daran erinnern kannst, was du mir angetan hast!«

Mit diesen Worten lasse ich ihn los und weiche einige Schritte zurück.

Erst jetzt bemerke ich, dass alle um mich herum still geworden sind und mich anstarren. Allen voran Linda, deren Augen weit aufgerissen sind.

Aber ich habe keine Kraft mehr übrig, mir über sie Gedanken zu machen. Ich kann nicht mehr.

Ich ignoriere sie alle, öffne die Tür und renne in die Nacht hinein. Immer schneller, immer weiter.

Erst, als mich die vollkommene Dunkelheit umfängt, schreie ich.

Frust, Wut, Enttäuschung, ich schreie alles heraus, bis ich heiser bin.

Doch der verfickte Schmerz lässt einfach nicht nach.

Kapitel Sechsunddreißig

LINDA

Das hier ist ein Albtraum. Es muss sich um einen Albtraum handeln, denn es darf nicht real sein. Nichts, was an diesem Abend geschehen ist, sollte real sein.

Ich will aufwachen.

Jetzt.

Sofort.

Stattdessen starre ich völlig versteinert auf Rob, der wie in Zeitlupe zu Boden sinkt und laut und bitterlich zu schluchzen beginnt.

Gott. Das Geräusch geht mir direkt ins Herz. Und es tut weh. Unglaublich weh.

Rob bedeckt das Gesicht mit seinen zitternden Händen und sein Weinen wird verzweifelter.

Ohne weiter darüber nachzudenken, eile ich zu ihm und schließe ihn in die Arme.

Rob dreht sich zu mir und hält sich bebend an mir fest.

»Linda!«, wimmert er. »Er … er ist … Linda! Ich …

ich habe einen … einen Sohn!« Er schluchzt erneut und ich presse die Lippen aufeinander, um mein eigenes Weinen zu unterdrücken, obwohl ich kaum noch etwas sehen kann, da Tränen mir die Sicht verschleiern.

»Jonas ist … er ist … Barb! Ich kenne den Namen … Sie war … O mein Gott! Linda! Wie konnte ich nur … Er …«, stammelt er, während er immer wieder von seinem eigenen Weinen unterbrochen wird. »Und ich habe ihn nicht … nicht erkannt. Ich …«

»Ich weiß«, antworte ich mit gepresster Stimme und drücke ihn weiter an mich. Sein Beben überträgt sich auf mich, ich spüre seinen Schmerz, als wäre es mein eigener.

Ich würde Jonas' Worte gern anzweifeln und behaupten, er hätte sie nur ausgesprochen, um mich zu verletzen, weil ich ihm wenige Minuten zuvor ein verbales Messer ins Herz gerammt habe. Leider fügen sich die letzten Ungereimtheiten wie ein Puzzle zusammen. Plötzlich verstehe ich Jonas' damalige Worte über seinen Vater und seine Abneigung, von ihm zu sprechen. Ich begreife, warum er sich in unserer WG oft so seltsam verhalten hat, sobald Rob in der Nähe war. Und … ich werfe einen Blick auf das Häufchen Elend in meinen Armen und schlucke den Schmerz hinunter. Es besteht sogar eine Ähnlichkeit zwischen den beiden. Eine Ähnlichkeit, die mir nie zuvor aufgefallen war.

Sie haben dieselben Gesichtszüge, eine ähnliche Statur. Ja, ich denke daran, wie Rob aussieht, wenn er etwas nicht versteht – es ist dieselbe skeptische Miene, die ich schon so oft in Jonas' Gesicht gesehen habe. Ebenso wie das verschmitzte Lächeln, dieses leichte Schmunzeln, das ich schon so oft bei ihm gesehen habe.

Rob ist Jonas' Vater. Ohne Zweifel. Das war keine Lüge, keine fade Ausrede aus Jonas' Mund, um mir wehzutun.

Es ist die Wahrheit.

Robert Hyde ist der Mann, der Jonas verlassen hat, als er noch ein Baby war. Der heroinsüchtige Junkie, der ihn und seine Mutter in einer versifften Wohnung zurückgelassen hat.

Augenblicklich sehe ich wieder das ramponierte Hochhaus vor mir. Das Haus mit den Graffiti und den eingeschlagenen Scheiben. Ich sehe das einsame Mädchen mit dem kaputten Fußball. Und ich sehe Jonas' Schmerz, als er mir von seinem Leben dort erzählt hat.

Rob ist Jonas' Vater. Der Mensch, der inzwischen zu meiner Familie gehört. Der Mensch, der uns regelmäßig bekocht, die Wohnung putzt und uns mit seinem trockenen Humor die Tage versüßt. Wie kann das nur sein? Es fällt mir unglaublich schwer, die beiden Figuren – Jonas' Dreckskerl von Dad und Rob – als ein und dieselbe Person zu sehen. Ich frage mich, wie lange Jonas das schon weiß und mit sich herumträgt? Warum hat er nie etwas gesagt?

»Linda! Ein Sohn! … Ich habe einen Sohn! Warum kann ich mich nicht erinnern? Warum …?«

Robs Schluchzen wird immer lauter, immer verzweifelter, doch ich weiß beim besten Willen nicht, was ich sagen oder tun soll. Es gibt rein gar nichts, was ihm diesen Schmerz nehmen oder ihn lindern könnte.

»Was ist los? Warum tanzt ihr nicht? Ist etwas …?« Ray hält mitten im Satz inne, als ihm Ellie eine Hand auf die Schulter legt und nur den Kopf schüttelt. Auch Ellies Gesicht ist inzwischen komplett verheult und ich hätte nie gedacht, dass ich mich noch schuldiger fühlen kann. Doch ich tue es.

Es ist der Polterabend meines Bruders. Ich habe ihm den Abend versaut. Nichts von alldem wäre geschehen, hätte ich einfach den Mund gehalten. Ich habe Jonas ein emotionales Wrack genannt. Als wäre er kaputt. Dabei bin doch ich diejenige, die kaputt ist. Kaputt und feige.

Ich allein trage die Schuld daran, was im Anschluss passiert ist. Ich bin eine grauenvolle Trauzeugin. Und eine noch viel schlimmere Schwester. Und doch kann ich mich jetzt nicht um Ellie kümmern. Stattdessen packe ich Rob bei den Schultern und versuche, ihm aufzuhelfen.

»Na, komm. Ich bringe dich nach Hause«, sage ich. Aus dem Augenwinkel sehe ich, wie Ellie in wenigen Worten seinem Verlobten erzählt, was geschehen ist. Ich höre Rays ungläubiges Aufstöhnen.

»Jonas? Wirklich? Aber …«, die nächsten Worte werden von Robs Schluchzen übertönt und ich lege einen Arm um seine Taille, damit er zumindest ein bisschen Halt spürt. Doch Rob ist schwerer als gedacht und ich habe sichtlich Schwierigkeiten, nicht selbst das Gleichgewicht zu verlieren. Zum Glück erkennt Ellie meine Probleme und stützt ihn augenblicklich von der anderen Seite.

»Ich komme mit!«, sagt er und ich versuche noch mal, das Schuldgefühl herunterzuschlucken. Erfolglos.

»Aber … es sollte doch euer …«, fange ich an, doch Ellie unterbricht mich.

»Ich weiß, und der Abend war wunderschön, Linda.

Wirklich. Aber Ray und ich sind jetzt im Moment nicht wichtig.«

Schon wieder schießen mir Tränen in die Augen, sodass ich Mühe habe, meine Umgebung zu erkennen. Dennoch nicke ich.

»Danke«, antworte ich mit erstickter Stimme und sage anschließend: »Lass uns gehen, Rob!«

Eine knappe Stunde später liege ich zitternd und mit tränennassen Wangen im Bett, die Decke wie ein Zelt über den gesamten Körper geschlungen.

Ellie und ich haben Rob in sein Zimmer gebracht. Wir haben ihn ausgezogen, ihm einen Tee zubereitet und ihn anschließend ins Bett gelegt – weil er nichts davon alleine geschafft hätte. Immerzu hat er Jonas' Namen und den Namen von Jonas' Mutter gerufen und sich selbst verteufelt, weil er sich nicht erinnert.

Die Sorge um ihn hat in dieser kurzen Zeit meine eigene Verzweiflung in den Hintergrund gedrängt. Aber jetzt, in der Stille des Zimmers, werde ich von ihr überwältigt. Und zwar mit solcher Wucht, dass ich nicht mehr aufhören kann, zu weinen.

Ich habe Jonas auf die schlimmste Art und Weise verletzt, die es gibt. Ich habe seinen wunden Punkt, seine Vergangenheit, als Grund genannt, um ihn von mir zu stoßen. Und das, obwohl ich genau wusste, wie sehr er bis heute darunter leidet. Und warum?

Weil ich Angst habe. Angst vor der Liebe. Angst davor, verlassen zu werden.

Gott! Ich bin ein furchtbarer Mensch! Lexi nannte mich einst herzlos, weil ich nicht verstehen konnte, wie sie gleichzeitig mit einem Mann und einer Frau zusammen sein konnte und es dennoch als Liebe bezeichnete, und allmählich begreife ich, dass sie recht hatte. Ich besitze kein Herz, ich bin unfähig, zu lieben. Das Einzige, das ich wirklich kann, ist, andere Menschen zu verletzen.

Schon wieder perlen Tränen über mein Gesicht, doch ich habe es aufgegeben, sie fortzuwischen.

Ein Klopfen ertönt, kurz darauf höre ich das Knarzen der Zimmertür und weitere Augenblicke später schlüpft Ellie zu mir ins Bett und legt den Arm um meinen bebenden Körper.

»Du liegst im falschen Bett«, fahre ich ihn an, doch das Schluchzen nimmt meinen Worten die Schärfe.

»Nein, das tue ich nicht«, sagt er schlicht und verschränkt seine Finger mit meinen.

Für einen Moment fühle ich mich wieder wie ein Kind. Wie oft lagen wir damals Arm in Arm im Bett? Manchmal hat sich Ellie vor Monstern unter dem Bett gefürchtet und kam zu mir, andere Male war ich es, die von Albträumen geplagt unter seine Decke schlüpfte. Mit ihm an meiner Seite habe ich mich immer sicher gefühlt. Auch jetzt spüre ich ein Gefühl von Geborgenheit. Doch es wird von Schuld überlagert.

»Aber … Ray«, fange ich an und Ellie seufzt.

»Er ist auf der Suche nach Jonas«, erklärt er und ich erstarre.

Ja klar. Ray ist Jonas' bester Freund. Und Jonas braucht gerade jetzt einen Freund an seiner Seite. Einen Freund, der ihm sagt, dass er ganz und gar kein emotionales Wrack ist. Einen Freund, der ihm zeigt, wie wundervoll er ist. Einen Freund, der immer für ihn da ist, selbst wenn sein Vater ihn verlassen hat.

Ich presse die Lippen aufeinander, dennoch kann ich das Schluchzen nicht unterdrücken. Weil ich gerne dieser Freund für ihn wäre und es doch nie sein kann.

»Ich habe ihm sehr wehgetan«, flüstere ich mit erstickter Stimme. Ellie seufzt leise und zieht mich ein Stück näher an sich heran.

»Ja«, antwortet er ehrlich.

»Denkst du«, fange ich an und schlucke. »Denkst du, er kann mir diese Worte irgendwann verzeihen?«

Schweigen.

Nach einer gefühlten Ewigkeit seufzt Ellie ein weiteres Mal, bevor er die Worte ausspricht, die mir den letzten Funken Hoffnung rauben: »Ich weiß es nicht, Linda.«

Und ich verstehe:

Ich habe Jonas verloren.

Kapitel Siebenunddreißig

JONAS

Das Schöne an San Francisco ist, dass es Orte gibt, die tagsüber mit Touristen überfüllt sind, während sie mitten in der Nacht fast schon unheimlich ausgestorben wirken. So ist es auch hier, am Pier 39. Ich sitze bestimmt seit über einer Stunde an einem Steg des Fisherman's Wharf mit Blick zum Pier und keine Menschenseele kam vorbei. Die Fahrgeschäfte, die ich erst vor wenigen Tagen zusammen mit Dylan und Linda besucht habe, sind geschlossen, die Fenster der Restaurants und Souvenirläden dunkel, selbst die Seelöwen scheinen sich in dieser Nacht verdrückt zu haben. Einzig der Gestank zeugt davon, dass hier täglich unzählige Seelöwen für Touristen posieren und sich in der Sonne räkeln.

Doch nun fühle ich mich so, als wäre ich der einzige Mensch auf dieser Welt. Allein und völlig fehl am Platz. Genau aus diesem Grund sitze ich hier, um vier Uhr nachts.

Ich starre auf das Meer, betrachte das sanfte Glitzern auf der Wasseroberfläche und lausche dem Rauschen.

Er ist ein emotionales Wrack.

Lindas Worte hallen immer und immer wieder durch meinen Kopf und ich schaffe es einfach nicht, sie zu vergessen. Weil sie der Wahrheit entsprechen. Meine Eltern haben mir nie beigebracht, wie Liebe funktioniert.

Ich ziehe die Knie heran, schlinge die Arme darum und lege die Stirn darauf ab. Ich kann nicht mehr. Wieso hören diese verdammten Schmerzen nicht auf?

Sobald ich die Augen schließe, höre ich entweder Lindas hysterisches Lachen, während sie Ellie von meiner Beziehungsunfähigkeit berichtet, oder ich sehe Rob, dessen Gesichtsfarbe sich aschgrau färbt, während ich ihn mit seiner eigenen Vergangenheit konfrontiere. Mit mir. Seinem verfickten Sohn.

Fuck! Wie oft habe ich mir in all den Jahren vorgestellt, meinen Vater zu finden. Wie oft wollte ich ihm zeigen, dass ich es ohne seine Hilfe geschafft habe, aus dem Dreck aufzustehen. Wie oft wollte ich ihm eine Faust ins Gesicht rammen, nur um ihm einen Bruchteil davon heimzuzahlen, was er mir angetan hat.

Ich hätte gedacht, ich würde mich im Anschluss daran besser fühlen. Ich war überzeugt davon, mindestens Genugtuung zu empfinden. Doch das Gegenteil ist der Fall. Ich fühle mich mieser denn je. Weil ich den Schmerz in Roberts Gesicht sah. Den Schmerz, den meine Worte auslösten. Meine Worte und die Erkenntnis, dass sie der Wahrheit entsprechen.

Ich dachte, ich würde es genießen, ihn leiden zu

sehen. Weil der Wichser es verdammt noch mal verdient hat.

Warum fühle ich nichts davon? Ich spüre keine Genugtuung, keine Ruhe, keine Zufriedenheit. Stattdessen kann ich kaum atmen. Ich bestehe nur noch aus purem Schmerz.

Zum ersten Mal im Leben verspüre ich den Wunsch, mich zuzudröhnen, meine Gefühle auszuschalten – womit auch immer. Ausgerechnet ich, der noch nie härtere Drogen genommen hat, als hin und wieder einen Joint zu rauchen. Mit einem sarkastischen Lächeln denke ich an Scott, unseren ehemaligen Bassisten. Er hatte damals während der Tourneen und auf zahlreichen Partys immer irgendwelche Tabletten, Koks, Meth oder anderen Stoff dabei. Was habe ich ihn allein aus diesem Grund gehasst. Und nun? Nun wünschte ich, er wäre hier. Ich wünschte, ich hätte seine Nummer nicht gelöscht und könnte ihn stattdessen anrufen und ihm etwas abkaufen. Ich denke sogar daran, meiner alten Heimat einen Besuch abzustatten, weil ich dort mit Gewissheit fündig werden würde. Ich kenne einige Ecken, in denen Dealer rumhängen, und sogar ihre Namen. Weil ich im Falle eines Rückfalls meiner Mom immer wissen wollte, wo ich sie finde. Ich weiß, dass das nicht unbedingt ein Zeichen des Vertrauens meinerseits ist, aber ich kann die Erfahrungen meiner Kindheit nicht so einfach abschütteln.

Nun könnte mir dieses Wissen über die örtlichen Dealer helfen, mich innerhalb kürzester Zeit total auszuschalten.

Weil ich vergessen will.

Linda.

Dylan.

Und meinen Vater.

Ich will mich selbst vergessen.

Fuck! Wieso tut das so weh? Allein der Gedanke an Dylan genügt, dass sich mein leises Weinen in ein Beben verwandelt. Das Lächeln und das Glänzen in seinen Augen, wenn er mich ansieht. Ein Blick auf das kleine Karussell, das aktuell nur als schwarzer Schemen sichtbar ist, und ich sehe Dylan vor mir, der quietschend auf einem Feuerwehrauto sitzt, das Kuscheltier auf dem Schoß, während er mir bei jeder Runde zuwinkt. Ich blicke zu den verschlossenen Ständen und sehe doch nur Dylan, der mit skeptischer Miene die Fäden einer Zuckerwatte auseinanderrupft und sich weigert, die leuchtend rosa Watte in den Mund zu nehmen. Begleitet von Lindas amüsiertem Lachen. Diese Stimme! Diese Fröhlichkeit, die darin mitschwang, werde ich nie vergessen. Ich höre Dylans Jubelrufe, als die Seelöwen sich ins Wasser stürzten, und spüre noch immer seine Hand ganz fest in meiner, als eines der Tiere in unsere Nähe schwamm. Jede einzelne Erinnerung schmerzt höllisch. Verflucht! Wie soll ich ihn ziehen lassen? Wie je wieder vergessen?

»Ich hätte nicht im Traum gedacht, dich hier anzutreffen«, höre ich plötzlich eine tiefe und gleichzeitig belustigt klingende Stimme hinter mir. Ich schniefe und blinzle zu Ray, der sich langsam nähert und das Gesicht verzieht.

»Da ist alles voller Möwenscheiße«, meint er kopfschüttelnd, doch ich zucke nur mit den Schultern.

Es interessiert mich nicht, wo ich sitze oder ob ich dreckig werde.

»Wieso liegst du nicht mit Ellie im Bett? Und wie hast du mich gefunden?«, frage ich stattdessen und Ray zeigt mir grinsend sein Handy beziehungsweise die geöffnete Ortungsapp darauf.

»Schon vergessen? Du selbst hast sie während der Asien-Tournee vor drei Jahren installiert«, antwortet er und lacht leise. Wahrscheinlich, weil er sich an die krassen Partys in Bangkok erinnert und daran, wie ich verloren ging, weil ich einer Gruppe sehr sympathischer Menschen in den Untergrund gefolgt und am nächsten Tag irgendwo im Nirgendwo aufgewacht bin. Nackt, umgeben von mindestens zehn anderen Personen ohne Kleidung und mit einem neuen Piercing in der Brustwarze. Es hat fast einen ganzen Tag gedauert, bis ich unser Hotel wiedergefunden habe. Peter war außer sich vor Wut und drohte mir, mich in Thailand zurückzulassen, sollte ich mir so etwas ein weiteres Mal erlauben. Aus diesem Grund installierten wir alle eine Ortungsapp auf unseren Handys, sodass wir zumindest untereinander immer wussten, wo die anderen sich aufhielten.

Ich habe total vergessen, dass ich diese App besitze. Scheinbar synchronisieren sich selbst ungenutzte Apps beim Kauf eines neuen Handys und bleiben weiter aktiv. Daher schnaube ich nur und blicke zurück auf das Meer.

Einige Atemzüge später höre ich Rays Seufzen, und kurz darauf sitzt er neben mir auf dem Steg.

»Wie lange weißt du es schon?«, fragt er leise.

»Zu lange«, antworte ich genauso flüsternd.

Eine Zeit lang schweigen wir beide und nur das Rauschen der Wellen ist zu hören.

»Wieso hast du nichts gesagt?«

»Was? Dass Rob mich gezeugt hat? Dass er der Mann ist, den ich schon seit Jahren suche? Was hätte es für einen Unterschied gemacht?«, frage ich und Ray schnaubt.

»Ich hätte für dich da sein können«, antwortet er. »Weil Freunde das für gewöhnlich machen, weißt du?«

Ray bewegt sich neben mir und ich spüre sein schiefes Lächeln auf mir, auch wenn ich weiter stur auf das Wasser starre.

»Du bist nicht allein, Jonas. Auch, wenn du dir das gern einredest.«

Ich presse die Lippen aufeinander und kralle die Finger in meine Haut. Dennoch kann ich nicht verhindern, dass Tränen über meine Wangen laufen.

»Er hat mich nicht erkannt«, presse ich stockend hervor. »Kein einziges Mal.«

Ich denke an all die Momente, in denen ich Robert begegnet bin. All die Besuche in Lindas WG, die gemeinsamen Abendessen. Wie oft habe ich seinen Blick auf mir gespürt, die buschigen Augenbrauen zu einer Falte zusammengezogen. Und doch hat er mich nie erkannt. Kein einziges beschissenes Mal.

Rays Hand landet auf meiner Schulter, ein kleines, aber deutliches Zeichen, dass er hier ist. Bei mir. Dass er mir zuhört und für mich da ist. Mitten in der Nacht, beziehungsweise früh am Morgen, zu einer Uhrzeit, zu der er eigentlich in Ellies Bett liegen sollte.

Allein diese Erkenntnis löst ein weiteres Beben aus.

Ich heule und kann einfach nicht aufhören. Ich weine wegen meiner verlorenen Kindheit. Wegen all der Stunden, Tage, Monate und Jahre, in denen ich mich einsam gefühlt habe. Ich weine, weil ich kaputt bin. Ein emotionales Wrack, selbst so viele Jahre später nicht dazu fähig, eine Beziehung zu führen.

Inzwischen liege ich in Rays Armen. Offensichtlich hat er mich umarmt, ohne dass ich es bemerkt habe. Doch spätestens jetzt, nachdem ich sein sauberes Hemd nassgeheult habe, richte ich mich auf und wische mit dem Handrücken über mein Gesicht.

»Sorry«, krächze ich, doch Ray schnaubt nur ein weiteres Mal.

»Es gibt nichts, wofür du dich entschuldigen musst«, antwortet er. »Mal abgesehen von den Kackeflecken, die ich jetzt mit Sicherheit auf meiner Hose habe«, fügt er hinzu, deutet auf die unsauberen Holzbretter unter uns und bringt mich damit tatsächlich zum Lachen.

»Du Arsch!«

»Das meine ich ernst, Mann! Das war meine beste Hose und ich habe keine Ahnung, ob Möwenscheiße wieder rausgeht.«

Ray steht auf und versucht, die Rückseite seiner schwarzen Hose nach vorn zu ziehen, um einen Blick darauf werfen zu können – was ihm nicht gelingt. Dafür sehe ich nur allzu gut die kleinen, helleren Flecken auf seinem Hintern und Oberschenkel und lache erneut.

»Ich sehe schon, ich werde für den Rest meines Lebens in deiner Schuld stehen.«

Mit einem Ächzen ergreife ich Rays Hand und stehe selbst auf. Ein Blick in den Himmel zeigt mir, dass die

Dämmerung bevorsteht. Das eben noch vorherrschende Nachtblau verschwindet allmählich und wird von helleren Streifen abgelöst, die den Pier nun in sämtliche Grauschattierungen aufleuchten lässt. Ich entdecke sogar die ersten Seelöwen, die zu ihrer schwimmenden Plattform zurückkehren, damit die Touristen am kommenden Morgen wieder besondere Fotomotive von San Francisco bekommen. Rays Handflächen auf meinen Schultern bringen mich dazu, zurück in das ernst wirkende Gesicht meines Freundes zu blicken.

»Ich bin für dich da, Jonas. Und zwar immer. Aber du musst mit mir reden. Ich bin nicht wie du – ich habe keinen sechsten Sinn und spüre, sobald es anderen Menschen schlecht geht.«

»Dennoch bist du hier«, antworte ich und Ray lacht tonlos auf.

»Ja, weil du mit deiner Aktion heute Abend quasi einen Zaunpfahl gegen meine Stirn gedonnert hast.«

Meine Antwort geht im Vibrieren seines Handys unter. Für einen kurzen Moment sehe ich Ellies Kussmund auf Rays Bildschirm, ehe er den Anruf annimmt.

Doch dann wird mir zum wiederholten Mal in dieser Nacht kotzübel. Völlig egal, wie leise Ellie spricht, ich verstehe jedes einzelne Wort:

»Hey, Liebling. Ich weiß, du bist bei Jonas, aber denkst du, du könntest heimkommen? Rob ist verschwunden und Linda dreht durch, sie glaubt, er könne einen Rückfall bekommen und …«

Mit weit aufgerissenen Augen höre ich Rays Zustimmung und beobachte, wie er das Telefonat beendet und mich mit sorgenvoller Miene mustert.

»Wie viel hast du verstanden?«, fragt er, als wüsste er nicht, wie fein mein Gehör ist. Aus diesem Grund erspare ich uns beiden eine Antwort.

»Braucht ihr Hilfe?«, frage ich stattdessen, obwohl allein der Gedanke, Rob zu suchen, Herzrasen und Übelkeit in mir auslöst. Genau wie die Vorstellung, Linda zu begegnen. Die Frau, die mir wenige Stunden zuvor das Herz aus der Brust gerissen hat und darauf herumgetrampelt ist.

Ray zögert und fährt sich durch die Haare. »Ich … ich weiß nicht«, antwortet er unsicher, doch ich winke ab.

»Schon gut, war eine beschissene Idee. Ich würde alles nur schlimmer machen. Ich … ich werde nach Hause gehen.«

»Kann ich dich alleine lassen?«, fragt Ray und ich versuche, zu lächeln – vergeblich. Dennoch nicke ich.

»Kümmere dich um deine Familie«, sage ich, obwohl das simple Wort ›Familie‹ verdammt weh tut, weil Rob nun zu Rays neuer Familie zählt. Genau wie Linda. Und Dylan. Trotzdem bedeute ich ihm zu gehen.

»Ich komm klar.« Schließlich kam ich das immer.

»Okay«, sagt Ray und umarmt mich. »Aber melde dich, wenn was ist, okay?«

Nachdem ich auch dieser Aufforderung schweigend zugestimmt habe, beobachte ich, wie mein bester Freund über den Pier rennt und gleichzeitig seinen Verlobten anruft.

Zurück bleibe ich.

Allein.

Frierend.

Voller Vogelkacke.

Und ohne den blassesten Schimmer, wie ich mit all den Gefühlen in mir umgehen soll.

Wieso ist mein Leben nur so verdammt beschissen?

Kapitel Achtunddreißig

LINDA

Ich fühle mich kein Stück besser, nachdem ich das Telefonat mit der kalifornischen Sucht- und Drogenhotline beendet habe. Letztendlich haben die Seelsorger mir zwar versichert, dass mich keine Schuld trifft, dennoch habe ich zwischen den Zeilen herausgehört, dass solch eine Nachricht, wie Rob sie gestern bekommen hat, durchaus Ursache und Trigger sein kann, dass Menschen einen Rückfall erleiden. Selbst, wenn sie bereits seit über zehn Jahren clean sind.

Rob schwebt in ernster Gefahr. Und ich habe nicht die leiseste Ahnung, wo wir ihn finden können. Die Polizei weigert sich, sich einzumischen, da er zum einen erwachsen und zum anderen noch nicht lange genug verschwunden ist. Außerdem gibt es in San Fran inzwischen zu viele drogensüchtige Menschen, es sei ein Ding der Unmöglichkeit, ihnen allen zu helfen. So in etwa lautete der Wortlaut der Kommissarin, mit der ich ebenfalls vor wenigen Minuten telefoniert habe.

»Linda, beruhige dich und setz dich hin!«, befiehlt Ellie, doch ich schaffe es nicht. Wie soll ich entspannt am Tisch sitzen, wenn ich genau weiß, dass Rob unsere Hilfe benötigt? Wie soll ich in Ruhe den inzwischen kalten Tee trinken, den Ellie mir vor geraumer Zeit gekocht hat, wenn ich nicht weiß, ob Rob sich in derselben Zeit eine Spritze setzt? Möglicherweise liegt er schon in irgendeiner Gosse, nicht ansprechbar, verdreckt und frierend? Himmel! Ich erinnere mich genau, wie er ausgesehen hat, als ich ihn damals in der *Suppenküche* kennengelernt habe. Seine Kleidung war zerrissen und stand vor Dreck, das Gesicht eingefallen und abgemagert. Die Drogensucht hatte ihn in einen Schatten seiner selbst verwandelt und es hat Jahre gedauert, bis er wieder komplett menschlich und gesund aussah. Er kann keinen Rückfall bekommen. Das darf er nicht!

»Linda! Hör auf!« Ellie stellt sich mir in den Weg und packt mich mit beiden Händen an den Schultern. Sein Blick ist dunkel und voller Sorge und Mitgefühl, doch seine Haltung ist standhaft.

»Rob wird nicht zurückkehren, nur weil du gefühlt tausend Meilen durch unsere Küche joggst. Wir werden ihn finden, aber beruhige dich. Und atme«, fügt er hinzu, legt eine Hand auf meinen Bauch und atmet tief für mich ein. Ich habe keine Ahnung, ob es an unserem Zwillingsgen liegt, denn mein Körper gehorcht ihm ohne mein Zutun und ich spüre, wie der kalte und zittrige Atem meine Lungenflügel füllt.

Ellie legt die Stirn gegen meine und wir atmen gemeinsam einige Atemzüge. Nur leider fühle ich mich kein bisschen ruhiger. Im Gegenteil.

Ich kralle meine Fingernägel in Ellies Schulterblätter und beiße auf die Innenseiten meiner Wangen. Selbst der Schmerz schafft es nicht, die Sorgen zu überdecken. »Was, wenn er wirklich rückfällig wird? Was wird aus seinem Job? Er könnte gefeuert werden, und wir haben kein Geld, um ihm einen Entzug zu bezahlen. Ich bezweifle, dass er eine Krankenversicherung abgeschlossen hat, nach der kurzen Zeit im Restaurant. Gott, Ellie! Wir können ihm nicht helfen!«

Ellie seufzt. »Hör zu, du bist nicht für ihn verantwortlich«, sagt er schließlich. »Rob ist ein erwachsener Mann, der eigene Entscheidungen trifft.«

Ich reiße mich aus Ellies Armen los. »Rob ist ein ehemaliger Drogensüchtiger! Er kann, was das betrifft, keine eigenen Entscheidungen treffen! Und natürlich bin ich verantwortlich! Warum, glaubst du, ist er überhaupt abgehauen?«

»Herrgott, Linda! Du bist nicht für uns alle verantwortlich! Ja, du hast Jonas mit deinen Worten verletzt. Doch es war seine Entscheidung, Rob und uns allen die Wahrheit über sich und seinen Familienstatus zu sagen. Und nicht nur das, es war seine Entscheidung und es waren auch seine Worte!«

Augenblicklich sehe ich Jonas wieder vor mir, das Gesicht starr vor Kälte und unterdrückter Wut. Ich sehe den Schmerz im Zittern seiner Fäuste, im verkrampften Gesicht, im Blitzen seiner Augen. Nein, Ellie hat Unrecht.

Ich kenne Jonas inzwischen gut genug. Er hätte Rob niemals die Wahrheit mit solch einer Wucht um die Ohren gehauen, wenn ich nicht gewesen wäre. Selbst gestern hat er noch versucht, ohne ein Wort abzuhauen. Weil Jonas viel zu feinfühlig, viel zu rücksichtsvoll ist. Sogar den Menschen gegenüber, die ihn verlassen und zutiefst verletzt haben.

Das Geräusch der sich öffnenden Küchentür lässt uns beide innehalten. Doch es ist nicht Rob, der endlich zurückgekehrt ist, sondern Ray, der Ellie sofort in den Arm nimmt.

»Hey«, raunt er und küsst ihn auf den Kopf. Sein Blick flackert dabei zu mir. Er sieht genauso fertig aus, wie ich mich fühle. Kein Wunder, inzwischen ist es kurz vor sieben Uhr und niemand von uns hat diese Nacht auch nur ein Auge zugetan.

»Also gibt es keine Neuigkeiten«, stellt er fest, ohne nachzufragen. Scheinbar war der Blick in unsere Gesichter Antwort genug. Ich schniefe laut und wische mir zum gefühlt tausendsten Mal die verfluchten Tränen aus den Augen. Gott! Seit Jonas in mein Leben geplatzt ist, bin ich nur noch am Heulen. Ausgerechnet ich, der gefühlskalte Eisklotz. Ich hasse diese Tatsache, ich hasse sie abgrundtief.

»Also gut«, unterbricht Ray mein Selbstmitleid und klatscht in die Hände. »Ich denke, wir sollten uns auf die Suche nach ihm machen. Linda, hast du deine Kolleginnen aus der *Suppenküche* angerufen? Sie kennen mit Sicherheit einige Orte, wo die Drogendealer ihre Quartiere haben, oder? Dort können wir mit unserer Suche beginnen. Außerdem sollte einer von uns hierbleiben, falls er nach Hause kommt. Ihr wisst nicht zufällig, wo Rob gewohnt hat, bevor er obdachlos wurde? Das wäre auch ein möglicher Ort, wo er sich aufhalten könnte.«

Ich starre Ray einige Augenblicke sprachlos an. In diesem Moment empfinde ich so viel Liebe für meinen zukünftigen Schwager, dass ich es kaum schaffe, ihm zu antworten. Dafür zittere ich zu sehr, außerdem hindert mich ein dicker Kloß im Hals daran. Weil er da ist. Weil er uns hilft. Einfach so. Weil er längst Teil unserer seltsamen Familie geworden ist.

»Was?«, fragt er, weil er meinen Blick offensichtlich nicht deuten kann, und ich schnaube.

»Es gab eine Zeit, da konnte ich dich nicht ausstehen, weißt du das?«, antworte ich, nachdem ich einige Male geschluckt habe, und Ellie zieht Ray lachend in seine Arme.

»Das sind Lindas Worte für ›*Danke*‹, falls du das nicht verstehst«, übersetzt mein Bruder.

Ray schüttelt den Kopf und mustert mich mit einem schiefen Grinsen. »Ich will nicht wissen, wie ein ›*ich liebe dich*‹ bei dir klingt«, meint er, und vor meinem inneren Auge sehe ich mich selbst einige Stunden zuvor. Ich sehe mich vor der Lagerhalle stehen und höre die Worte, die ich über Jonas gesagt habe. *Er ist ein emotionales Wrack. Unfähig für die Liebe. Er wird mich nie lieben.*

»Ich verwandle jedes ›*ich liebe dich*‹ in eine Waffe, die sich ins Herz bohrt, sodass am Ende nichts mehr von den Worten übrigbleibt«, murmle ich mehr zu mir selbst als zu Ray, denn genau das habe ich getan. Ich habe Jonas' Liebeserklärung, die er in einen wunderschönen Songtext gepackt hat, in eine Messerspitze verwandelt und ihm damit jegliche Gefühle für mich aus seinem Herzen herausgeschnitten.

Rays Blick nach zu urteilen hat er mich verstanden.

Allerdings antwortet er nicht, sondern atmet tief durch, fährt sich durch die Haare und wirft einen Blick auf die Uhr.

»Okay, also zurück zum Thema. Ihr wisst nicht zufällig, wo Rob früher lebte?«, wiederholt er seine Frage und Ellie verneint. Doch ich hebe die Schultern an.

»Ich weiß zwar nicht, wo Rob früher gelebt hat, aber Jonas hat mir gezeigt, wo er aufgewachsen ist. Und … na ja, es könnte derselbe Ort sein«, füge ich hinzu.

Rays Miene versteinert, während er mich mustert. Lange und schweigend.

Doch dann: »Jonas hat dir *was* gezeigt?«

Kapitel Neununddreißig

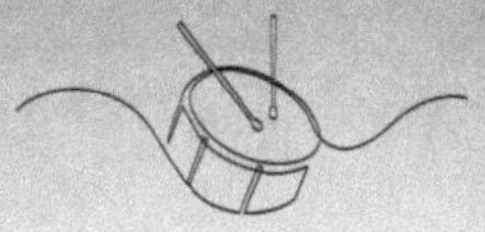

JONAS

Es sollte mich nichts angehen.

Ich hätte mich an den Plan halten und nach Hause gehen sollen.

Stattdessen laufe ich seit einer Stunde hinter Robert Hyde her, die Hände in den Hosentaschen, immer darauf bedacht, genügend Abstand einzuhalten, damit er mich nicht wahrnimmt. Allerdings bezweifle ich, dass er mich erkennen würde, selbst wenn ich direkt neben ihm liefe. Der Typ steht vollkommen neben sich, seine Hände zittern, und er schwankt, während er inzwischen die fünfte Ecke unserer alten Heimat aufsucht, wo die Dealer früher ihren Stoff verkauften. Nur ist das mehr als fünfzehn Jahre her. Seit einer Großrazzia vor vielen Jahren traut sich kein einziger Dealer mehr in die Nähe dieses Blocks, aber davon weiß Robert Hyde offenbar nichts.

Er biegt in die nächste Gasse und ich höre ihn kurz

darauf schluchzen, nachdem seine neueste Suche wieder erfolglos war. Er sinkt auf die Knie und bedeckt das Gesicht mit beiden Händen, trotz der Entfernung sehe ich das Beben seines Körpers. Ich sollte Genugtuung empfinden, sollte mich freuen, ihn in diesem Zustand zu sehen. Doch ich fühle nichts dergleichen.

Ich lehne mich gegen eine Hauswand mit hässlichen Graffiti und beobachte ihn, meinen Vater. Ein Häufchen Elend. Hilflos und allein.

Nur ist er das nicht. In diesem Augenblick sind Linda, Ellie und Ray und wahrscheinlich noch weitere Freunde auf der Suche nach ihm. Robert Hyde hat eine Familie, die sich um ihn kümmert und sich um sein Wohlergehen sorgt. Er wird geliebt, auch wenn er es meiner Meinung nach absolut nicht verdient hat. Und ich schätze, über kurz oder lang werden sie ihn finden, selbst wenn sie die Brennpunkte unserer Stadt nicht so gut kennen, wie ich es tue. Sie werden ihn finden und mit nach Hause nehmen, ihn pflegen und aufbauen. Sie werden sich um ihn kümmern, selbst wenn sie eigentlich keine Zeit dafür haben. Ray und Ellie werden ihre Hochzeitsvorbereitungen in den Hintergrund stellen, Linda wird vermutlich ihre Arbeits-Deadlines verschieben, nur um bei ihm zu sein. Selbst Dylan wird mit seiner Frohnatur dafür sorgen, dass Roberts Sucht in den Hintergrund gedrängt wird. Weil sie eine Familie sind.

Eine Familie, zu der ich nie zählen werde.

Ich hole mein Handy aus der Hosentasche und öffne die letzten Bilder, die Linda mir geschickt hat, bevor alles eskaliert ist.

Ich sehe Linda, die ein Selfie geknipst hat, kurz vor dem Polterabend, um mir das Outfit zu zeigen, das sie ausgewählt hat. Diese verflucht heiße, durchscheinende Bluse und der schwarze Minirock. Die weißblonden Haare sind hinter ihr Ohr gestrichen, die Lippen rot geschminkt, mit denen sie einen Kussmund für die Kamera formt. Ich liebe dieses Bild und das Glänzen in ihren Augen.

Das nächste Bild zeigt Dylan, der versucht, gleich vier Quietscheenten auf einmal zu tragen und dabei sichtlich Schwierigkeiten hat. Darunter hat Linda die Worte »Ich will sie alle haben!«, gepostet, und ich lächle für einen kurzen Augenblick. Gleichzeitig spüre ich diesen unglaublichen Schmerz in mir.

Ich war nie Teil dieser Familie und ich werde es nie sein. Völlig egal, wie sehr ich es mir wünsche, oder gewünscht habe. Lindas Worte waren mehr als deutlich – sie will mich nicht in ihrem Leben haben. Das wollte sie nie.

Dafür jedoch Robert Hyde.

Und so sehr es mir widerstrebt, auf ihn zuzugehen, löse ich mich dennoch von der Hauswand. Ich tue es für Linda. Für Dylan. Weil Rob Teil ihres Lebens ist und Linda verzweifeln würde, wenn er rückfällig wird.

Aus diesem Grund atme ich tief durch, laufe zu dem immer noch heulenden und zitternden Häufchen und bleibe erst stehen, als die Spitzen meiner weißen Nikes beinahe seine Knie berühren.

»Der alte Wong ist vor fünf Jahren gestorben«, fange ich an zu reden und beobachte, wie Robert erstarrt. »Hat sich den goldenen Schuss gesetzt«, füge ich hinzu und deute auf die kleine Gasse, aus der Rob vor wenigen Minuten erst herauskam. »Sein Sohn, du kennst ihn vermutlich unter dem Namen Tiger, hat die Geschäfte für ihn übernommen, aber er wurde letztes Jahr gefasst und sitzt seitdem ein.«

Nur langsam richtet Robert sich auf und sieht mich ungläubig und mit wässrigen Augen an, als wäre ich eine Erscheinung.

Ich ignoriere das seltsam beklemmende Gefühl in meiner Brust und deute hinter mich. »Die Plätze in der Pine Street wurden letztes Jahr hochgenommen, seitdem sind sämtliche Meth-Küchen in diesem Viertel verschwunden«, erkläre ich weiter. »Aber ich kann dir einige neue Adressen nennen, wenn du dein neues, ziemlich perfektes Leben wirklich wegwerfen willst.«

Robert schluchzt, streckt den zittrigen Arm nach mir aus, lässt ihn jedoch in der Luft hängen, als sei er unschlüssig, was er tun soll. Als hätte er Angst davor, mich zu berühren. Gut so. Ich will ihn nämlich nicht anfassen.

»Jonas«, sagt er nur und ich beiße auf das Piercing in meiner Unterlippe.

»Nein«, antworte ich. »Hier geht es nicht um mich, sondern um dich. Das Leben hat dir eine zweite Chance gegeben, Robert. Du hast eine neue Familie bekommen, eine verdammt perfekte Familie, wenn du mich fragst. Also sich zu, dass du es diesmal nicht versaust, indem du dich wieder zudröhnst und sie anschließend im Stich lässt! Reiß dich, verflucht noch mal, zusammen, denn das bist du Linda schuldig!«

Mit diesen Worten drehe ich mich um und lasse ihn stehen. Gleichzeitig entsperre ich ein weiteres Mal mein

Handy und schicke Ray meinen aktuellen Standort. Ich
schätze, er wird die Nachricht auch ohne Worte
verstehen.

Dann gehe ich nach Hause.

Kapitel Vierzig

LINDA

Drei Wochen. Drei ganze Wochen sind vergangen, seitdem ich Jonas zuletzt gesehen habe. Drei Wochen, in denen Dylan mindestens einmal am Tag gefragt hat, wann er ihn wiedersehen würde. Einundzwanzig Tage, an denen ich mich unablässig in die Arbeit stürzte, um auf andere Gedanken zu kommen.

Erfolglos.

Ich habe mich sogar dazu aufgerafft, in den Büroräumen des Verlags zu arbeiten, damit mich nichts an Jonas erinnert. Doch selbst das hat nicht geholfen. Sobald ich wieder zu Hause war, prasselten sämtliche Bilder auf mich ein, die mich kaum atmen ließen. Und das tun sie immer noch.

Ein Blick auf den Parkplatz vor unserem Haus und ich sehe den Tourbus dort stehen. Ich spüre Jonas' Lippen auf meinem Körper, fühle das sanfte Kraulen, mit dem er anschließend meinen Rücken verwöhnt hat, nachdem ich mitten in der Nacht mit nichts als einem Mantel zu ihm in den Bus gestiegen bin.

Ein Blick in die Küche und ich schmecke erneut die Gemüsebrühe, die er mir gekocht hatte, als ich fiebrig im Bett lag. Ein Blick auf Ray genügt, um den neuen, noch unveröffentlichten Song in meinem Kopf zu hören, dessen Text Jonas geschrieben hat – seine Liebeserklärung an mich.

Und ein Blick zu Rob führt dazu, dass der Schmerz kaum noch auszuhalten ist.

Weil ich weiß, dass Jonas es war, der ihn in jener Nacht gefunden hat.

Weil ich inzwischen die Worte kenne, mit denen er Rob dazu gebracht hat, einzulenken und umzukehren. Allein aus diesem Grund werde ich Jonas auf ewig dankbar sein. Ich kann mir gar nicht ausmalen, wie viel Kraft es ihn gekostet haben muss, auf den Mann zuzugehen, der ihn in frühester Kindheit alleingelassen hat. Ich erinnere mich an den Schmerz in seiner Stimme, als er mir von seinem Dad erzählt hat. Jeder andere Mensch hätte in dieser Situation Genugtuung empfunden und womöglich noch auf den verzweifelten Menschen gespuckt. Jonas nicht. Er hat all das hinter sich gelassen, damit Rob zu uns zurückkehrt und keinen weiteren Rückfall erleidet. Er hat die Worte gefunden, die Rob gebraucht hat, um aufzustehen und weiterzumachen.

Genau deshalb könnte ich jedes Mal aufs Neue heulen, wenn Rob in seiner Arbeitstracht erscheint, weil seine Schicht im Restaurant beginnt, oder wenn er in der Küche steht und irgendein Abendessen kocht. Weil Jonas es geschafft hat.

Außerdem sehen sie sich tatsächlich ähnlich. Auf den ersten Blick vielleicht nicht, da Rob nun einmal helle Haut und weißes, schütteres Haar hat, Jonas hingegen schwarze Dreadlocks und diesen wunderschönen dunklen Teint, den ihm seine Mom vererbt hat. Aber mit jedem weiteren Blick finde ich neue Kleinigkeiten, die unverwechselbar sowohl zu Jonas als auch zu Rob passen. Sei es die Art und Weise, wie Rob in seiner Teetasse rührt, wie er die Augen zusammenkneift, wenn er liest, oder seine Art, sich zu räuspern.

Jonas ist überall. In meinen Gedanken, in meinem Zuhause, in meinem Herzen. In meinen tiefsten Sehnsüchten.

Nur wird er nie an meiner Seite sein. Dafür habe ich gesorgt.

Ich dachte wirklich, der Schmerz würde mit der Zeit abebben, immerhin war ich diejenige, die ihn von mir gestoßen hat.

Das Knarzen der Zimmertür unterbricht meine selbstmitleidigen Gedanken und ich schmunzle, als mein Zwillingsbruder – schusselig, wie eh und je – hereinstolpert.

»Hey, hast du kurz … au, verdammt!«, schreit er und hält sich das Schienbein, mit dem er gegen Dylans Kinderbett gestoßen ist. Er trägt seinen cremefarbenen Hochzeitsanzug und hält in der einen Hand eine Krawatte und in der anderen eine Fliege.

Als er mich nun jedoch im Schneidersitz auf dem Bett sitzend findet, legt er kurzerhand beides auf meinen Schreibtisch und setzt sich zu mir auf die Matratze.

Er mustert mich einige Augenblicke und seufzt schließlich.

»Hast du mal dran gedacht, wie es wäre, ihm die Wahrheit zu sagen?«, fragt er, weil ihm ein kurzer Blick genügt, und er weiß, woran ich denke, beziehungsweise an wen.

Ich schnaube. »Was soll ich ihm denn sagen? Dass ich Angst davor habe, mein Herz zu öffnen? Dass ich diejenige bin, die völlig unfähig ist, Beziehungen einzugehen? Oder dass ich ihn so sehr liebe, dass jeder Atemzug wehtut? Nur, weil ich weiß, wie sehr ich ihn verletzt habe?«

Mit jedem meiner Worte entgleisen Ellies Gesichtszüge ein Stück mehr. Am Ende starrt er mich mit offenem Mund und weit aufgerissenen Augen an. Dann zwinkert er. Einmal, zweimal, und schüttelt den Kopf.

»Wer bist du? Und was hast du mit meiner Schwester gemacht?«, fragt er und ich boxe ihm mit dem Ellenbogen in die Seite.

»Arschloch!«

»Oder möglicherweise habe ich mich auch nur verhört. Denn es kann nicht sein, dass meine herzallerliebste Schwester das Wort ›Liebe‹ in den Mund genommen hat, und das völlig ohne Ironie.«

Ehe ich mich wehren kann, legt Ellie einen Arm um mich und zieht mich ganz nah an sich heran. »Ich bin stolz auf dich«, sagt er leise und küsst anschließend meinen Scheitel.

»Worauf?«, frage ich, denn mir fällt beim besten Willen nicht ein, welche meiner Aussagen diese Antwort rechtfertigt. Eigentlich zeigt sie nur, wie erbärmlich ich bin.

»Du bist zum ersten Mal seit vielen, vielen Jahren ehrlich zu dir selbst. Und das, obwohl es wehtut«, antwortet er schlicht.

Ich schlucke. Denn ja, möglicherweise hat Ellie recht. Ich habe die Fähigkeit, mich selbst zu belügen, in den letzten Jahren perfektioniert. Ich habe mein Herz hinter einer dicken Mauer versteckt und mir eingeredet, auf diese Weise unverwundbar zu sein. Doch dann kam Jonas und hat die Mauer mit einem einzigen Schlag niedergerissen.

Mit ungelenken Bewegungen wische ich mir neue Tränen aus den Augenwinkeln und schniefe leise.

»Es ist ein beschissenes Gefühl, um ehrlich zu sein«, gebe ich zu und Ellies Umarmung wird noch ein Stückchen fester.

»Ich weiß«, sagt er und ich spüre, dass er in diesem Moment an die Anfänge seiner eigenen Beziehung denkt. Ray hatte ihn damals angelogen und ihn vor laufender Kamera von sich gestoßen. Weil es Ray vertraglich nicht erlaubt war, eine Beziehung einzugehen. Ich erinnere mich an Ellies Tränen und seinen Schmerz, als wäre es erst gestern gewesen. Dennoch hat er nie aufgehört, auf sein Herz zu hören und zu seinen Gefühlen zu stehen, völlig egal, wie schmerzhaft es für ihn wurde. Mein starker, wunderbarer Bruder. Ob er weiß, was für ein Vorbild er für mich ist? Vermutlich nicht, weil ich noch nie etwas gesagt habe.

Mein Blick gleitet zum Schreibtisch und zur Krawatte und Fliege, dann lächle ich. Ellie heiratet.

Und das schon am kommenden Wochenende. Für ihn hat es sich gelohnt, ehrlich zu bleiben, denn er ist seitdem glücklich wie nie zuvor. Kein Mensch hat es mehr verdient als er.

Ich ziehe Ellies Hand an mein Gesicht und küsse seinen Handrücken. Dann krabble ich vom Bett und betrachte die Seidenkrawatte und die Fliege, die beide einen ähnlichen Weißton haben wie sein Anzug. Dann rümpfe ich die Nase.

»Bisschen farblos, oder?«, frage ich und Ellie stöhnt.

»Ich weiß! Eigentlich dachte ich daran, eine Krawatte passend zu meinen Socken anfertigen zu lassen. Aber dann hat die Verkäuferin einen Blick auf die *Happy Socks* geworfen und den Mund völlig angewidert verzogen, sodass ich mich nicht mehr getraut habe, danach zu fragen.«

Ich grinse. »Welche Socken?«, frage ich, da Ellie seit Jahren nur noch quietschbunte Socken trägt, ein Paar schräger als das andere. Er bedeutet mir, zu warten, und verlässt eilig das Zimmer. Nur Sekunden später erscheint er wieder und hält regenbogenbunte Socken in der Hand, auf denen die Buchstaben R&E in Schnörkelschrift abgedruckt sind. Ich nehme sie und fahre gedankenversunken über die Buchstaben. Sie sind perfekt, weil sie einfach zu einhundert Prozent meinem Bruder entsprechen: bunt, fröhlich und verliebt.

Dann frage ich: »Was denkst du, wie lange würde so eine Sonderanfertigung einer Fliege oder Krawatte dauern?«

Kapitel Einundvierzig

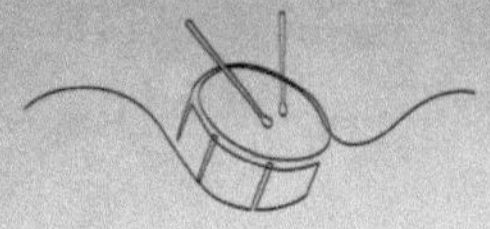

JONAS

»O Gott! Ich kriege keine Luft!«

Ray öffnet den obersten Knopf seines Hemdes und hechelt dabei wie eine alte Dogge. Kurz darauf fährt er sich zum gefühlt tausendsten Mal durch die Haare und betrachtet sich dabei völlig verzweifelt im Spiegel, der in seinem alten Jugendzimmer bei seinen Eltern aufgestellt ist.

Ich stehe wenige Schritte hinter ihm und kann mein Grinsen nicht mehr verbergen. Rays Nervosität ist so vollumfassend, dass ich sie fast schon knistern höre.

»Weißt du, was ich sehr lustig finde? Du hast vor einem Riesenpublikum in der Great American Music Hall gespielt und warst lange nicht so aufgeregt, wie jetzt.«

»Schieb dir dein ›lustig‹ sonst wohin!« Rays Blicke erdolchen mich im Spiegelbild, woraufhin ich laut lache.

Nachdem er noch weitere fünf Mal die

Hemdknöpfe geöffnet und anschließend wieder geschlossen hat, dreht er sich im Kreis und flucht erneut.

»Wo sind die Manschettenknöpfe? Fuck! Ich habe sie doch hergerichtet!«

Ehe das Ganze noch ausartet, schreite ich ein, hole die Manschettenknöpfe, die glänzend und eigentlich unübersehbar auf seinem Schreibtisch liegen, und ergreife Rays eiskalte und klatschnasse Hände.

»Atme, Ray«, sage ich und helfe ihm mit den Manschetten. »Atme und genieße. Es ist dein großer Tag. Und er wird perfekt.«

Ray verzieht das Gesicht und blickt missmutig nach draußen. Natürlich regnet es seit heute Morgen ohne Unterlass, sodass wir gezwungen waren, ein provisorisches Zelt am Strand aufzubauen, damit die Trauung zumindest einigermaßen im Trockenen stattfinden kann. Ray und Ellie wollten unbedingt diesen Ort und diesen Tag für ihre Hochzeit, denn heute, genau vor zwei Jahren, haben sie sich dort zum ersten Mal geküsst. Dass die Jahreszeit nicht wirklich für eine Hochzeit im Freien geeignet ist, war ihnen bei der Planung unwichtig vorgekommen – trotz unserer Einwände.

Zum Glück gibt es Linda, das Allround-Organisationstalent. Denn sie hat sich in ihrem Job als Trauzeugin auf alle Eventualitäten vorbereitet und daher schon im Vorfeld einen Plan B und Plan C ausgearbeitet, sollte das Wetter uns einen Strich durch die Rechnung machen. Die Pläne hat sie mir und allen anderen helfenden Personen schon vor Monaten geschickt. Wir mussten heute Morgen um fünf Uhr nur noch ihr Dokument öffnen und jeden einzelnen Punkt der Reihe nach abarbeiten. Auf diese Weise steht nun ein wunderschöner, weißer und großer Pavillon mit Seitenwänden, die den Wind abschirmen, am *Pirate Beach* und wartet auf seine Gäste. Die Fackeln für die Strandbeleuchtung haben wir kurzerhand eingetauscht. Nun rahmen wasserfeste, solarbetriebene Lichter rechts und links die kleine Bucht ein und glitzern in regenbogenbunten Farben. Die Blumenarrangements wurden reduziert, ebenso die Stehtische. Dafür stehen die Stühle der Gäste näher beieinander und die kleine Bühne befindet sich direkt unter dem Pavillon. Wir haben beschlossen, die Musik unplugged zu spielen, auf diese Weise müssen wir uns keine Gedanken machen, die Elektrotechnik wasserfest zu verkabeln.

Alles ist bereit. Und es ist perfekt, trotz des Wetters. Linda hat mal wieder bewiesen, was in ihr steckt. Sie ist und bleibt eine Powerfrau. Und ich glaube, dass sie das Zeug dazu hätte, als Eventmanagerin beruflich durchzustarten. Das Organisieren von Partys liegt ihr und irgendwie glaube ich, dass sie damit glücklicher werden könnte, als sie es bei ihrem bisherigen Job ist. Ich hätte ihr das wahnsinnig gerne in den letzten Tagen mitgeteilt, allerdings hat mich jedes Mal der Mut verlassen, sobald sie in meine Nähe kam. Die Sehnsucht, sie in den Arm zu nehmen, wurde so unerträglich, dass ich mich immer wieder abwenden musste. Aus diesem Grund blieb es bei einem sachlichen Informationsaustausch von Trauzeugin zu Trauzeuge per Handynachricht oder E-Mail. Nicht mehr und nicht weniger.

Sie will mich nicht. Es ist verdammt noch mal Zeit, das zu akzeptieren.

Außerdem geht es heute nicht um mich oder Linda, sondern um ihn. Ich richte den Blick auf meinen besten Freund, der in diesem Augenblick wieder einen Arm anhebt, um sich durch die Haare zu fahren, doch ich hindere ihn daran und ergreife seine nasskalte Hand.

»Ray«, sage ich und warte, bis er mich ansieht. »Du siehst verflucht gut aus. Die Location sieht wunderschön aus. Und das Wetter?« Ich deute hinaus in den Regen und zucke mit den Schultern. »Wenn ich mich richtig erinnere, hat es damals doch auch geregnet, nicht wahr? Sieh es als gutes Omen an.«

Ray stöhnt ungläubig und lehnt den Kopf gegen die kalte Fensterscheibe. »Vielleicht hätten wir doch bis zum Frühjahr warten sollen, bis nach unserer Tournee«, meint er und schluckt sichtbar. »Vielleicht waren wir mit allem zu schnell. Was, wenn …«, beginnt er, doch ich unterbreche ihn.

»Liebst du Ellie?«, frage ich und höre prompt sein ehrliches Ja. »Haben alle eure Freunde und Familienmitglieder zugesagt, die ihr dabeihaben wollt?«

Wieder folgt ein Ja. »Willst du in die Welt hinausschreien, dass du bis an dein Lebensende an Ellies Seite bleiben willst?«

Ray sagt das Ja in einer Lautstärke, die in meinen Ohren schmerzt, und ich grinse.

»Wovor hast du dann Angst?«

Ray kommt nicht dazu, zu antworten, denn ein Klopfen unterbricht unsere Unterhaltung und kurz darauf erscheint Rays Dad in dem einstigen Jugendzimmer.

Als er seinen Sohn erblickt, bleibt er stehen und räuspert sich mehrmals. Das Glänzen in seinen grünen Augen ist kaum zu übersehen und er blinzelt ein paarmal, bevor er zu sprechen beginnt.

»Ich … wow, Ray, du siehst … wow«, mehr kommt nicht heraus, dafür jedoch ein Schluchzen, das ich noch nie zuvor aus seinem Mund gehört habe. Und ich kenne Rays Dad schon lange.

»Ich bin so unglaublich stolz auf dich, mein Junge«, sagt er nach einigen Atemzügen und ich gehe ein paar Schritte in Richtung Fenster, um Ray und seinem Dad ein wenig Privatsphäre zu lassen, die sich nun innig im Arm liegen. Ich freue mich so für Ray. Es war kein einfacher Weg für ihn, sich selbst zu akzeptieren und zu Ellie zu stehen. Der Druck von den Medien war teilweise selbst für mich unerträglich. Und doch wirkt Ray unglaublich glücklich.

Mit einem seligen Lächeln lasse ich den Blick aus dem Fenster schweifen. In diesem Augenblick sehe ich unseren Tourbus in die Einfahrt der Familie Williams einbiegen und halte den Atem an.

Ellie kommt.

Und mit ihm auch Linda.

Ich höre Jubelrufe und Applaus von Lexi, Cindy und Gordon, die bereits hier sind und nun trotz des strömenden Regens zum Bus laufen, um Ellie in Empfang zu nehmen. Ich erkenne auch Rays Mom, die die Ankömmlinge mit einem freudigen Winken begrüßt. Doch ich selbst habe nur Augen für sie:

Linda.

Sie trägt ein langes, petrolfarbenes Kleid, dessen Dekolleté in Spitze eingefasst ist. Ihre weißblonden

Haare sind hochgesteckt und mit kleinen, ebenfalls petrolfarbenen Blüten geschmückt. Sie sieht wunderschön aus.

Erst als Ray neben mir am Fenster erscheint, merke ich, dass ich die Luft angehalten habe, und atme tief durch, während mein bester Freund nun vollkommen erstarrt.

»Ellie«, sagt er nur und schluckt. Als hätte er die leisen Worte gehört, hebt Ellie den Kopf und findet den Blick seines Verlobten durch die verregnete Fensterscheibe im ersten Stock des Gebäudes. Das Lächeln, das nun auf Ellies Gesicht erscheint, ist unbeschreiblich und Ray drückt meine Hand, als wäre sie ein Schraubstock.

»Womit habe ich diesen Menschen nur verdient?«, fragt er andächtig.

Ich drücke ebenfalls seine Hand und lächle. »Na, komm. Wir wollen ihn nicht warten lassen, oder? Es ist Zeit für dich, deinen Lieblingsmenschen zu heiraten.«

Kapitel Zweiundvierzig

LINDA

Ich gebe es zu – ich stehe auf Männer im Anzug. Himmel! Sie sehen alle absolut fantastisch aus. Rays Anzug schimmert in einem dunklen Grün, das einfach perfekt zu ihm und seiner gesamten Ausstrahlung passt. Außerdem liegt er so eng an, dass seine trainierte Körperform für alle erkennbar ist. Aus seiner Brusttasche leuchtet das regenbogenbunte Einstecktuch, das ich zusammen mit Ellies Krawatte und weiteren Bändern für uns als Hochzeitsgesellschaft besorgt habe – und das zu meinem Glück gerade noch rechtzeitig fertig wurde. Seine schwarzen Haare sind leicht zerzaust, als hätte er sie absichtlich verstrubbelt. Aber irgendwie passt die Frisur zu ihm, es lässt ihn wild und ein wenig verwegen aussehen. Und auch, wenn er zukünftig mein Schwager sein wird, gebe ich es offen und ehrlich zu – Ray sieht verflucht heiß aus.

Das, genau das, rede ich mir jetzt zum wiederholten Mal ein, um meinen Blick auf besagtem Bräutigam zu lassen. Leider ist das alles andere als einfach, wenn neben ihm sein Trauzeuge steht, der so atemberaubend gut aussieht. Ich glaube, ich habe Jonas noch nie zuvor in einem Anzug gesehen. Doch nun … Himmel! Er trägt einen schlichten, schwarzen Zweiteiler und ein weißes Hemd, dessen obere schwarze Knöpfe geöffnet sind. Allein diese kleine Aussicht auf seinen nackten Hals genügt, dass mein Mund staubtrocken wird. Ganz zu schweigen vom Rest seines Körpers, die langen Beine, die in einer ebenfalls schwarzen Hose stecken, oder die weißen Nikes, die im dunklen Sand beinahe leuchten, genau wie das Regenbogenband, das er um seine Dreadlocks gebunden hat. Jonas sieht wunderschön aus. Ich betrachte seine aufrechte Haltung, die markante Kieferpartie, die aufgrund der zurückgebundenen Frisur noch deutlicher wird, und mustere das sanfte Lächeln, mit dem er Ray zunickt, der just in diesem Moment seine Gitarre ergreift.

Verflucht! Ich wollte mich doch auf Ray konzentrieren. Auf ihn und Ellie. Ich zwinkere mehrmals und drehe mich bewusst um, um meinen Bruder zu suchen, der am Eingang der kleinen Bucht unter einem riesigen Regenschirm steht, in diesem Augenblick Mom umarmt und sie auf die Wange küsst. Auch er sieht hinreißend aus in dem cremeweißen Anzug. Die Hose trägt er etwas hochgekrempelt, und ich schmunzle, als ich die bunten Socken selbst aus dieser Entfernung erkennen kann. Weil sie trotz Regen und der dazugehörenden tristen Stimmung am Strand leuchten. Genau wie die passende Krawatte. Weil sie in die Welt hinausschreien, dass Liebe bunt und alles andere unwichtig ist.

Plötzlich ertönen sanfte Gitarrenklänge und die Hochzeitsgesellschaft erhebt sich von den Stühlen. Kurz darauf entdecke ich meinen Sohn, der seinen allerersten Anzug und eine bunte Fliege trägt, vorangeht und Ellie den Weg weist. Geraune und leises Kichern wandern durch die Gästereihen und ich kann mein stolzes Lächeln gar nicht abstellen. Dylan macht das großartig. Sein ernster Gesichtsausdruck kombiniert mit den roten Wangen ist göttlich. Doch dann bleibt er mitten im Gang stehen und mein Herz stolpert. Ich höre sein erfreutes Quieken und das Wort »Joonii!«, und schon scheinen die Hochzeit und Ellie unwichtig zu sein. Ohne weiter auf meinen Bruder zu achten, sprintet Dylan los und bleibt erst stehen, als er sich in Jonas' Armen wiederfindet. Ich ignoriere das Lachen der Gäste und die kurze Stille, da sogar Ray für einen Augenblick vergessen hat, weiterzuspielen.

Alle Augenpaare scheinen auf Jonas und Dylan gerichtet zu sein, wobei sich Ersterer verlegen räuspert, bevor er sich wieder erhebt und Dylan sanft zurück in Ellies Richtung schiebt. Als wäre nichts gewesen, beginnt Ray zu singen, während Dylan nun gemeinsam mit Ellie zu ihm schreitet.

Allerdings sehe ich das nur aus dem Augenwinkel. Denn ich kann meinen Blick nicht von Jonas abwenden. Weder vom Glänzen in seinen Augen noch von dem sanften Lächeln und schon gar nicht von der einzelnen Träne, die über seine Wange rinnt, während er meinen Sohn betrachtet.

Rays dunkle Stimme jagt mir einen Schauer über die Arme. Er singt davon, anzukommen, und ich höre Ellies leises Schluchzen, weil er sehr wohl versteht, dass der Song von ihm handelt. Doch ich kann mich noch immer nicht auf das Hochzeitspaar konzentrieren.

»Mommy? Dylan gut gemacht?« Ich höre die Stimme meines Sohnes, der inzwischen neben mir steht, was dafür sorgt, dass Jonas zu mir sieht. Er hat Dylan die ganze Zeit über beobachtet, nun spüre ich den durchdringenden Blick seiner dunklen Augen auf mir, und ich schlucke. Das Glänzen ist mit einem Mal verschwunden, ebenso das selige Lächeln, stattdessen erkenne ich Traurigkeit in seinen Augen, während er den Mund zu einem schiefen Grinsen verzieht. Kurz darauf formt er mit den Lippen das Wort »Sorry«. Ich höre sein Räuspern, dann kappt er unsere Verbindung.

»Mommy?«, wiederholt Dylan etwas lauter und endlich reiße ich mich von Jonas' Anblick los. Vorsichtig gehe ich in die Knie und küsse Dylan auf die Wange.

»Du hast das ganz wunderbar gemacht, mein Schatz«, flüstere ich und ernte ein stolzes Lächeln.

Die Traurednerin beginnt mit ihrer Begrüßung und ich konzentriere mich zum ersten Mal auf meinen Bruder und Ray. Jonas sollte mich nicht so aus der Bahn werfen. Weder sein Anblick noch sein Lachen. Er hat Dylan ins Herz geschlossen, na und? Es sollte mir nicht so viel bedeuten. Und es sollte definitiv nicht solch eine Sehnsucht in mir auslösen. Ich habe kein Recht mehr auf Gefühle dieser Art!

Außerdem geht es jetzt nicht um mich, sondern um Ellie. Mein Herz hat in den nächsten Stunden zu schweigen. Das sollte machbar sein, immerhin bin ich Linda, der Eisklotz in Person.

Ich blinzle ein paarmal und zwinge mich dazu, tief durchzuatmen. Doch die Rede der freundlichen

Standesbeamtin geht komplett an mir vorüber, ohne dass ich auch nur ein Wort aufnehme. Erst als sie Ellie und Ray dazu auffordert, ihre Gelübde vorzutragen, verdränge ich meine Gefühle zu Jonas in den hintersten Winkel meines Herzens und beobachte, wie Ray sich zitternd durch die Haare fährt, bevor er Ellies Hände ergreift. Jetzt geht es los, das will ich auf keinen Fall verpassen!

»Ich«, fängt er an, schüttelt den Kopf und lacht leise. Ich meine, das Wort »Fuck«, aus seinem Mund zu hören, ehe er tief durchatmet. »Gott, ich bin nervös«, fügt er hinzu, was ein leises Kichern in den Reihen der Gäste auslöst. Ich kann es ihnen nicht verübeln, ausgerechnet Ray Williams, der Rockstar, der auf internationalen Bühnen gesungen hat, findet keine Worte, um Ellie sein Ehegelübde vorzutragen. Er schüttelt ein weiteres Mal den Kopf, lässt Ellie los und greift stattdessen nach seiner Gitarre, die wenige Schritte neben ihm auf der kleinen Bühne auf einem Stuhl liegt.

»Ich glaube, ich kann nur singen. Bitte nimm es mir nicht übel«, sagt er an Ellie gewandt, und ohne eine Antwort abzuwarten, fängt er an.

Schlagartig verwandelt sich die Stimmung am Strand. Die Nervosität in Rays Stimme ist verschwunden, stattdessen verspricht er Ellie in einem klaren und dunklen Timbre seine Treue. Er beteuert, immer an seiner Seite zu bleiben, mit allem, was er geben kann. Die Liebe zu meinem Bruder ist mit jeder Note deutlich hörbar und ein Blick zu Ellie lässt mich ergriffen lächeln. Er ist nicht beleidigt, weil Ray die Gitarre als Hilfsmittel für sein

Gelübde benötigt – im Gegenteil, er wirkt glücklich wie nie zuvor.

Ray beendet sein gesungenes Versprechen mit den simplen Worten »Because i love you«, die jedoch alles bedeuten. Ellie schnieft laut hörbar und wischt sich über die Augen.

»Ich kann nicht singen, ich hoffe, das ist dir bewusst«, antwortet er und lacht, nachdem die Traurednerin ihn dazu auffordert, ebenfalls sein Gelübde vorzutragen. Er räuspert sich einige Male und ich kralle die Fingernägel in meine Unterarme, weil ich seine Nervosität so deutlich spüre. Das Gelübde kenne ich in- und auswendig, weil er es mehrmals zusammen mit mir geübt hat, dennoch bekomme ich eine Gänsehaut, als mein Bruder zu sprechen beginnt.

»Raymond Albert Williams«, sagt er und ein allgemeines Kichern wandert durch die Gästereihen. »Du sagtest einst, dass es nur einen einzigen Grund für mich gäbe, der es mir erlaubt, deinen kompletten Namen auszusprechen – und zwar, wenn wir vor einer Standesbeamtin stehen.« Er hält inne und deutet lachend auf die Frau vor ihnen. »Und nun sind wir hier.« Ellie presst die Lippen aufeinander, sein Blick flackert für einen Moment zu mir und ich schenke ihm ein kurzes, aber absolut ehrlich gemeintes Lächeln, das ihm zeigt, dass ich an ihn glaube. »Hätte mir vor zwei Jahren jemand erzählt, dass ich mich in den Frontsänger der ehemaligen Band *Ray and the Kings* verlieben würde, hätte ich ihn ausgelacht. Zumal ich deine Songs als ›gequirlte Scheiße‹ bezeichnet habe.« Wieder lachen alle, doch Ellie sucht Rays Blick und ergreift seine Hände. »Doch dann hatte ich das große Glück, hinter deine Mauern blicken zu dürfen. Und das verschlägt mir ehrlich gesagt bis heute die Sprache.«

Mein Blick schwenkt kurz zu Jonas und mein Herz macht einen Satz, denn er sieht mich ebenfalls an. Ich kann seine Mimik nicht deuten, dafür wirkt sie zu starr, vermutlich ist sie der Spiegel meines eigenen Gesichts, denn ich schaffe es nicht, ihm ein Lächeln zuzuwerfen.

»Du hast mir beigebracht, was wahre Liebe bedeutet. Bei dir darf ich laut sein, und auch mal ganz leise. Selbst wenn ich zum tausendsten Mal gegen dasselbe Möbelstück springe und mir den Zeh anstoße, tröstest du mich. Bei dir darf ich schwach sein, aber genauso oft auch stark. Bei dir darf ich sein, wer ich bin. Und das macht mich unendlich dankbar und glücklich. Raymond Albert Williams, ich liebe dich mit allem, was ich habe, mit allem, was ich bin. Und ich will mein Leben mit dir zusammen leben, ich möchte mit dir zusammen lachen und auch weinen, weil ich weiß, dass wir gemeinsam alles schaffen. Ray, ich verspreche dir, deine Hand zu halten, bis sie alt und faltig ist, weil du der Mann bist, mit dem ich irgendwann mit Rollator und Gehstock am Strand entlang spazieren will. Weil ich dich liebe. Immer.«

O verdammt! Ich kenne den Text in- und auswendig, wieso habe ich dennoch Tränen in den Augen?

»Oh, Ellie«, höre ich Rays zittrige Stimme, dicht gefolgt von:

»Hiermit erkläre ich euch, Kraft meines Amtes, zu Ehemann und Ehemann.«

Jubel bricht aus, als Ellie in Rays Arme stürzt und die beiden sich küssen. Leider hindert mich ein dicker

Kloß daran, ebenfalls zu jubeln, dafür ist mein Herz viel zu voll. Ich freue mich so für Ellie, meine zweite Hälfte. Und natürlich auch für Ray, immerhin hat er den wundervollsten Menschen geheiratet, den es gibt.

Bevor sich die Hochzeit in das Partyzelt im Garten von Rays Eltern verlagert, ergreifen Ray, Alec und auch Jonas ihre Instrumente und sie spielen zum Abschluss eine unplugged Version von *Black Mirror*, einen ihrer ersten Songs der neuen Band *Nameless*. Dabei spielt Alec, der allem Anschein nach jedes Instrument spielen kann, anstelle des Keyboards auf der Bassgeige, was in Kombination mit Gitarre und Schlagzeug einen wunderschönen Klang erzeugt. Ellie steht direkt vor Ray und grinst dabei wie ein Honigkuchenpferd. Auch Alec wirkt glücklich und beobachtet das frisch vermählte Paar mit einem seligen Lächeln im Gesicht. Nur Jonas nicht.

Sein Blick ist auf mich gerichtet, und die Traurigkeit darin fühlt sich schlimmer an als tausend Messerspitzen.

Kapitel Dreiundvierzig

JONAS

Ich dachte wirklich, es wäre einfacher. Schließlich ist es Rays Hochzeit, der schönste Tag im bisherigen Leben meines besten Freundes. Ich dachte, ich könnte mich voll und ganz auf meinen Job als Trauzeuge konzentrieren und mein eigenes Herz ignorieren.

Einen Scheißdreck kann ich.

Die Trauung war die reinste Folter für mich, denn offenbar ist das Gehirn eines Menschen so programmiert, dass es Worte, die es aufnimmt, immer auf sich selbst projiziert. Sprich, sobald die Standesbeamtin das Wort ›Liebe‹ in den Mund genommen hat – was bei einer Hochzeit ja nur gefühlt tausendmal passiert, wanderte mein Blick zu Linda, zu meiner Liebe. Und mit jedem Blick verkrampfte sich mein Herz aufs Neue. Ich fühle mich wie der Esel, vor dessen Maul die Karotte an einer Schnur baumelt, und der doch nie drankommt. Linda ist der Mensch, den ich so sehr begehre, dass es wehtut. Zu wissen, dass sie nie mehr sein wird als eine flüchtige Bekannte, ist schrecklich. Und Dylan …

Gott! Ich weiß, dass ich ihn niemals hätte umarmen dürfen. Schon gar nicht, während Ellies Auftritt. Ich habe nicht nachgedacht. Nicht eine Sekunde lang. Es war eine Kurzschlussreaktion, ihn in den Arm zu nehmen. Aber ich habe Dylan so vermisst. Sein Lachen, seine Stimme, den Duft seiner Haare. Alles an ihm. Es ist mir durchaus bewusst, dass ich kein Recht darauf habe, Dylan zu lieben. Aber mein Herz scheint sich nicht darum zu kümmern. Auch jetzt kostet es mich meine gesamte Kraft, am anderen Ende des Partyzelts stehen zu bleiben und Dylan und Linda aus dem Weg zu gehen. Meine Hand ist um den Hals der Bierflasche gekrallt, sodass alle Knöchel sichtbar sind, und ich stehe stocksteif am Eingang des Zeltes und bekomme nur am Rande die Glückwünsche bezüglich unserer Musikwahl während der Zeremonie mit.

»Danke dir. Ja, es war Jonas' Idee, unplugged zu spielen«, höre ich Alecs Worte und er legt den Arm um meine Schultern. Erst jetzt schaffe ich es, den Blick von Linda zu lösen und schaue stattdessen in ein weiteres Gesicht, das mir regelmäßig Bauchschmerzen bereitet.

Robert Hyde steht vor mir und nickt. »Gute Entscheidung«, sagt er an Alec gewandt und räuspert sich. »Und *Black Mirror* klang in Kombination mit dem Kontrabass außergewöhnlich schön. Diese Tiefe verleiht dem Song eine völlig neue Dramatik. Finde ich«, fügt er hinzu und sein Blick huscht zu mir, als wolle er sich bei mir rückversichern, ob er das Richtige sagt. Bevor ich zu einer Antwort ansetzen kann, höre ich Alecs lautes Lachen.

»Sag ich doch! Wir brauchen Tiefe! Rob, könntest du das bitte auch Ray verklickern? Ich versuche seit Monaten, ihm diese Tatsache klarzumachen!«

»Wer spricht von mir?«, klinkt sich Ray mit ein und umarmt uns beide stürmisch von hinten. Kurz darauf küsst er sowohl mich als auch Alec auf die Wange. »Ich liebe euch, Jungs. Danke für die geile Zeremonie!«

Alec wischt sich mit einem amüsierten Gesichtsausdruck die Wange trocken und deutet auf meinen Vater, dessen Blick immer noch auf mich gerichtet ist.

»Dein Mitbewohner meinte übrigens, dass uns die Tiefe fehlt.«

»Nun, also … so habe ich das nicht …«, kommentiert Robert, wird allerdings von Ray unterbrochen, der leise seufzt.

»Ich weiß«, sagt er und Alec reißt die Augen auf.
»Wie bitte?«

Ray seufzt ein weiteres Mal und fährt sich durch die Haare. »Möglicherweise hattest du recht. Wir benötigen einen Bassisten. Das heute klang verdammt geil. Aber … lass uns das ein anderes Mal besprechen, ja?«

Alec sieht so aus, als hätte er soeben einen Geist gesehen. »Und du sagst das nicht, weil heute der schönste Tag in deinem Leben ist und du einfach keinen Streit vom Zaun brechen willst?«

Ray lacht laut auf. »Das findest du schon noch heraus.« Mit diesen Worten mischt er sich unter die Leute. Alec dreht sich zu mir und schüttelt den Kopf, sodass seine Locken wild umherfliegen.

»Hat er das ernst gemeint?«, fragt er und ich zucke mit den Schultern.

»Keine Ahnung. Ich weiß nur, dass heute nicht der richtige Tag ist, mir darüber Gedanken zu machen. Jetzt komm, lass uns feiern!«, füge ich hinzu, hauptsächlich, um von Robert Hyde weg zu kommen, der noch immer vor mir steht. Leider spüre ich im nächsten Moment seine zittrige Hand auf meiner. »Jonas, hättest du ein paar Minuten Zeit?«, fragt er.

Nein. Das Wort liegt mir bereits auf der Zunge. Aber Roberts Blick wirkt so flehend, so verzweifelt, dass ich tief durchatme, nicke und anschließend das Zelt verlasse. Schlimmer, als ununterbrochen Lindas Nähe zu spüren, kann ein Gespräch mit Robert Hyde schon nicht werden. Hoffe ich.

Noch immer prasselt der Regen auf uns nieder, daher sprinte ich in großen Schritten zur Veranda von Rays Elternhaus und bleibe erst unter dem Dachvorsprung vor einer kleinen Sitzecke stehen. Dann verschränke ich die Arme und mustere Robert, der mir schweigend gefolgt ist.

»Ich«, beginnt er, atmet tief durch und wischt sich den Regen aus dem Gesicht. »Ich möchte mich bei dir entschuldigen, Jonas. Ich kann mir nicht ausmalen, was du in deinen jungen Jahren alles erlebt hast. Und … du sollst wissen, ich hasse mich dafür. Ich hasse mich vor allem, weil ich mich nicht an dich erinnere. Selbst Barb ist nicht mehr … nicht mehr als ein Schemen in meiner Erinnerung.« Seine Stimme bricht und allein dieses Geräusch führt dazu, dass ich die Fingernägel in meine Handballen kralle. Ich schließe die Augen, weil ich es nicht ertrage, in seine wässrigen Augen zu blicken. Es genügt, zu spüren, wie ernst er jedes Wort meint. »Ich weiß, dass du mir nicht vergeben kannst, das verlange ich auch gar nicht. Und ich kann meine Fehler auch nicht wiedergutmachen. Aber«, er holt tief Luft und als ich die Augen wieder öffne, schenkt er mir ein schwaches Lächeln. »Aber du hattest recht, weißt du? Das Leben hat mir eine zweite Chance geschenkt. Ich habe eine Familie gefunden. Wie hast du sie bezeichnet? Eine verdammt perfekte Familie«, wiederholt er meine Worte und nickt. »Sie ist verdammt perfekt. Ich habe sie gar nicht verdient. Aber ich kämpfe jeden einzelnen Tag für sie, für Linda, für Dylan und für Ellie und Ray. Und seit ich weiß, dass es dich gibt, kämpfe ich auch für dich.«

Ich wende mich ab, weil mich das Zittern in seiner Stimme fertig macht. Die Liebe, die in jeder Silbe seiner Worte mitschwingt, tut höllisch weh.

»Es ist mir unbegreiflich, dass ausgerechnet ich dein Erzeuger sein soll, denn sieh dich an – du bist ein wunderbarer, intelligenter, feinfühliger und wunderschöner Mann. Jeder Vater würde sich wünschen, einen Sohn wie dich zu haben.«

»Du bist nicht mein Va-«, sage ich, doch Robert unterbricht mich.

»Ich weiß. Ich bin kein Vater. Und du wärst lange nicht der Mann geworden, der du jetzt bist, hätte ich damals versucht, eine Vaterfigur für dich zu sein.«

Ich lache freudlos auf. »Seltsam, dass ich es mir dennoch gewünscht habe, oder?«

Robert Hyde schüttelt den Kopf und ich lasse den Blick über den tristen grauen Himmel gleiten. Obwohl es erst später Nachmittag ist, wirkt es bereits dämmrig. Leise Musik weht aus dem Partyzelt zu uns herüber, doch in diesem Moment ist mir absolut nicht nach Feiern zumute.

»Nein, Jonas. Das hättest du dir nicht gewünscht. Ich habe Dinge gesehen, Dinge getan und Dinge erlebt, die ich nicht mal meinem schlimmsten Feind wünsche. Ich erinnere mich nur an Bruchstücke, doch die genügen, um mir regelmäßig den Schlaf zu rauben. Nein, wäre ich bei dir geblieben, hätte das dein und auch Barbs Verderben bedeutet.«

Ich betrachte den Mann vor mir. Er blickt zu Boden, die buschigen Augenbrauen zusammengezogen, die Schultern, die in einem viel zu großen graukarierten Anzug stecken, sind gebeugt. Ich weiß, dass er die Wahrheit sagt. Vielleicht hat er Mom und mich wirklich vor einer noch schlimmeren Vergangenheit bewahrt.

Robert räuspert sich ein weiteres Mal und steckt die zitternden Hände in seine Anzugtaschen. »Aber ... inzwischen bin ich clean. Dank Linda ... und dir«, fügt er mit einem schiefen Lächeln hinzu. »Und ich wollte nur, dass du weißt, dass ich da bin. Für dich.« Ich höre, wie er schluckt und einen Schritt zurückweicht. »Mir ist bewusst, dass du mich nicht brauchst. Und ich habe auch keinen Anspruch darauf, an deinem Leben teilzuhaben. Aber ... falls du es möchtest ... irgendwann ... dann bin ich da.«

Ich bekomme keine Luft. Meine Brust fühlt sich so an, als hätte sie jemand mit Paketschnur zugebunden. Gleichzeitig trommelt mein Herz laut und schmerzhaft darin. Ich blicke zu Robert Hyde, meinen Vater, und zum ersten Mal in meinem Leben empfinde ich etwas anderes als Verachtung für ihn.

»Danke«, presse ich tonlos hervor und meine es zu

meinem eigenen Erstaunen ehrlich. Robert richtet sich auf und blickt mich mit einer Mischung aus Unglauben und Freude an. Ich sehe das Glänzen in seinen Augen und bemerke das Zittern und Beben seines Oberkörpers. Doch die seltsame emotionsgeladene Stimmung endet abrupt, als ich Rays Mom nach mir rufen höre, die kurz darauf auf der Veranda erscheint. Sie trägt ein langes Abendkleid in zartrosa und einen passenden, extravaganten Hut, der wie eine Mischung aus Rosenblüten und Vogelfedern aussieht. Interessanterweise finde ich ihn absolut passend für sie.

»Da bist du ja! Jonas, na los, wir warten alle auf dich! Der Hochzeitstanz beginnt. Und du weißt doch, dass im Anschluss die Trauzeugen tanzen werden«, sagt sie und ich erstarre.

»Wir werden *was?*«

~

Dachte ich eben wirklich, die Hochzeit könnte nicht mehr schlimmer für mich werden?

Das Universum will mich doch verarschen! Ich kann nicht mit Linda tanzen. Ich schaffe das nicht. Ray und Ellie werden sicherlich Verständnis dafür haben.

Nur leider zieht mich Rays Mom am Anzugärmel zurück ins Partyzelt, ohne dass ich auch nur die Chance habe, abzulehnen.

Robert hat mir noch ein mitleidiges Lächeln geschenkt, ist jedoch auf der Veranda stehengeblieben. So viel zu: *Ich bin für dich da.* Na toll.

Die Musik wird lauter, je näher ich dem Zelt komme, und kurze Zeit später atme ich die beinahe tropische Atmosphäre kombiniert mit unzähligen Parfum- und Speisegerüchen ein und würde am liebsten wieder umkehren.

»Hochzeitstaaanz«, trällert Rays Mom vergnügt und drängt uns beide an den Stehtischen vorbei, bis wir die gegenüberliegende Seite des Zeltes erreichen, die extra zum Tanzen freigelassen wurde.

Ellie und Ray stehen bereits Arm in Arm im Zentrum der Fläche und sobald ich in Sichtweite bin, nickt Ray und wendet sich an die Gäste.

»Leute, … ähm, ich denke, ihr wisst inzwischen, dass es nicht mein größtes Talent ist, Reden zu schwingen. Aber wir freuen uns riesig, dass ihr alle gekommen seid – trotz des Wetters. Dass ihr mit uns zusammen unseren Tag feiert. Es bedeutet uns wahnsinnig viel.« Er hält inne und zieht Ellie ein Stück näher an sich heran. »Ich weiß, Mom wartet schon seit Ewigkeiten darauf, mich tanzen zu sehen, daher mache ich es kurz: Danke, dass ihr hier seid! Ein besonderes Dankeschön an meine Band, für die geniale Musik während der Trauung. Ich liebe euch, Jungs! Und ein riesiges Dankeschön geht an unsere beiden Trauzeugen – Linda, ohne dich würde heute vermutlich nicht einmal das Zelt stehen, ganz zu schweigen von der wunderschönen Deko, den Lichterketten, dem Catering, deiner Hilfe bei den Einladungen oder den Hochzeitsbändern.« Er ergreift das Einstecktuch seines Anzugs und faltet es auseinander, sodass jeder die Buchstaben R&E auf dem bunten Stoff lesen kann. »Sie sind wunderschön geworden und machen diese Hochzeit absolut einzigartig. Linda, du bist der Wahnsinn, wir danken dir für alles! Und Jonas – danke für deine stählernen

Nerven, deine Besonnenheit, deine Unterstützung beim Aufbau und der Vorbereitung. Danke, dass du immer die richtigen Worte für mich findest. Ohne dich wäre ich echt aufgeschmissen«, sagt er und lacht leise. »Nein, ohne euch beide wären wir aufgeschmissen. Ich bitte um einen großen Applaus für Linda und Jonas!«

Während um mich herum Jubel ausbricht, fühle ich einen sanften, aber dennoch entschiedenen Druck von Rays Mom, kombiniert mit den Worten »Na los, geh zu ihr! Das ist schließlich euer beider Applaus!«

Es bleibt mir nichts anderes übrig, als Folge zu leisten, daher finde ich mich einen Augenblick später neben Linda wieder.

Ich schenke ihr ein verkrampftes Lächeln und bemerke nur am Rande, wie Ray die Musik startet und sich anschließend mit Ellie in Tanzposition aufstellt. Lindas Nähe bringt mich um.

Ich rieche ihr Parfum und den Duft ihrer Haare und meine sogar, ihren Atem zu hören. Sie steht genauso stocksteif da wie ich, als würde sie meine Nähe gleichermaßen stressen wie mich ihre.

Der Tanz endet und ich applaudiere verkrampft und bin schon dabei, in der Menge unterzutauchen, als ich schon wieder Rays Mom höre. Sie kann es einfach nicht sein lassen.

»Nach diesem wunderschönen Tanz folgt nun der gemeinsame Tanz der Trauzeugen! Einen Applaus für Linda und Jonas, bitte!«

Ray reagiert schnell, eilt zu seiner Mutter und schüttelt den Kopf, doch es ist schon zu spät – ich spüre, dass sämtliche Augenpaare auf Linda und mich gerichtet sind. Wir kommen aus dieser Nummer nicht mehr raus.

Fuck! Das darf doch nicht so schwer sein! Es ist schließlich nur ein Tanz. *Jonas, reiß dich zusammen!*

Ich biete Linda meine Hand an und zucke zusammen, als ich ihre nasskalten Finger spüre. Wir stellen uns auf und Linda legt ihren Arm federleicht auf meiner Schulter ab. Doch selbst diese Berührung lässt mich erschaudern.

»Bereit?«, frage ich nach einem Räuspern, doch Linda schnaubt nur.

»Nein. Du?«

Ich grinse verkrampft. »Dito.«

Ray kommt zu uns und verzieht den Mund zu einem schiefen Lächeln. »Ihr müsst nicht …«, fängt er an, doch Linda unterbricht ihn.

»Schon gut. Na los, Ellie wartet.«

Und kurze Zeit später ertönt ein weiterer, langsamer Walzer aus den Lautsprecherboxen und ich drehe Linda vorsichtig im Kreis. Gott, diese Nähe killt mich. Ich möchte sie enger an mich pressen, will ihr diese kleine Strähne, die sich aus der Frisur gelöst hat, hinters Ohr streichen. Ich will sie küssen. Ich will …

»Wo ist Dylan?«, frage ich flüsternd, in der Hoffnung, auf diese Weise uns beiden ein wenig die Anspannung zu nehmen und zusätzlich meine Gedanken in eine andere Richtung zu lenken.

»Er sitzt bei Mom und isst vermutlich inzwischen das fünfte oder sechste Stück Kuchen«, antwortet sie und bringt mich damit zum Lachen. Ich sehe Dylan förmlich vor mir, mit von Schokolade verschmierten

Mund, verdrecktem Hemd, aber dem süßesten Lächeln im Gesicht, das es gibt.

»Hoffentlich macht sie Fotos von ihm«, antworte ich.

»So wie ich Mom kenne, hat sie schon tausend Bilder und zehn Videos davon aufgenommen.«

»Ich kann sie verstehen«, sage ich, lasse Lindas Hand los, um sie aufzudrehen, und ziehe sie im Anschluss wieder in meine Arme. Nur ist sie jetzt viel näher. Viel zu nah.

Ich spüre ihren Herzschlag, fühle ihre Körperwärme, und für einen Moment vergesse ich alles andere. Ich vergesse die Musik, vergesse, mich zu bewegen. Ich vergesse sogar die Hochzeit und alle anwesenden Gäste. Ich kann nur in ihre Augen sehen und weiß doch nicht, was der Ausdruck darin bedeutet. Ist es Sehnsucht? Oder Angst?

Sie öffnet den Mund, als wolle sie etwas sagen. Mehrmals. Doch es kommt kein Laut heraus. Allein der Blick auf ihren Mund genügt, dass ich kaum noch atmen kann. Ich will sie küssen. Unbedingt. Ich will ihre Lippen auf meinen spüren. Ich brauche Linda. Ich will meine Hände an ihren Kopf legen, will ihre wunderschöne Frisur lösen, nur um durch ihre feinen Haare zu fahren und sie am Hinterkopf noch ein Stück enger an mich heranzuziehen.

Fuck! Wieso ist es so schwer, ihre Abweisung zu akzeptieren?

Er ist ein emotionales Wrack! Unfähig für die Liebe. Er wird mich niemals lieben können.

Diese Worte rufe ich mir in Erinnerung, bevor ich etwas Dummes anstelle.

Linda will mich nicht. Sie glaubt nicht an mich. Oder an uns.

Und das ist okay.

Das rede ich mir immer und immer wieder ein, doch dann spüre ich Lindas Hand auf meiner Brust, beziehungsweise direkt über meinem Herzen. Diese Geste ist zu intim.

»Jonas, ich …«, beginnt sie, doch ich reiße mich los. Es ist zu viel. Zu viel Linda.

»Fuck!«, rufe ich und schüttle den Kopf. »Ich kann das nicht. Ich … sorry«, füge ich hinzu, lasse Linda alleine auf der Tanzfläche stehen und verlasse fluchtartig das Partyzelt.

Kapitel Vierundvierzig

LINDA

Scheiße.

Das wollte ich nicht. O verflucht! Ich habe Jonas in die Flucht getrieben. Und das auf Ellies Hochzeit. Während des Hochzeitstanzes!

Ich spüre sowohl Rays als auch Ellies besorgte Blicke auf mir und zwinge mich dazu, ihnen zuzulächeln. Als wäre alles okay mit mir. Als würde ich mit Jonas' Zurückweisung klarkommen.

Was nicht der Fall ist. Innerlich schreie ich und es fehlt nicht viel, dass ich mitten auf der Tanzfläche zusammenbreche.

Gott! Ich bin so erbärmlich. Und ich weiß nicht, was ich tun soll. Soll ich ihm folgen? Oder bedeutet seine Flucht vor mir, dass er mich nie wieder sehen will? Sollte ich die Tatsache akzeptieren und ihm zukünftig einfach aus dem Weg gehen? Für immer? Schaffe ich das überhaupt?

Plötzlich spüre ich, wie sich zwei feingliedrige Arme

um meinen Körper legen, und als ich aufblicke, dreht mich Lexi im Takt der Musik im Kreis und schenkt mir ein liebevolles Lächeln. Sie trägt, wie so oft, ein unvergleichliches Gothik-Outfit, ein schwarzes Korsett, das mit Ellies Regenbogenbändern zugebunden ist, dazu einen lila-schwarzen Tüllrock und schwarze, ausgetretene Doc Martens. Es passt perfekt zu ihr und ihrem strahlenden Lächeln.

»Weißt du, was ich oft zu Ellie gesagt habe, wenn er genauso verzweifelt aussah wie du gerade? Krönchen richten und weiterlaufen, hübscher Prinz – du findest schon noch deinen passenden Prinzen. Aber die Worte passen nicht zu dir«, sagt sie und legt ihre Finger an meine Wange. »Denn du bist eine verdammte Königin, Linda. Und als solche solltest du endlich klare Worte aussprechen.«

Sie wirbelt mich weiter im Kreis herum und ich stolpere über die Tanzfläche und zurück in ihre Arme – ohne den Hauch einer Ahnung, was Lexi mir eigentlich sagen will.

Scheinbar ist meine Mimik ein offenes Buch für sie, denn sie lacht leise und seufzt anschließend. »Folge deinem Herzen.« Sie deutet in die Richtung des Zeltausgangs. »Und Jonas. Erkläre ihm klar und deutlich, was du für ihn empfindest.«

»Aber …«, beginne ich, werde allerdings sofort unterbrochen.

»Kein Aber, Linda. Was er im Anschluss daraus macht, ist seine Sache. Aber es ist an der Zeit, dass du Klartext redest. Mit ihm.« Sie drückt meine Hände und schenkt mir ein aufmunterndes Lächeln. »Du kannst das. Das weiß ich.«

»Aus deinem Mund klingt das so einfach«, antworte ich, denn allein die Vorstellung, ihn zu suchen, löst Herzrasen in mir aus. Herzrasen und Panik.

»O nein, das eigene Herz zu öffnen ist so ziemlich das Schwerste in unserem Leben, denn wir machen uns in dem Moment verwundbar. Aber sieh, was daraus werden kann«, sagt sie und deutet auf meinen Bruder, der Rays Gesicht ergreift, ihn gerührt anlächelt und ihn anschließend küsst. Die Gäste jubeln und applaudieren, doch selbst das scheint meinen Bruder nicht zu kümmern. Ich weiß, dass er aktuell nur noch Ray wahrnimmt. Seine große Liebe.

Und ich weiß, wie es sich anfühlt, da es mir vorhin genauso ergangen ist, als Jonas mich in seine Arme gezogen hat. Alles andere war mit einem Mal unwichtig.

Lexi hat recht. Ich will Jonas. Ich will ihm sagen, was ich für ihn empfinde. Wenn er mich anschließend abweist, weiß ich zumindest, dass ich alles versucht habe.

Ich löse mich aus Lexis Armen und schenke ihr ein knappes Lächeln.

»Danke«, sage ich, atme tief durch und mache mich auf den Weg.

Es ist Zeit, Jonas zu finden.

Je weiter ich mich vom Partyzelt entferne, desto mehr schwindet mein Mut, Jonas vor die Augen zu treten. Ich habe inzwischen Rays gesamtes Elternhaus abgesucht und bin durch den großen Garten gelaufen, ohne Jonas zu finden. Mein letzter Versuch ist der Strand und der

Pavillon, in dem die Trauung stattgefunden hat, doch ich werde mit jedem Schritt langsamer.

Was, wenn er mich nicht sehen will? Was, wenn er mich fortschickt? Ist das nicht sogar zu erwarten? Schließlich habe ich ihn mit meinen Worten zutiefst verletzt. Nein, er wird mir nicht verzeihen können.

Das Kleid klebt inzwischen nass auf meinem Körper und ich zittere vor Kälte. Dennoch ist das nicht der Grund, warum ich an einem Felsvorsprung, wenige Schritte vor der Bucht, stehenbleibe. Ich kann das nicht.

Ich bin nicht wie Ellie. Liebe liegt mir einfach nicht. Gefühle sind nichts für mich. Ich bin dafür nicht stark genug. Ich weiß nicht, wie Ellie es schafft, sein Herz auf der Zunge zu tragen und es jedem zu schenken. Oder Lexi, die ja noch ein Stück krasser ist. Immerhin hat sie Gordon offen und ehrlich berichtet, dass sie sich in eine andere Frau verliebt hat. Ich schätze, der Großteil der Menschen würde nach so einem Geständnis seine Sachen packen und abhauen. Lexi konnte nicht wissen, dass Gordon bei ihr bleibt, um nun mit ihr zusammen in einer Poly-Beziehung zu leben. Es hat sie dennoch nicht daran gehindert, ehrlich zu sein. Ich weiß nicht, wie sie das hinbekommen hat. Ich weiß nicht, wie Ellie und Lexi es anstellen, ehrlich zu sein, ohne die latente Panik zu spüren, verletzt oder verlassen zu werden.

Denn meine Angst ist real. Sie schnürt mir die Brust zu und lässt mich stärker zittern, als ich es sowieso schon tue. Ich fürchte mich vor Jonas' Abweisung.

Nein.

Ich werfe einen Blick zurück zum Haus von Rays Eltern. Dann ergreife ich den nassen Saum meines Kleides und kehre um.

Ich kann das nicht. Ich muss hier we-…

»Linda?«

Allein seine Stimme lässt mich erschaudern.

Jonas.

Nur langsam drehe ich mich wieder um und sehe ihn direkt neben den Felsen stehen. Er hat das Sakko ausgezogen, das weiße Hemd klebt nass an seiner Brust und ist nun verdammt durchscheinend. Gott! Wieso muss dieser Mann so wunderschön aussehen?

»Was willst du hier?«, fragt er, da ich ihn eine gefühlte Ewigkeit nur anstarre.

Ich öffne den Mund, um eine Antwort zu formulieren, doch es kommt kein Laut hervor. Genau wie vorhin beim Tanzen. Ich wollte ihm so viel sagen, doch die Worte sind allesamt in meinem Hals steckengeblieben. Auch jetzt. Stattdessen hallt das Trommeln meines Herzschlags in meinen Ohren wider, und mir wird schwindelig.

Offensichtlich taumle ich tatsächlich, denn plötzlich finde ich mich in Jonas' Armen wieder, der mich besorgt mustert und mich liebevoll einige Schritte in Richtung Bucht begleitet.

»Hey, ist alles in Ordnung? Brauchst du ein Glas Wasser?«, fragt er und zieht gleichzeitig einen der Klappstühle heran, die bereits zusammengeklappt neben dem Felsen liegen und darauf warten, verräumt zu werden. Scheinbar hat Jonas die Zeit genutzt und den Strand aufgeräumt. Ein Blick in die Bucht zeigt mir den leeren Pavillon, während die Blumen, Kerzen und Dekorationen fein säuberlich in Kisten verstaut sind. Nur ein einzelner Stehtisch ist noch aufgebaut.

»Linda?«, fragt Jonas, da ich immer noch nicht geantwortet habe.

»Es geht mir gut, danke«, sage ich und versuche, zu lächeln.

Jonas glaubt mir nicht, er hebt nur eine Augenbraue und verzieht den Mund.

»Aha.«

Er steht einige Augenblicke vor mir und wartet, ob ich noch etwas sage. Doch in meinem Kopf herrscht absolutes Chaos. Ich will ihn küssen. Ich will ihm dieses nasse Hemd vom Körper reißen.

Ich will ihn um Verzeihung bitten. Ich will ihm meine Liebe gestehen.

Gleichzeitig will ich weglaufen. Vor Jonas. Vor mir selbst. Vor meinen beschissenen Gefühlen und vor meiner Angst.

Und obwohl mein Herz innerlich schreit, bleibt mein Mund still.

Jonas seufzt leise. Dann nickt er und läuft zurück zum Strand, vermutlich, um weiter aufzuräumen.

Ich presse die Lippen aufeinander und beobachte Jonas, der inzwischen fast den Pavillon erreicht hat.

Scheiße! Ich habe solche Angst.

Aber ich muss es ihm sagen. Jetzt oder nie! Daher balle ich meine Hände zu Fäusten, atme drei Mal tief durch und erhebe mich schließlich.

»Gott, steh mir bei«, murmle ich, dicht gefolgt von meinem zittrigen Ruf.

»Jonas!«

Kapitel Fünfundvierzig

JONAS

Ich halte inne und drehe mich langsam um.

Träume ich?

Oder läuft mir Linda tatsächlich nach? Sie ruft erneut meinen Namen, flucht anschließend, bleibt stehen und zieht ihre petrolfarbenen Pumps aus, die sie kurzerhand achtlos in den Sand wirft. Erst dann läuft sie weiter. Zu mir.

Ich träume. Das muss ein Traum sein. Denn ich habe Linda noch nie zuvor so … ängstlich gesehen. Ängstlich und dennoch wunderschön.

»Jonas«, wiederholt sie, als sie direkt vor mir steht. Ich betrachte das schnelle Heben und Senken ihrer Brust, sehe, wie sie die Hände verkrampft ineinander faltet und vor den Körper presst. Ich sehe ihr Zittern und weiß nicht, ob sie friert oder sich vor mir fürchtet.

»Jonas, ich …«, beginnt sie und hält inne. Dann verzieht sie den Mund zu einem schiefen Lächeln und … schluchzt.

Ausgerechnet Linda. Die knallharte Powerfrau weint. Vor mir.

Es kostet mich meine gesamte Beherrschung, sie nicht in den Arm zu nehmen und ihr stattdessen die Zeit und den Raum zu geben, weiterzusprechen.

»Es tut mir so leid«, sagt sie schließlich und schnieft. Inzwischen zittert sie wie Espenlaub und ich kann nicht anders und ergreife meine Anzugjacke, die ich kurz zuvor ausgezogen und auf den Stehtisch geworfen habe, und lege sie über Lindas Schultern.

Sie schenkt mir ein dankbares Lächeln, kuschelt sich hinein und ich beiße mir auf die Unterlippe, während ich beobachte, wie sie tief einatmet, als würde sie meinen Geruch inhalieren. Fuck! Diese Reaktion ist so unglaublich. Mein Herz stolpert. Mehrmals.

»Es tut mir leid«, wiederholt sie und wischt sich die nassen Haarsträhnen aus dem Gesicht. »Das, was ich damals zu Ellie gesagt habe«, fährt sie fort und schnieft wieder. »Es war gelogen.«

Linda atmet tief durch und sucht meinen Blick. Dann schüttelt sie den Kopf und schenkt mir ein trauriges Lächeln.

»Nicht du bist das emotionale Wrack, Jonas. Sondern ich.« Tränen glänzen in ihren Augen, doch sie wendet den Blick nicht ab, sondern sieht mich weiter an. »Du hast mir gezeigt, wie sich Liebe anfühlen kann und ich … ich habe sie kaputt gemacht. Weil ich ein emotionales Trampeltier bin. Und weil ich mich hervorragend selbst belügen kann.« Linda presst die Lippen aufeinander und zuckt mit den Schultern. Sie sieht so verzweifelt aus.

»Ich habe Angst, Jonas«, haucht sie, als ob ich das

nicht sehen würde. Als ob ich das nicht schon lange wüsste.

Aus diesem Grund gehe ich einen Schritt auf sie zu und ergreife ihre immer noch zu Fäusten geballten Hände. Es ist nicht leicht, sie zu öffnen und ihre Finger mit meinen zu verschlingen.

»Wovor hast du Angst?«, frage ich leise.

»Ich habe Angst, dich zu verlieren.«

Diese Worte sind schöner als jede Liebeserklärung. Weil ich weiß, was dahintersteckt.

Und weil sie aus Lindas Mund kommen.

Ich gehe einen weiteren Schritt auf sie zu.

»Weißt du, ich glaube, ich stehe auf emotionale Trampeltiere«, sage ich und Linda lacht auf. In Verbindung mit ihrem Schluchzen klingt es immer noch verzweifelt, daher löse ich meine Hand von ihrer, wische mit meinem Daumen die Tränen von ihren Wangen und mustere sie anschließend ernst.

»Ich kann dir nicht versprechen, dass wir bis ans Lebensende zusammenbleiben. Weder du noch ich wissen, wie die Zukunft aussieht. Und ja, es ist verflucht beängstigend und bedarf Vertrauen und Mut, es trotzdem zu versuchen.« Ich hole tief Luft und schenke ihr ein ehrliches Lächeln.

»Aber ich bin bereit dafür. Weil ich glaube, dass es verdammt perfekt werden könnte.«

Lindas Blick wirkt mit einem Mal starr, beinahe ungläubig.

»Wirklich?«, fragt sie.

»Ja! Ich liebe dich, Linda. Und ich liebe Dylan. Ich hab das auch nicht geplant, das kannst du mir glauben«, füge ich lachend hinzu, doch Linda sieht noch immer so aus, als würde ich eine Fremdsprache sprechen.

»Aber«, fängt sie an und schluckt. »Ich habe dir wehgetan.« Es klingt mehr wie eine Frage als eine Feststellung. Ich nicke.

»Ja«, antworte ich ehrlich. Denn ihre Worte waren schlimmer als ein Messer in der Brust. Und sie schmerzen noch heute, weil sie mich an die schrecklichste Zeit meines Lebens erinnern. Daran, dass ich ein Kind aus der Gosse war und es für einen Teil auch immer bleiben werde. Lindas Worte haben die Angst in mir entfacht, dass ich es nicht wert bin, geliebt zu werden. Dennoch begreife ich allmählich, wieso sie das gesagt hat, und ja, ich habe ihr verziehen.

»Aber weißt du was?«, frage ich daher. »Ich glaube, es gibt auf der ganzen Welt kein Paar, das zusammen alt wird und sich in der gemeinsamen Zeit niemals verletzt oder gestritten hat.«

»Aber … du kannst mir nicht einfach so verzeihen.«

Ich grinse, weil sie es offensichtlich ernst meint. Sie glaubt mir nicht. Und sie hat immer noch Angst, dass ich abhaue. *Gott, Linda! Du hast keine Ahnung, wie sehr ich dich liebe! Keine zehn Pferde könnten mich von dir wegbringen. Nicht, wenn ich weiß, dass du dasselbe für mich empfindest.*

»Kann ich nicht?«, frage ich daher und ziehe sie nah an mich heran, sodass ihr nasses Kleid nun auf meinem Hemd klebt. Doch das interessiert mich nicht. Nur Linda zählt. Sie in meinen Armen. Und ihr klopfendes Herz, das gegen meine Brust trommelt.

»Nun gut, ich könnte einen Wiedergutmachungsplan erstellen. Beginnend mit dem Punkt, dass du mich jeden Tag mit einer fantastischen

Massage verwöhnst, inklusive der Nutzung eurer Dusche. Außerdem …«, weiter komme ich nicht, denn plötzlich spüre ich Lindas Lippen auf meinen und alles andere wird unwichtig.

Endlich.

Ich spüre ihre Hand an meinem Hinterkopf und erschaudere, als ihre Zunge meinen Mund öffnet. Ich stöhne und stehe trotz des Regens in Flammen. Dieser Moment ist absolut perfekt.

Nach einer gefühlten Ewigkeit löst sie sich von mir und ich spüre ihr Lächeln direkt in mein Herz wandern.

»Eine Sache gibt es tatsächlich, die ich mir wünsche«, sage ich und Linda mustert mich fragend.

»Sag es«, fordere ich sie auf und füge ein »Bitte«, hinzu, während ich ihre Hand ergreife und einen Kuss auf ihren Handrücken hauche.

Linda atmet tief ein und aus und schließt die Augen. Als sie sie wieder öffnet, sehe ich ein wunderschönes Glänzen darin.

»Ich liebe dich«, sagt sie. Ihre Stimme zittert und ich höre die Angst heraus, die mitschwingt. Gerade das ist der Grund, warum mir diese Worte so viel bedeuten. Weil Linda sie niemals leichtfertig aussprechen würde.

»Wow.« Ich schlucke, um den Kloß in meinem Hals zu vertreiben, und lächle ergriffen.

»Wow«, wiederhole ich und ziehe Linda in meine Arme.

Mein Blick schweift über den dunkelgrauen Himmel, hin zum aufgewühlten Meer und den unzähligen Wellen. Wäre dies ein Lovesong oder ein kitschiger Liebesfilm, müsste eigentlich ein Sonnenuntergang folgen. Theoretisch wäre die

Stimmung hier eher für ein Drama geeignet. Oder für einen Psychothriller.

Und doch finde ich sie perfekt. Perfekt für Linda und mich. Für ein emotionales Wrack und ein Trampeltier.

Ich bin glücklich. Unendlich glücklich. Keine Ahnung, wie es dazu kommen konnte, dass ausgerechnet eine Powerfrau wie Linda solche Worte zu mir sagt. Aber ich weiß jetzt schon, dass ich mein Leben lang darum kämpfen werde, an ihrer Seite zu bleiben. Weil sie es wert ist.

Sie und Dylan.

Weil ich sie liebe.

- Ende -

Content Notes

Diese Geschichte enthält folgende sensible Themen, die für manche Personen negative Gefühle auslösen oder verletzend wirken können:

Drogensucht eines Familienmitglieds
Depression und Angststörungen im familiären Umfeld
Verwahrlosung/Vernachlässigung in der Kindheit
Verlustängste
Ablehnung eines Elternteils

Die Liste wurde umsichtig erstellt, dennoch ist es möglich, dass ich die ein oder andere Inhaltswarnung nicht mit aufgezählt habe. Falls dies der Fall ist, bitte ich vielmals um Entschuldigung und freue mich über eine kurze Mitteilung, damit ich es anpassen kann.

Danksagung

Man sollte meinen, am Ende eines Buches wäre die Formulierung der Danksagung das Leichteste. Aber Pustekuchen – ich sitze vor dem PC, tippe und lösche und tippe und lösche …

Und warum? Weil ich meine Dankbarkeit kaum in Worte fassen kann. Das Wort „Ende" erreicht zu haben ist so unbeschreiblich schön und das Wissen, dass dieses Buch schon bald überall erhältlich sein wird, macht mich sprachlos und hibbelig. Vor Glück.

Ich danke dir, liebe Bianca von *Cover Up*, für dieses wunderschöne Cover. Es passt perfekt zu THESE UNSPOKEN WORDS und zur gesamten Reihe. Ich liebe es so sehr!

Danke, liebe Maria, für dein Sprachlektorat, deine Kommentare und den wunderschönen Austausch mit dir.

Ich danke meinen beiden Testleserinnen. Tatjana, mein liebes Schwesterherz – ich hab dich so unglaublich lieb. Ich weiß, Ellie denkt, er hätte die beste Schwester, die es gibt, das liegt aber nur daran, dass er dich nicht kennt …

Liebe Gitti, herzlichen Dank für deine hilfreichen Kommentare, deine Empfehlungen und Anmerkungen zur Story. Vor allem danke ich dir für deine

Begeisterung und Liebe für Linda und Jonas. Du glaubst gar nicht, wie viel mir das bedeutet!

Liebe Katherina, du bist seit Jahren nicht nur eine liebe Kollegin, sondern eine unglaublich wichtige Freundin für mich geworden – danke! Außerdem danke ich dir für deine Hilfe, für dein Feedback und vor allem für den wunderschönen Buchsatz.

Ich danke von ganzem Herzen euch Blogger*innen für eure Unterstützung von Anfang an. Was würden wir Autor*innen nur ohne euch tun?

Ich danke meiner Familie, die mich immer unterstützt. Ich liebe euch so sehr!

Und der wichtigste Dank kommt zum Schluss, denn ich danke dir, liebe Leserin und lieber Leser. Danke, dass du THESE UNSPOKEN WORDS gekauft hast, vielen lieben Dank, dass du es liest. Wenn es dir gefallen hat, würde ich mich riesig über eine Weiterempfehlung freuen.

Und ich hoffe sehr, dass wir uns beim nächsten Buch wieder zwischen den Zeilen begegnen.

Alles Liebe

Nadja